KB274041

覇君 패군

설봉 新무협 판타지 소설

FANTASTIC ORIENTAL HEROES

패군 4

설봉 新무협 판타지 소설

초판 1쇄 찍은 날 § 2009년 10월 22일
초판 1쇄 펴낸 날 § 2009년 10월 29일

지은이 § 설봉
펴낸이 § 서경석

편집장 § 문혜영
편집 § 서지현

펴낸곳 § 도서출판 청어람
등록번호 § 제1081-1-89호
등록일자 § 1999. 5. 31
어람번호 § 제2-1837호

주소 § 경기도 부천시 원미구 심곡2동 163-2 서경B/D 3F (우) 420-822
전화 § 032-656-4452 팩스 § 032-656-4453
http://www.chungeoram.com
E-mail § eoram99@chollian.net

ISBN 978-89-251-1973-1 04810
ISBN 978-89-251-1840-6 (세트)

설봉 新무협 판타지 소설

覇月春

패군

4

독보행(獨步行)

청어람

第二十二章
격랑 속으로

참으로 지랄 같은 경우다.

적이 누구인지, 왜 자신을 공격하는지, 공격 목적이 살상인지 생포인지 전혀 알지 못하는 가운데 무조건 싸워야 한다.

군인은 사람을 죽이는 것이 업(業)이다. 그들에게도 도덕이나 인륜은 있다. 하나 오로지 사람을 죽이고 파괴하기 위해 만들어진 존재가 군인이다.

무인 중에도 사람을 죽이기 위해 만들어진 존재가 있다.

살수는 군인처럼 주어진 명령을 받들어서 이유 불문하고 목표를 제거한다.

다른 무인들은 어떤가? 그들도 살인이 근본 목적인가?

분명히 아닐 것이다. 문파의 시조(始祖)가 공표한 혹은 개개인 별로 심신수양(心身修養)이라든지 활인(活人) 같은 인간에게 이로운 목표가 있을 것이다.

무인들에게 살인은 피치 못할 상황에서 어쩔 수 없는 경우에만 행해진다.

무인은 살인을 하기 위해 만들어진 도구가 아니다.

한데 계야부가 만나본 무인들은 어찌 된 영문인지 살인을 너무 가볍게 여긴다. 살인에 대한 무지막지함은 오히려 군인들이 한발 물러설 정도다.

군인들은 자신들이 왜 싸우는지는 안다. 누굴 죽이거나 자신이 죽을 경우에도 왜 죽는지 안다.

무인은 그렇지 않은 것 같다.

누가 이유없이 공격해 오면 당연하다는 듯이 맞서 싸운다.

거기에 왜? 무엇 때문에? 라는 물음은 필요없다.

자신이 죽으면 영문도 모른 채 죽는 것이고, 공격해 온 자를 물리치면 그제야 왜 공격을 받았는지 추측할 수 있게 된다.

무인은 선전포고(宣戰布告)를 하지 않는다.

"무조건 베면 되나?"

부사영이 유난히 길어 한눈에 확 들어오는 장검을 추켜들며 중얼거렸다.

"말하면 뭐 합니까? 그럼 죽이겠다고 덤벼드는데 멍청하게 두 손 놓고 있어요?"

"허! 이젠 통박까지 주고…… 너 많이 컸다."

"헤헤! 제가 좀 크긴 했죠."

오목이 검을 들어 앞뒤 좌우로 빙빙 휘돌리며 말했다.

검은 그의 손을 떠나 허공에 둥실 떠올랐다가 다시 달라붙었다. 앞으로 던져지는 것 같다가도 다시 돌아와 손아귀에 머물렀다. 날이 시퍼런 장검이 머리 위로, 옆구리 사이로…… 살아 있는 생물처럼 꿈틀거리며 돌아다녔다.

"쯧! 하라는 수련은 안 하고 엉뚱한 광대짓만……."

"광대짓이라뇨? 낄낄! 눈이 있어도 보지 못하는 걸 어쩌랴. 힘! 잘 봐둬요. 이게 접연십팔타의 진짜 모습이니까."

부웅! 부우웅!

검이 한 자루에서 두 자루로 늘어났다. 처음에는 뱀 한 마리가 돌아다니는 것 같더니 이내 두 마리, 세 마리가 머리를 틀고 혀를 날름거렸다.

오목은 고슴도치다.

누구든 그의 몸을 치려는 자는 몸에 틀어박힌 가시부터 상대해야 한다. 검으로 이루어진, 눈부신 속도로 몸 주위를 휘젓고 다니는 난검(亂劍)과 싸워야 한다.

"좋은 검이군."

부사영이 씩 웃었다.

그는 명초(命招)인 타사인으로 접연십팔타를 양분하는 환상을 떠올렸다.

오목을 베겠다는 생각은 없다. 그런 생각조차 가진 적이 없다. 단지 검을 든 무인으로서 절초를 보자 호승심이 치밀었고,

자신의 검이 더 낫다는 확신을 가졌을 뿐이다. 오목은 오목 대로 자신과는 정반대의 상상을 하고 있겠지만.

그가 오목을 보며 웃은 데는 또 다른 이유도 있다.

오목은 착한 사내가 아니다.

사람들 호주머니를 뒤지며 살아왔다. 어두운 뒷골목에서 얻어맞기도 하고 때리기도 했다. 젊은 나이에 겪지 말아야 할 것들을 온몸에 새기며 살아왔다.

그의 육신도 영혼도 깨끗하지 않다.

하지만 살인에 관해서라면 그는 깨끗하다.

사람을 죽여본 적도 없고, 죽이는 일을 좋아하지도 않는다. 죽이는 방법은 물론이고, 죽였을 때 느껴야 할 죄책감 같은 것은 생각해 본 적도 없다.

그런 그에게 무기가 쥐어졌다. 사람을 죽일 수 있는 검이 있고, 쉽게 죽일 수 있는 접연십팔타가 주어졌다. 그리고 이제 자신에게 주어진 모든 것을 이용하여 사람을 죽이고자 한다.

우선은 흥분이 치밀 것이다. 사람을 죽일 때는 정신없을 것이고, 그 후에는 물밀듯이 밀려오는 두려움에 온몸을 떨 것이다.

그렇다. 사람을 베는 감촉은 썩 좋지 않다. 고기를 써는 것이나 사람을 베는 것이나 칼이 살 속으로 파고드는 것은 똑같은데 영혼에 새겨지는 흔적은 비교조차 되지 않는다.

오목은 들떠 있다.

그런 모습에서 자신이 처음 적진을 뛰어들 때의 모습이 생각났다.

수도 없이 밀려오는 적들을 이리 치고 저리 치느라 정신없었는데, 오목도 그럴 것 같다. 자신들을 에워싼 무리는 흘깃 쓸어본 것만으로도 백 명은 넘는다.

이게 더 나을까? 죽이는 것이 어떤 것이라는 걸 느낄 사이도 없이 혼신의 힘을 쏟아내야 하니까.

걱정 반, 놀림 반으로 오목을 쳐다보고 있는 그에게 이의 제기가 전혀 용납되지 않는 명령이 전달되었다.

"부사영, 길을 뚫어."

계야부는 언제나 자기 할 말만 한다.

말똥구리였을 적에도 그랬다. 같은 동료의 입장인데도 마치 상전이나 된 듯이 명령을 해댔다.

거절이나 불응은 용납지 않는다.

그의 명령이 아니꼬워서 종종 독자적인 행동을 한 자도 있었지만, 그런 자치고 적진을 무사히 빠져나온 자는 없었다.

말똥구리에게 그의 말은 법이었다.

그의 말을 들으면 살고, 듣지 않으면 죽는다.

죽는 한이 있어도, 정말 죽음밖에 보이지 않아도 그가 시키면 반드시 시행해야 한다. 그것이 그나마 살 수 있는 유일한 행로이기 때문이다.

"뚫는 건 문제가 아닌데……."

부사영이 사사귀를 쳐다보며 어깨를 으쓱거렸다.

"삼각일첨(三角一尖). 지루한 싸움이 될 거야."

계야부가 오목의 목덜미를 낚아채어 자신의 옆자리에 세웠
다.

"말로 합시다, 말로. 나도 다 큰 어른인데."

오목은 투덜거리는 시늉만 냈다.

그는 이제야 계야부가 말한 삼각일첨이 무엇인지 깨달았다.

부사영을 앞에 세우고 다른 두 명은 뒤를 받친다.

앞으로 나아갈 때의 진형이다.

하나 싸움은 생각대로 되지 않는다. 적은 원하는 방향에서
나타나지 않는다. 옆에서도 튀어나올 것이고, 뒤에서도 달려
들 게다. 더군다나 적은 그들 세 명이 감당하기에는 터무니없
이 많다.

어느 한쪽을 상대하는 것이 아니다. 포위 공격을 감당해야
한다.

부사영의 뒤를 봐주기는커녕 자신의 몸뚱이 하나 건사하는
것도 버겁다.

애당초 세 명이라는 적은 인원으로는 연수(聯手)하고 말고
할 건덕지가 없었다.

삼각일첨은 그런 상황에서 나온 최선의 진형이다.

부사영이 주(主)가 될 때는 계야부와 오목이 뒤를 받친다.
계야부가 주가 되면 부사영과 오목이 방향을 틀어 도와주게
되며, 오목이 주가 되면 부사영과 계야부가 같은 역할을 한다.

숨 돌릴 틈도 없는 격전 와중에 남을 돌볼 여유가 있느냐는
차후 문제이고, 당장은 서로를 위하는 최선의 방책을 강구한

것이다.

아니다. 삼각일첨은 서로 등을 맞대고 최후까지 버텨보자는 필사의 몸부림이다.

사태가 그만큼 중한 것이다.

"사사귀는……?"

오목도 부사영처럼 말끝을 흐렸다.

자신들이 삼각일첨을 취하면 사사귀의 역할은 무엇이냐는 물음이 흐린 말 뒤에 깔려 있다.

계야부는 사사귀에게는 눈길도 주지 않았다.

남은 사람들이 또 있다. 숨어 있는 사람들…… 두 명은 단지 뒤를 쫓으며 사실을 확인할 뿐이다. 한마디로 자신의 생사 여부에는 관심이 없다.

다른 네 명도 있다. 그들은 뒤따르는 게 목적이 아니다. 목숨이 위급할 순간에 한 번쯤은 도움을 줄 것이다. 하지만 정말 위급하다고 생각되지 않으면 털끝 하나 움직이지 않으리라.

계야부는 그들을 죽은 사람으로 간주했다.

살아남는 말똥구리가 되려면 명쾌하고 정확한 판단력을 지녀야 한다. 위기의 순간에 도움이 될 사람과 그렇지 않을 사람을 구분하는 것도 말똥구리가 지녀야 할 필수 요소다.

"시작하지."

계야부가 검을 뽑았다.

시작은 느렸다.

부사영과 오목은 천천히 움직였다. 살얼음을 딛듯 한발 한발 조심스럽게 나아갔다.

적은 살수다. 은신술에 달통한 자들이다. 두 눈을 부릅뜨고 사방을 살펴봐도 옷자락 한 올 보이지 않는다. 하지만 살기는 숨기지 않는다. 온몸으로 공포를 느끼라는 듯이 섬뜩한 기운을 줄줄이 뿜어낸다.

자신들의 존재는 드러내되 위치는 밝히지 않았다.

"칠까?"

부사영이 지나가는 말로 툭 던졌다.

"쳐."

대답은 짧았다. 순간,

쒜에엑!

기다란 검이 빨랫줄처럼 쭉 늘어지더니 풀숲을 거칠게 휩쓸었다.

파앗!

붉은 핏물이 폭죽처럼 솟구쳤다.

"후훗!"

부사영이 득의로 가득 찬 웃음을 흘렸다.

살수들의 은신술을 파악해 내지는 못했다. 아직도 그들이 어디에 숨어 있는지 모른다. 존재한다는 것은 알지만 정확하게 실체를 파악해 낼 수 없다.

그럼에도 그가 살수를 벨 수 있었던 것은 말똥구리의 직감이 있기 때문이다.

몸을 숨기는 것, 은밀히 접근하는 것, 기습을 가하기 위해 매복하는 데는 말똥구리들도 일가견을 가지고 있다.

그들은 직감적으로 몸을 숨기기에 가장 좋은 곳을 찾아낸다. 암살이냐 단순한 관측이냐, 임무가 무엇이냐에 따라서 몸을 숨기는 곳도 달라진다.

암살에 최적의 위치가 관측의 최적 위치는 아니다. 물론 그 반대도 성립한다.

부사영은 기습이라는 임무에 초점을 맞췄다. 그리고 임무 달성에 필요한 장소를 찾았다.

말똥구리들에게는 익숙한 것이라고는 없다. 늘 새로운 것뿐이다. 낯선 지형에서 낯선 자들과 부딪친다. 그렇기에 새로운 환경에서 내게 필요한 최적의 위치를 순간적으로 찾아내는 데는 도가 텄다.

직감대로 적이 있을 만한 곳에 검을 휘둘렀을 뿐인데 피가 분수처럼 솟구친다.

사람이 살고 죽는 것, 검을 휘두르는 것에는 무림과 군대가 다르지 않다.

"제길! 난 하나도 안 보이는데 어떻게 알았대?"

오목이 주위를 쓸어보며 투덜거렸다.

"살다 보면 알게 되는 거란다, 꼬마야."

쒜에엑! 파앗! 쒜에엑!

그의 기형장검은 거침없이 수풀을 훑었다. 그리고 그때마다 푸른 수풀에서 붉은 선혈을 뽑아냈다.

모든 일이 너무나도 순조롭게 풀려갔다.

"이놈들, 원래 이런 놈들인가? 한심한 놈들. 사내자식이 싸우려고 왔으면 덤비는 시늉이라도 하다가 뒈질 것이지."

오목이 손쉽게 끝나 버리는 싸움판을 아쉬워했다.

그에게는 접연십팔타라는 절기가 있다. 그 누구든 걸려들기만 하면 죽을 수밖에 없는 치명적인 절기를 소유했다. 남의 호주머니나 뒤지던 배수가 아니라 하늘 아래 두 발 곧게 딛고 선 무인이 되었다.

그에게는 세상 사람들 모두가 그의 검에 죽어나갈 희생양으로밖에 보이지 않았다.

사실이 그렇지 않은가. 살수 중에 살수로 사사귀의 일원인 사망흑사까지 물리친 검이다. 계야부가 말리지만 않았어도 사망흑사는 벌써 죽었을 몸이다.

그런 검법을 지녔는데 살수들을 찾아내지 못해서 실력 발휘를 못하고 있으니 답답한 노릇이다.

오목은 어떻게라도 살수들을 찾아내려고 사방을 훑어보며 눈동자를 데룩데룩 굴렸다.

반면에 부사영은 일체 말을 잃었다.

일검을 성공시켜서 선혈을 뿜어 올릴 때의 자신감은 사라지고 없었다. 거침없이 쏟아내던 검광도 발걸음을 내딛을수록 신중해졌고, 둔해졌다.

"하! 이거 왜 내 눈에는 보이지 않지? 이럴 줄 알았으면 나도 사영 형님처럼 긴 검을 쓸 걸 그랬나?"

오목이 농담을 던질 때, 부사영의 얼굴빛은 핏기를 잃어 새하얗게 변했다.

"야부!"

부사영이 더 견디지 못하고 계야부를 불렀다.

말똥구리들은 위험을 경험적으로 느낀다. 침투 경험이 어느 정도냐에 따라서 감지하는 위험도도 달라지지만, 부사영 정도 되면 맹수가 느끼는 감각보다 나았으면 나았지 못하지는 않다.

포위되었다. 빠져나갈 구멍이 없다. 여기서 죽는다.

부사영이 감지하는 위험은 아주 절박했다.

당장 무슨 수를 쓰지 않으면 도저히 몸을 빼낼 수 없다. 한두 명 죽이는 게 능사가 아니다. 자기 죽는 줄 모르고 조그만 먹이에 취해서 점점 사지로 끌려들어 가는 생쥐나 다를 바 없는 처지다.

계야부가 말했다.

"천천히…… 천천히……."

부사영이 인상을 꽉 찡그리며 되받았다.

"제길! 팔다리 하나쯤 놔야 되겠군."

말똥구리들에게 '천천히' 라는 말은 상황에 따라서 달리 해석된다.

지금처럼 적과 맞닥뜨린 상황에서 말하는 '천천히' 는 어차피 죽을 자리이니 살려고 발버둥치지 말라는 뜻이다.

가능한 기력을 아껴야 한다. 한 명을 베면서 검을 두 번이나 써서는 안 된다. 일격필살에 진기를 쓰지 않고 검초만으로 살상할 수 있으면 그리 해야 한다.

눈은 독수리처럼 활짝 열어놓아야 한다.

활로는 반드시 생긴다. 철삭을 엮어놓은 것 같은 포위망도 한두 번쯤은 빈틈이 드러난다. 인간은 신이 아니라서 완벽할 수 없다. 단지 완벽한 척할 뿐이다.

그 틈을 놓치지 말고 빠져나가야 한다.

계야부가 말한 '천천히'는 숨 막히는 고통을 내포했다.

전혀 공격해 올 것 같지 않던 적이 가볍게 건드려 왔다.

쒜에엑!

화살 한 대가 매섭게 허공을 갈랐다.

화살이 한 대뿐이고 날아오는 속도도 평범해서 크게 위협적이지는 않다.

육안으로 날아오는 모습을 확인하고 신형을 틀었다. 두 번 생각할 것도 없다. 충분히 피할 수 있는 화살이다.

그때, 계야부가 두 사람을 확 밀어뜨리며 고함쳤다.

"폭발이닷!"

꽈앙!

엄청난 폭음이 그들 등 뒤에서 터졌다.

흙먼지가 분분히 피어나고, 돌 부스러기가 우박처럼 떨어졌다.

하나 세 사람은 폭발의 여파를 피하고 있을 틈이 없었다. 누가 먼저라고 할 것도 없이 벌떡 일어서서 검을 치켜들었다. 싸움 감각이 가장 뒤떨어지는 오목조차도 이번 움직임에는 행동을 같이했다.

검기가 쏘아져 온다. 도광이 번뜩인다. 온 세상이 온통 칼날로 변해 덮여오는 것 같다.

무인이 아니라 범인이라도 벌떡 일어설 만큼 살기가 거셌다.

까강! 까가강! 까앙!

쇠와 쇠가 부딪치며 요란한 금속성을 토해냈다.

부딪치는 것이 검인지 도인지 분간할 겨를이 없었다. 어떤 검초로 어디를 어떻게 공격해 오는지도 파악하지 못했다. 눈앞에 다가든 쇠붙이를 정신없이 막아내는 것만도 숨 돌릴 틈이 없었다.

"삼각!"

하늘에서 뇌성(雷聲)이 쩌렁 울렸다.

부사영과 오목은 화들짝 정신을 차리고 급히 뒤로 물러섰다.

그들은 자신도 모르는 사이에 날아오는 병장기를 쫓아가고 있었다.

마주치는 선에서 그치지 않고 점점 앞으로 다가갔다. 같은 자리에서 싸우는 것 같았는데 조금씩 조금씩 적에게 이끌려 갔다.

그 순간 그들은 서로가 서로를 보호해야 한다는 생각은 까마득히 잊어버렸다.

"피방(被防)!"

뇌성이 다시 터졌다.

계야부는 삼각으로 만족하지 않고 '피방'이라는 알지 못할 주문까지 해왔다.

오목의 눈길이 심하게 흔들렸다.

'피방? 피방이 뭐야?

뭐가 뭔지 설명이나 해주고 주문을 해야 할 것 아닌가.

쒜에엑!

검이 날아온다. 즉시 검을 들어 마주쳐 가지 않으면 몸이 두 쪽으로 갈라질 판국이다.

오목은 검을 쳐들었다. 어쩔 수 없지 않은가! 그때,

"새끼야! 뒈질래!"

부사영이 벼락같이 고함을 지르며 검을 쳐냈다.

까앙!

오목을 향해 다가오던 검은 부사영의 기다란 장검에 가로막혔다. 뿐만 아니라 약간 각도를 틀어 상대의 머리까지 갈라 버렸다.

오목의 눈앞에서 적의 머리가 둥실 떠올랐다. 붉은 피도 분수처럼 솟구쳤다.

"아!"

오목은 그제야 계야부가 주문한 피방이 무엇인지 깨달았다.

간단하다. 자신의 안위는 동료에게 맡기고 자신은 동료의 뒤를 방어해 주는 것이다.

이게 무슨 미친 짓인가. 자신에게 닥쳐온 검을 자신이 막기도 급급한데 다른 사람의 등이나 보호해 주라니.

자신의 목숨을 완벽하게 동료에게 맡기는 데는 검이 목을 쳐와도 동료를 믿고 한눈을 파는 무신경이 필요했다.

오목의 눈빛이 또 한 번 흔들렸다.

계야부가 말한 피방이 무엇인지 알았지만 그대로 믿고 따를 자신이 없다.

혹여 부사영이 실수라도 하는 날에는 그 피해는 고스란히 자신이 감수해야 한다.

어떻게 죽는지도 모르고 죽는 것이다.

결전을 벌이다가 죽으면 원이라도 없지만 남에게 등을 맡기다가 죽으면 그처럼 억울한 죽음이 어디 있겠나.

쒜에엑!

눈앞에서 검광이 번뜩였다.

자신을 향해 짓쳐오는 검도 있지만 계야부를 향해 뻗어가는 검도 있다.

계야부는 오목에게 등을 맡겼다. 오목을 믿고 부사영의 등을 막아주고 있다.

'제길!'

오목은 눈을 찔끔 감았다. 자신에게 다가오는 병장기는 쳐다보지 않았다. 대신 계야부를 향해 달려드는 병장기들을 측

면에서 바라보게 되었고, 접연십팔타를 마음껏 펼쳐 냈다.

까가가가강!

검에 불똥이 튀었다.

2

난전에서 자신의 안위를 돌보지 않고 동료의 등을 방어해 주는 행동은 큰 도움이 되지 않는다. 오히려 효율적인 면을 따지자면 자신을 위협하는 검을 직접 상대하는 것보다 훨씬 못하다.

삼각일첨이 원래 목적대로 뒤에 따라붙은 두 사람이 일첨을 도와주는 형태라면 적진을 뚫고 나간다는 의미도 있으리라.

지금처럼 삼각 형태를 이룬 채 자신의 안위는 철저하게 동료에게 맡기고 자신은 동료의 등을 방어해 주는 형태는 피곤하기만 할 뿐, 그 어떤 의미도 찾을 수 없다.

"회(回)!"

짤막한 명령!

오목은 정신을 바짝 차렸다.

그에게는 남이 갖지 못한 장점이 있다.

사람과 지형을 포함하여 눈에 보이는 모든 상황을 한눈에 읽는 능력이다. 거기에 빠른 손놀림이 더해져서 한 지역에서 가장 빠른 배수인 환수가 되었다.

눈치코치를 살피는 데는 그를 따를 사람이 없으리라.

쒜엑! 쒜엑!

부사영이 오른쪽으로 한 발 미끄러져 내려왔다. 계야부는 오른쪽으로 한 발 나아가서 부사영의 위치를 점했다.

'아!'

'회'가 무엇인지 알았다.

오목은 즉시 계야부가 있던 자리로 옮겨갔다.

쒜에엑! 까앙! 까아앙!

접연십팔타가 연신 맑은 금속성을 울려냈다.

자리를 옮기는 와중에도 검을 늦출 수는 없었다.

적이 '그래, 너희들 편한 곳으로 마음껏 옮겨봐라' 하고 기다려 줄 리 없지 않은가.

급박한 공격은 계속되었고, 몸을 움직이는 와중에도 검은 계속 쳐내야 했다.

까앙! 까아앙!

검도 쳐내고, 도도 받아치고, 겸(鎌)도 물리쳤다.

병기가 아니라 몸을 칠 수 있으면, 하다못해 손이나 발이라도 눈에 띄면 가차없이 잘라냈다.

적들이 흘린 피가 몸을 흠뻑 적셨다.

자신의 몸에서 쏟아져 나온 것처럼 줄줄 흘러내렸다.

'회'는 기묘했다. 단순하면서도 운용의 묘가 기막혔다.

처음에는 자신의 안위를 무시하고 동료의 뒤만 보호하는 줄 알았다. 한데 '회'의 묘가 가미되면서 전혀 다른 상황이 연출되었다.

적은 계야부를 공격했다. 한데 계야부가 한 발 옆으로 미끄러지는 바람에 그 검은 오목을 향하게 되었다. 오목은 계야부의 뒤를 지키기 위해 검을 쳐냈지만 결론적으로는 자신에게 부딪쳐 온 검을 쳐내는 격이 되었다.

이 순간 승패는 갈린다.

적은 공격 목표를 잃었지만, '회'는 원래 방어하고자 하는 검을 정확히 쳐냈기 때문이다.

"속(速)!"

계야부가 또 다른 말을 뱉어냈다.

'빠를 속! 빨리 회전하라는…….'

이제는 명령의 의미를 명확하게 받아들였다.

계야부와 부사영은 결코 어려운 말을 사용하지 않았다. 오히려 너무 쉽고 간결해서 그 속에 다른 의미가 없지 않나 하고 고민할 지경이다.

까강! 까가강!

세 사람은 작은 원을 그리며 빙글빙글 돌았다.

작은 풍차처럼, 물레방아처럼 날카로운 검을 바깥으로 뻗어내며 쾌속하게 원을 그렸다.

"진(進)!"

또 다른 명령!

오목은 주춤했다.

나아가라는 말이니 앞으로 움직여야 되는데…… 그냥 움직이는 것인지, 원을 그리면서 움직이는 것인지……

재빠른 눈썰미가 계야부의 몸짓을 읽어냈다.

삼각의 형태를 유지하면서 움직인다. 지금처럼 원을 그리되, 앞으로 나아가는 진행 방향만 달라진다.

달라지는 것은 또 있다.

지금은 어느 위치에 서나 방어의 형태가 똑같았다. 앞사람을 치는 검만 막아내면 되었다.

이제는 조금 달라진다. 나아가는 방향으로 첨(尖)의 위치에 서면 전력을 다해 공격해야 한다. 방어에서 능동적인 공격으로 검법의 형태를 달리해야 한다.

본격적으로 뚫고 나아간다.

'하! 이거 재미있는데!'

오목은 신바람이 났다.

적들은 자신들의 옷깃도 건드리지 못하는데 자신들은 거침없이 풍파를 뚫고 있다. 얼마나 많은지 헤아릴 수도 없는 자들이 단 세 명에게 쩔쩔매고 있다.

그가 언제 이런 일을 상상이나 해봤던가.

싸움은 가급적 피하고 본다는 생각으로 살아왔다. 본격적으로 전장 한가운데 뛰어들어 영웅처럼 검을 휘두를 것이라고는 꿈에서도 생각해 본 적이 없다.

한데 그런 일이 벌어지고 있다.

거침없이 살수들이란 자들을 베어 넘긴다.

"새끼들! 별것도 아닌 것들이!"

오목은 신이 나서 검을 휘둘렀다.

까앙! 까앙! 까아앙!

도대체가 정신을 차릴 수 없었다. 초식이고 뭐고 제대로 펼칠 수 있는 게 없었다.

"헉헉!"

내공 수련을 거의 하지 않은 오목이 제일 먼저 지쳐서 거친 숨을 뿜어냈다.

접연십팔타를 수련하면서 자연적으로 형성된 약간의 내공 성취로는 백여 합 정도밖에 버틸 수 없었다.

싸움이 두 시진을 넘어 세 시진째로 접어들고 있다.

거의 반나절 동안 숨도 크게 쉬지 못하고 싸웠다. 내공이 바닥나고 근력의 힘마저 사라졌다.

"후웁!"

부사영도 큰 숨을 들이켰다.

사지육신을 잠시도 쉬지 않고 계속 놀려야 한다는 것은 지독한 고통이다. 그것도 맹렬히 움직여야 한다. 몸을 움직임에 최선을 다해야 하고, 검을 뻗어내면서 전력을 쏟아부어야 한다.

계야부나 부사영이나 온갖 싸움을 다 겪어왔지만 이토록 무지막지한 싸움은 처음이었다.

까강! 까가강! 까강!

왼손, 오른손, 왼손…….

적이 떨어뜨린 검을 주워 쌍검을 사용했다. 본능적으로 몸을 쓰고, 감각이 시키는 대로 검을 휘둘렀다.

'졌다!'

계야부의 안색이 차디차게 굳어졌다.

사전투광신보, 시구각보, 금강반야선공, 귀영십삼식…… 모든 것을 하나로 버무려 일신에 지녔지만 지금 가장 크게 소용되는 것은 전장을 누비며 마구잡이로 쏟아내던 전장의 사검(死劍)이었다.

까앙! 까아앙!

검을 떨쳐 내어 황소도 단숨에 반으로 갈라 버릴 것 같은 대도(大刀)를 밀어냈다. 그와 동시에 다른 왼손으로는 힘껏 찔러 오는 장창의 창대를 후려쳤다.

적을 벨 틈이 없다. 밀려오는 병장기를 막아내는 것도 벅차다. 아니, 공격은 일찌감치 포기하고 방어에만 주력하고 있는데도 점차 밀리는 느낌을 지울 수 없다.

중과부적(衆寡不敵)이 무엇인지 뼈저리게 느끼는 순간이었다.

"후웁! 후웁!"

부사영의 호흡이 가빠졌다. 손발에도 힘이 풀렸다. 그의 몸놀림이 상당히 둔해졌다는 것을 확실히 느낄 수 있다.

계야부는 버틸 만했다.

금강반야선공과 귀영십삼식 덕분에 내공이 상당히 강해진 탓이다. 하지만 삼각의 형태를 유지하고 있는 이상, 그의 검은 부사영을 위해서 쓰여진다. 그의 안위는 오목에게 맡기고 있

는데, 오목이 제일 먼저 지쳐 버렸으니 그의 몸에 검혼이 새겨
지는 것도 시간문제다.

오목도 그런 점을 알고 있기에 악착같이 검을 휘둘렀다.

삼각일첨의 숨겨진 묘용이다.

자신의 목숨이라면 '실컷 싸웠다' 며 포기할 상황이라도 삼
각일첨을 유지하게 되면 정작 어쩔 수 없어서 죽게 되는 마지
막 순간까지 검을 쓰게 된다.

"새끼들…… 정말…… 지독하네."

오목의 음성에 젖 먹던 힘이 느껴졌다.

그 순간이다. 무수하게 덮쳐들던 병장기들이 우뚝 멈춰 선
다 싶더니 순식간에 사라져 버렸다.

"뭐지?"

부사영이 거친 숨을 토해내며 중얼거렸다.

계야부도 고개를 갸웃거렸다.

그들로서는 도저히 이해할 수 없는 상황이 벌어진 것이다.

"이놈들…… 물러간 거야?"

오목이 믿을 수 없다는 듯 말했다.

검을 들고 있는 손이 부들부들 떨렸다. 평상시에는 장난감
처럼 휘두르던 삼 척 장검이 너무나도 무거워 보였다.

그런데도 그는 검을 거두지 못했다. 부들부들 떨리는 손을
추켜들고 사위를 살폈다.

"끝났어. 쉬어도 돼."

계야부가 먼저 검을 내렸다.

지금까지 숱한 싸움을 해봤지만 이렇게 거의 끝났다 싶은 순간에 멈춘 경우는 없었다. 물론 본인들 스스로 끝났다 싶은 마음이 들 정도로 깊은 위기를 느낀 적도 없었다.

정녕 이해되지 않는 일이지만 싸움은 끝났다.

살수들의 공격이 멈췄다고 해서, 살수들이 사라졌다고 해서 끝났다고 말한 것은 아니다.

살수들이 공격하기 전에 죽음의 위협이 있었다.

너무도 진하고 강렬한 죽음의 향기가 전신을 흠씬 감싸안았다.

부사영이 죽음의 위협을 느낀 것도 살수들의 포위 공격 때문이 아니라 암암리에 번져 오는 죽음의 향기를 자신도 모르는 사이에 맡았기 때문이다.

그렇다. 계야부는 살수들과 싸우지 않았다. 살수들의 뒤에 있는 죽음의 실체와 싸웠다. 검은 살수들을 향하고 있었지만 그의 눈과 마음은 짙은 어둠을 견제했다.

최선을 다했다.

말똥구리 시절에 배웠던 모든 것을 풀어냈다. 무림이란 곳에서 배운 절기들도 줄줄이 쏟아냈다. 감각이란 감각은 모두 일깨웠고, 진기 또한 아낌없이 쏟아냈다.

그래도 그가 느낀 죽음의 실체는 다가오지 않았다. 멀리서 주위를 배회하며 세 사람을 주시했다. '움직여라, 움직여라, 움직이지 않으면 죽는다' 고 채근했다.

삼각일첨으로 이뤄진 진형이 어디를 어떻게 뚫고 나가든 죽음의 그림자는 바짝 따라붙었다.

싸우는 도중에도 그의 존재를 느끼고 또 느꼈다. 그리고 그가 자신보다 확실히 한 수 위임을 인정해야만 했다. 그를 느끼고 있으면 있을수록 그의 존재감은 더욱 커져만 갔다. 그리고 자신의 모습은 한없이 초라해지는 것을 느꼈다.

그는 거대한 산이다.

그러면 이런 살수들 정도는 삼각일첨까지 동원할 필요가 없다. 손에 나무 막대기 하나 쥐여주면 단신으로 뚫고 나갈 게다.

그가 내뿜는 사기는 너무나 컸다.

싸워보기도 전에 마음이 져버렸다.

그래도 검을 휘둘렀다. 그가 나서는 순간, 목숨이 떨어질 게 자명하지만 싸우고 또 싸웠다.

가진 것을 모두 쏟아낸 다음에 탈진하여 죽는다면 원이 없으리라. 혹시, 혹시 하다가 힘도 써보지 못하고 죽는다면 참으로 원통하지 않겠는가.

마음껏, 정말 마음껏 검을 휘둘렀다 싶었다.

죽은 자가 몇이고, 상한 자가 몇인지…….

시체가 수북이 쌓이고, 피가 내가 되어 흐른다고 생각될 즈음, 공격이 거짓말처럼 멈췄다.

아니다. 그가 먼저다. 그가 사라졌고, 살수들의 공격이 멈췄다.

계야부는 마지막으로 그가 머물렀던 곳을 쳐다봤다.

이상한 기분이 든다.

뭐랄까…… 끊으려야 끊을 수 없는 인연? 언젠가는 반드시 생사를 갈라야 할 숙적?

어떤 인연인지는 모르지만 평생 두 번 만나기 어려운 깊은 인연인 것만은 틀림없다는 생각이 든다.

"저놈들도 어지간히 고생한 모양인데요."

한숨 돌린 오목이 가까이 다가오며 말했다.

사사귀는 피로 목욕을 했는지 머리끝부터 발끝까지 온통 피투성이였다.

세 사람은 사사귀가 싸우는 모습을 보지 못했다. 소낙비처럼 퍼붓는 공격을 막아내는 것도 숨이 턱에 닿았는데 남을 쳐다볼 여유가 어디 있으랴.

보아하니 사사귀의 입장도 그들과 별반 다르지 않았다.

"저놈들, 안선에서 쫓겨난 것 같은데 우리 편으로 끌어들이는 게 어때요?"

오목이 손을 부들부들 떨며 말했다.

사람을 죽인 공포, 전율, 느낌 등등 온갖 감정이 이제야 밀려오는 모양이다.

"내 생각도 그래. 안선과 싸워야 한다면 한 명이라도 더 끌어들이는 게 좋지 않아?"

부사영도 거들었다.

"잠시 생각 좀 해보자. 우선 몸부터 씻고…… 어디 요기할 거라도 찾아봐야지?"

"허! 지금 밥 생각이 나냐?"

"안 먹으면 죽어."

계야부가 히죽 웃었다.

살수들이 왜 물러갔을까? 다 끝난 싸움을 놔두고 썰물처럼 빠져나간 이유가 뭘까?

계야부는 그 의문부터 풀어야 했다.

그는 타사웅묘 곁에 다가가 앉았다.

"이놈들이 다 끝난 싸움을 놔두고 물러갈 때는 이유가 있는 것 같은데…… 혹시 짐작되는 거라도 있나?"

"다 끝나다니? 되게 힘들었나 보지? 우린 시작도 안 했어. 후후후! 놈들에게 죽이고자 하는 적극적인 마음이 없더군. 그래서 살살 한 것뿐이야."

"죽이고자 하는…… 적극적인 마음이 없었다?"

"그 정도도 읽지 못한 건가? 하하하! 이래서 사람들이 강호 경험을 말하는 거군."

계야부는 타사웅묘의 비웃음을 웃음으로 받아넘겼다.

죽이고자 하는 적극적인 마음은 있었다. 살수들의 손을 볼 것이 아니라 그 너머에 있는 죽음의 향기를 맡았어야 한다. 그랬다면 지금처럼 편하게 말할 수 없으리라.

"좋아. 그럼 저들이 가망없다고 생각해서 물러갔다는 건가?"

"그걸 왜 내게 묻는 거지?"

"안선이니까."

"허! 이봐, 우리도 그렇고 너희도 그렇고…… 너나 할 것 없이 안선에 찜당한 상태인 것 같은데, 그렇게 날 세울 것 없잖아? 그것보다는 대충 섞이는 게 낫지 않겠어? 우리도 세 명, 너희도 세 명. 어느 한쪽 딱 부러지게 두드러지는 것도 아니고, 모두 고만고만한 무공들이고."

"다음에 보지."

계야부는 그의 말을 무시하고 일어섰다.

계야부는 인간관계에서 첫인상을 상당히 중시했다.

첫 느낌이 좋지 않으면 반드시 악연이 되었고, 인상은 나빠더라도 느낌이 좋으면 좋은 인연으로 남았다.

타사웅묘는 인상이 좋다. 귀공자 같은 용모에 말투도 싹싹하다. 하지만 느낌이 좋지 않다.

첫 격돌에서 화향호리에게 모든 짐을 떠맡기고 물러났기 때문일까? 진실한 사람이라는 느낌은 들지 않는다. 그보다는 시세에 순응한다는 인상이 강하다.

계야부는 그런 사람과 손잡은 적이 없었다.

지금도 마찬가지다. 상황으로 보면 사사귀처럼 도움이 될 만한 사람도 흔치 않다. 어디 가서 이만한 고수들을 구할 수 있단 말인가. 더군다나 그들도 연수를 원하는데 느낌이 좋지 않다고 거절한다는 것은 미숙한 행동이다. 꼭 어린아이가 '기분 나쁘니 너랑 안 놀아’ 하는 것과 무엇이 다른가.

그렇게 말해도 좋다.

그의 인생은 남과 다르다. 인생 전체가 긴장과 죽음과 모험밖에 없다. 그런 삶을 살아온 사람의 본능은 동물 이상으로 예민하고 정확하다.

타사웅묘는 배척해야 한다.

그는 오목과 부사영을 데리고 한발 앞서 나아갔다.

$$*\qquad*\qquad*$$

“그렇게 잘난 척을 하더니. 흥!”

“무인들이란 게 원래 그렇지 않은가. 겉멋만 잔뜩 들었지 까뒤집고 보면 알맹이가 없어.”

“이번에 돈을 얼마나 쓴 줄 알아요?”

“목숨 값이니 꽤나 들었겠지.”

“그런데도 제 몫을 못하고 있으니 답답한 노릇이죠. 무림에서는 이런 자들도 쓰나 봐요?”

“허허! 조금만 참아봐. 사사귀가 이름값도 못하는 위인들은 아니니 조만간 좋은 소식을 가져올 거야.”

“그런데 화향호리를 죽이는 일까지 왜 제게 떠넘기는 거예요!”

“그걸 왜 나에게 따지누.”

“일부러 제게 떠넘긴 거잖아요!”

“일부러는 무슨…… 나야 밖으로만 쏘다니니 중원 사정을
아나. 이쪽 사정이야 자네가 빠삭하니 자네에게 맡긴 거겠지.”

“이번 일은 그냥 넘어가죠. 하지만 한 번만 더 뒤에서 냄새
나는 이빨을 놀린다면…… 호호호!”

“그보다…… 오늘 자네 치마 속에 풍덩 빠져보고 싶구먼. 되
겠나?”

“한 십 년만 젊었어도 허락할 텐데…… 호호호! 너무 늙었어
요.”

“그렇지? 내가 좀 늙긴 했어. 허허허!”

두 사람은 탁자에 수북이 쌓인 전서를 꼼꼼히 읽었다.

3

사사사사사삭……!

나뭇잎에 옷깃 스치는 소리가 들려왔다. 풀 밟는 소리도 들
리고, 덜그럭덜그럭 병장기 부딪치는 소리도 들렸다.

“뭐야? 아직 안 끝난 거야?”

오목이 바싹 긴장하며 검을 고쳐 잡았다.

“사람이 달라.”

부사영은 한결 여유있었다.

이미 끝난 싸움에 연연하면 심신만 피곤해진다. 끝난 것은
깨끗이 잊고 새로운 날을 맞이해야 한다.

이것이 말똥구리들이 세상을 살아가는 방식이다.

부사영은 죽음의 문턱까지 다다랐던 지난 싸움을 잊었다. 까마득히 잊었다.

자신의 무공으로는 불가항력이었고, 빠져나올 수 없는 상황이었다.

앞으로도 그런 일은 종종 있을 것이다. 아니, 전에도 항상 있었다. 적진을 넘나들면서 그만한 곤란은 수도 없이 겪었다. 지금은 몸이라도 성하지, 그때는 복부 밖으로 삐져 나온 창자를 움켜쥐고 뛴 적도 있다.

살아 있다는 것이 중요하다.

그렇다. 중요한 것은 그것밖에 없다.

현재 살아 있고, 앞으로도 살아남을 것이다.

"먼저 놈들보다 지독하지만 않았으면 좋겠는데……."

오목이 어깨를 으쓱거리며 몸을 풀었다.

"걱정 마라. 그자들같이 죽기 살기로 달려들지 않을 테니까."

계야부가 장담했다.

다가오는 자들은 상당히 미숙하다. 보폭도 난잡하고, 몸도 무거워 보인다. 최소한 살수는 아니다. 누굴 죽이기 위해 고용될 만큼 숙련된 무인이라고는 볼 수 없다.

무엇보다도 죽음의 향기가 피어나지 않는다.

날이 퍼렇게 선 장검을 목에 댔을 때처럼 솜털이 곤두서는 긴장감조차 느껴지지 않는다.

염려하지 않아도 된다. 이런 자들과는 싸우면 이긴다.

사사삭! 사사사삭!

은밀하지 않으면서 은밀한 척하는 움직임은 계속되었다.

"어쭈! 포위하는데?"

부사영이 히죽 웃었다.

일검필살의 타사인을 얻지 못했다고 해도 이런 정도의 무인들은 충분히 상대할 수 있다.

계야부는 걸음을 멈추고 어쭙잖은 포위망을 지켜봤다.

잠시 후, 포위망이 구축되었다.

인원은 대략 삼백여 명으로 구성되었고, 나름대로는 물샐틈없는 천라지망(天羅地網)을 형성했다.

"풋! 저것도 포위라고."

부사영이 눈을 가늘게 뜨며 웃었다.

"왜요? 제 눈에는 완벽해 보이는데."

"엄마 젖 좀 더 먹고 와. 그럼 구멍이 보일 테니까."

"형님, 자꾸 그런 식으로 말할 겁니까!"

"어쭈! 이젠 성질까지 내내? 너 많이 컸다."

"형님!"

"아익쿠! 귀 따가워!"

부사영이 짐짓 두 손을 들어 귀를 틀어막았다.

계야부는 그들의 장난을 못 본 척했다.

사실 이것은 장난이 아니다. 오목을 놀리려는 것은 맞지만 고의적인 의도가 섞여 있다.

오목은 부사영에게서 아무 소리도 듣지 못한다.

　말똥구리라면 밥을 먹는 것과 같은 일상적인 행동에서부터 포위망 구축 같은 특이한 상황까지 자신에게 닥친 모든 일들을 자신 스스로 해결할 줄 알아야 한다.
　말똥구리에 처음 발을 디딘 신병이 하는 말은 거의 똑같다.

　―잘 부탁드립니다.

　그리고는 묻기 시작한다.
　이게 뭐냐, 저게 뭐냐. 침투할 때 준비할 것은 뭐냐. 위험은 어느 정도냐…….
　많은 물음은 늘 하나로 통한다.

　―네가 알아서 해.

　야박하게 들릴지 모르지만 평소의 이런 행동 방침은 불의의 순간에 많은 도움을 준다.
　부사영은 그런 지도를 하고 있다.
　그들의 장난은 한 사람이 모습을 드러내면서 뚝 그쳤다.
　저벅! 저벅!
　포위망을 형성한 무인들 중에 한 명이 걸어왔다.
　기골이 장대하여 웬만한 사람쯤은 한 손으로 집어던질 역사다. 턱수염을 거칠게 길렀고, 손에는 특별히 제조한 듯한 언월도(偃月刀)를 들었다.

"장룡문(長龍門) 문주(門主) 왕굉(王宏)이다!"

그가 신분을 밝혔다.

살수들처럼 다짜고짜 검부터 휘두르지 않는 걸 보면 무리가 다른 것 같은데…….

계야부는 무슨 용건이냐는 듯 멀뚱멀뚱 쳐다보기만 했다.

보다 못해 오목이 슬쩍 다가서며 말했다.

"장룡문 문주라면 무림에서는 꽤 알려진 사람이에요. 문파의 절기는 활룡도법(闊龍刀法)인데 도세(刀勢)가 강해서 상대하기 까다롭다는 평을 듣고 있죠."

"그래서?"

"어휴! 이렇게 나서서 자신을 밝히는 건 통성명부터 하자는 거예요. 한마디로 난 누군데 넌 누구냐 이거죠."

계야부는 무림의 격식 같은 건 알지 못한다. 장룡문이 무엇인지도 모르고 굳이 친분을 나눠야 할 필요도 느끼지 못한다.

그는 오목의 등을 떠밀었다.

"네가 해."

"어휴! 정말 못산다니까."

오목이 앞으로 나서며 포권지례를 취해 보였다.

"고명은 많이 들었습니다. 장룡문의 활룡도법은 무림 일절이지요. 이렇게 뵙게 되니 영광입니다."

"누구냐!"

"네?"

"웬 놈들이냐고 물었다!"

오목은 머리를 긁적거렸다.

이럴 때는 별호를 말해주어야 한다. 하지만 그런 게 있어야 말해주지. 별호가 없으면 이름이라도 말해줘야 하는데, 무명소졸이니 말해줘도 모를 것이고…… 하면 문파나 가문이라도 들먹거려야 하는데 세 명 중 누구도 내세울 만한 이름자가 없다.

"저흰 그냥 지나가는 낭인(浪人)입니다만……."

"낭인? 어찌 된 일이냐!"

그는 언월도를 들어 죽은 살수들의 시신을 가리켰다.

참 많은 사람이 죽었다. 언뜻 봐도 삼사십 명은 족히 될 성싶다. 부상자는 사라졌고, 죽은 자만 남았는데도 상당하다.

부사영이 계야부 옆으로 다가서며 말했다.

"장룡문이 이 지역 패주인 모양이지?"

"그런 것 같군."

"무림에서는 싸우는 것도 허락을 받아야 하나?"

"그런 것 같은데."

"무슨 말이 그래?"

"그런 것 같으니까."

계야부는 장룡문주가 나선 이유를 알아차렸다.

장룡문이 지역 패주라면 자신의 땅에서 벌어진 싸움을 묵과할 수 없었으리라.

싸움을 벌인 자들이 누구인지 모른다.

싸움의 규모가 사망자 삼십 명 수준에 이른다. 상당히 치열한 싸움이다.

이런 일에 손발 걷어붙이고 나서지 않으면 지역 패주라는 위엄에 먹칠을 한다고 생각했을 게다.

계야부와 부사영은 이럴 때 어떻게 상대해야 할지 알지 못했다.

산적이라면 싸우면 그만이고, 안선이라면 가차없이 살검을 들 것이다. 하지만 지역 패주로 인정받은 무림문파가 정당한 이유로 싸움의 과정을 알고자 하는데 무작정 싸움을 벌일 수는 없지 않은가.

그렇다고 안선에 대한 일을 구구절절이 말할 수도 없다.

안선과 싸울 때마다 지역 패주라는 자들은 나타날 것이고, 그때마다 싸우는 이유를 말해주는 건 생각만 해도 끔찍하다.

'이런 일이 자주 벌어지면 피곤해.'

미간이 저절로 찌푸려졌다.

같은 일도 상황에 따라 달라지는 법이다.

마음이 넉넉할 때 편안하게 다가와서 자초지종을 물었다면 시시콜콜 말해주었을지도 모른다. 하지만 지금은 막 싸움이 끝난 후인지라 심신이 피곤하다. 이럴 때는 누가 장난만 걸어와도 시비로 받아들일 것이다.

앞으로도 지역 패주라는 자들은 항상 이런 시기에 다가올 것이다.

상처를 입어서 싸움을 할 수 없을 지경이 되면 더욱 거세게 몰아붙일지도 모른다.

자신의 구역에서 일어난 일이라…… 하하!

무인들은 이런 경우, 어떻게 해결할까?

계야부는 오목을 지켜봤지만 오목도 마땅한 대책이 없어 보였다.

오목이 머뭇거리자 장룡문주의 언성이 한층 높아졌다.

"다시 한 번 묻겠다! 너흰 누구고 이들은 누군가! 사람이 이만큼 죽을 때는 합당한 명분이 있을 터, 무슨 이유로 싸운 것인가!"

"하!"

오목은 대답하지 못하고 머리만 긁적거렸다.

"그만 가시오."

계야부가 불쑥 말했다.

순간, 장룡문주의 짙은 검미가 꿈틀거렸다.

오랫동안 한 지역의 패주로 군림해 온 그가 한낱 낭인에게 멸시에 가까운 말을 들었다.

분노로 그의 얼굴이 새빨개졌다.

계야부는 장룡문주의 마음이 어떻게 요동치는지는 아랑곳하지 않고 할 말을 이어갔다.

"우리가 당신 문파에 찾아가서 이래라저래라 하면 좋겠소? 그러잖아도 피곤한데 시비 걸지 말고 가시오."

아예 작심하고 한 말이다.

장룡문주는 자초지종을 세세하게 이야기하기를 원한다. 공손하게 머리를 조아리며, 일의 선후를 설명해야 직성이 풀릴 것이다.

아니다. 그것으로 만족하지 못할 것이다.

그는 잘잘못에 대한 평가까지 내리려고 한다. 죽은 자들이 잘못했나, 아니면 계야부 일행이 잘못했나.

심판관의 입장에서 싸움을 조정할 심산이다.

지역을 관장하는 입장에서 병기를 들고 나선 것은 윗사람 입장에서 잘잘못을 가리려는 것이다.

계야부는 받아들이지 않았다.

하면 남는 것은 하나뿐이다. 싸움.

장룡문주는 계야부 정도는 제압할 수 있을 것이라는 생각에 문도를 이끌고 왔으리라.

그렇지 않았다면 어땠을까? 상대할 수 없는 거인이었어도 지역 패주랍시고 나섰을까? 아마도 조용히 숨죽이고 있지 않았을까?

무림은 힘의 논리가 우선이다.

"뭐, 뭐라! 시비를 걸어! 하하하! 하하하하! 이제 이 장룡문 도 다 되었구나. 한낱 낭인 따위가 장룡문을 무시하다니!"

장룡문주가 하늘을 향해 앙천광소를 터뜨렸다.

"아마도 그런 모양이야. 운이 다했으니 우리 앞에 나섰겠 지."

계야부가 검을 들고 성큼성큼 걸어가며 말했다.

"제길! 피곤해 죽겠는데……."

부사영이 투덜거리며 유난히 긴 장검을 치켜들었다.

계야부가 장룡문주를 대하는 데는 과장된 면이 있다. 일부러 멸시하고, 일부러 강함을 앞세운다.

이런 과장된 면은 장룡문주를 꺾지 못하면 허풍이 되고 말지만, 그를 꺾게 되면 계야부를 지니고 있는 실력보다 한층 강한 괴물로 만들어 버린다.

이곳에서 빠져나간 자들은 자신이 보고 들은 내용을 고스란히 전달한다. 과장된 면이 사실로 둔갑하는 것이다. 뿐만 아니라 소문은 눈덩이처럼 불어나는 특성이 있으니 며칠 지나지 않아서 어마어마하게 강한 고수로 탈바꿈되리라.

그러기 위해서는 장룡문주를 손쉽게 꺾어야 한다.

쒜에에엑!

계야부는 쏜 화살처럼 빠르게 질주했다.

금강반야선공을 바탕으로 한 사전투광신보는 그를 빛살로 만들어주었다.

"엇!"

장룡문주는 계야부가 이토록 빠를 줄은 몰랐던 듯 다급히 언월도를 들어 가로막았다.

까앙!

검과 언월도가 부딪쳤다.

그 순간이다. 장룡문주는 계야부의 신형을 놓쳐 버렸다. 갑자기 신형이 뿌연 안개에 휘감겨 버렸다. 마치 몸 주위에만 연무탄을 터뜨린 것 같아서 실체 파악이 어려웠다.

귀영십삼식 중 제팔식 연무공몽(煙霧空濛)이다.

단전에서 뿜어져 나온 진파가 피부 표면에서 눈보라처럼 피어나며 만들어낸 연무다.

"이게 뭐……!"

장룡문주가 경악성을 내뱉기도 전에 안개 속에서 희뿌연 검광이 번뜩였다.

"컥! 크윽!"

장룡문주는 답답한 비명을 토해내며 뒷걸음질쳤다.

"굳이 죽일 필요가 없는 것 같아서 목숨을 남겨놨는데…… 죽여야 하나?"

계야부가 장룡문주를 쳐다보며 히죽 웃었다.

"축하해."

타사웅묘가 다가서며 빙긋 웃었다.

"장룡문주를 얼굴도 못 들게 뭉개놨으니 협의지사(俠義志士) 소리를 듣기는 틀렸고…… 마인(魔人) 소리는 곧 듣겠어."

"계속 따라다닐 건가?"

"아까 그 무공 말이야. 순식간에 몸을 안개로 가려 버린 무공. 그게 뭐지?"

"타사웅묘. 타사란 말이 부사영의 타사인과 겹쳐. 네가 빼야겠어. 별호는 그냥 웅묘로 해. 아니야. 영웅적인 모습은 찾아볼 수 없으니 웅 자도 빼자. 묘. 너, 고양이 해라."

"……"

"고양이, 저녁 요기는 어디서 할지 찾아봐."

"농이 아닌 것 같은데…… 말이 심하군."

"고양이, 저녁거리를 찾아보던가, 떠나라. 오늘 세 번 싸웠다. 그 세 번 중에 너희가 제일 먼저 싸움을 걸어왔다는 것, 아직 안 잊고 있지. 세 번 싸웠는데 네 번인들 못 싸울까."

"후후후! 좋아. 저놈들은 별것없는데 솔직히 네놈은 두렵다. 아까 그 무공, 이길 자신도 없고. 우리들이 왜 네놈 곁에 있으려고 했는지 아나?"

"……."

"네가 잘나서 그런 줄 알았다면 오산이지. 네놈은 무총 서지단 군사 사약란의 이거잖아."

타사웅묘가 새끼손가락을 들어 보였다.

"네놈 곁에 있으면 무총 도움을 받을 수 있으니까 버틴 건데, 네놈이 마인으로 낙인찍히면 어떻게 될지 모르지. 좌우간 지금은 말을 들어주마. 후후! 저녁거리라고 했나? 알았다."

타사웅묘가 벌떡 일어섰다.

계야부는 시냇물로 가 피로 물든 몸을 닦았다.

옷도 빨았다.

핏물이 얼마나 많이 스며들었는지 몇 번을 행궈도 붉은 핏물이 여전히 스며 나왔다.

그는 머릿속도 정리했다.

이상한 일이 많이 생겼다.

살수들이 물러간 이유는 아직 찾지 못했다. 사사귀는 온갖 모욕을 줘도 옆에 붙어 있으려고 한다. 안선과 싸워야 하는 공통된 이유 때문이라지만 뭔가 석연치 않다.

그것만 해도 머리가 복잡한데, 장룡문주 사건까지 겹쳤다.

장룡문주는 자신들을 제압할 자신이 있었다. 서른 명이나 죽은 큰 싸움을 말 한마디로 정리할 생각이었으리라.

누군가 그에게 잘못된 정보를 주었다.

그가 나타난 시점도 절묘하다.

살수들이 물러가고 얼마 있지 않아서 도착했다.

살수들이 한참 공격하고 있을 때, 소식을 접하고 나섰다는 뜻이다.

듣지도 보지도 못한 자들이 이상한 싸움을 벌일 때, 제일 먼저 하는 일은 누가 무슨 일로 싸우는지 알아보는 것일 게다.

장룡문주는 다짜고짜 문도를 이끌고 나섰다.

'안선!'

옷을 헹구던 계야부의 눈빛이 날카로워졌다.

장룡문에도 안선이 잠입해 있을 터이다. 그는 살수들의 공격 계획을 사전에 통보받았을 것이고, 예정된 시간에 장룡문주를 꼬드겨 전장으로 끌고 나왔다.

살수들의 퇴각과 장룡문주의 등장은 따로 떼어놓고 생각해서는 안 된다.

그것으로 안선이 노리는 것은 무엇일까?

'장룡문주의 패퇴. 마인으로 낙인찍고…… 고립(孤立)!'

안선은 자신과 장룡문주의 격돌을 예상했다. 철저하게 꺾을 것을 알고 있었다.

그가 옷을 빨고 있는 이 순간, 무림에는 소문 하나가 잔잔하게 번져 가고 있을 것이다.

장룡문주가 사술을 쓰는 자에게 당했다. 광오하고 난폭한 성정을 지닌 놈인데, 좋은 말로 사리를 따지는 장룡문주에게 느닷없이 기습공격을 가했다.

소문이 그 정도라면 그럭저럭 견딜 만하다. 그보다 두세 배는 지독한 자, 상종하지 못할 인간으로 둔갑되어 있으리라.

다행히 장룡문주를 죽이지는 않았다. 죽이기라도 했으면 무림인들이 벌떼처럼 들고일어설 터인데, 상처 좀 입힌 것으로는 공적까지는 되지 않을 것이다.

아니다. 살수들의 시신이 있다. 무려 삼십여 구나 들판에 쓰러져 있다. 그들을 정도문파의 문인들로 둔갑시킨다면…… 꼼짝없이 마인이 된다.

그래서 안선이 얻는 것은 무엇일까?

순간, 사약란의 얼굴이 퍼뜩 스쳐 갔다.

정도문파의 지주인 무총 총주의 손녀, 그런 그녀가 마인과 부부지연을 맺었다는 소문이 퍼진다면…….

"훗! 후후후…… 후후후……."

자신도 모르게 실소가 새어 나왔다.

그녀를 위해 안선과 싸우려고 했건만, 이제 그녀를 두 번 다시 보지 못할 처지가 된 것 같다.

오해는 풀면 된다지만 어쩐지 쉽지 않게 느껴진다.

무총은 계야부를 위해 발 벗고 나서줄까?

기대하기 어렵다. 누명을 벗기려면 안선이 어떤 조직인지 먼저 밝혀야 하는데, 안선에 대해서 아는 바가 너무 없다. 하니 안선의 실체를 밝힌다는 건 꿈도 꾸지 못한다.

마음은 있어도 몸은 움직이지 못하리라.

안선은 아주 간단하게 무총과 그를 분리시켰다.

이제 그들은 천천히, 여유있게 토끼몰이를 하다가 그의 미간에 푹 찍혀 있는 서인을 빼내려 할 것이다.

계야부는 물에 헹군 옷을 툭툭 털어 물기를 털어냈다.

시냇가에서 떠나기 전, 한 가지 생각을 더 정리해야 한다.

사사귀 문제다. 그들이 왜 자신들과 같이 움직이지 못해서 안달하는지 알아야 한다.

그들이 안선에 쫓기는 것은 사실인 것 같다.

부사영과 오목은 보지 못했지만 비교적 여유가 있었던 그는 사사귀의 싸움 장면을 봤다.

자신들이 싸운 것과는 비교도 안 될 정도로 치열했다.

자신들에게 덤빈 살수들과는 비교도 안 될 정도로 강한 살수들이 그들에게 달라붙었다.

정말로 사사귀를 죽일 심산이었다.

부사영과 오목이 살아난 것도 천운이지만 사사귀가 목숨을 부지한 것도 천운이었다. 아니면 숨어서 뒤따르는 네 명의 무인이 암암리에 손을 썼을 수도 있다.

어쨌거나 사사귀는 무총의 주목을 받는 데 성공했다.

안선을 주시하고 있는 무총에게 사사귀의 변심은 아주 귀한 정보 제공자로 인식되었으리라.

무총은 사사귀를 데려가기 위해 사람을 보낼 것이다.

예상이 맞는다면, 자신들이 마인으로 낙인찍힌다면, 그런 소문이 번진다면…… 사사귀는 자신이 뭐라고 하기 전에 먼저 떨어져 나갈 것이다.

'두고 보면 알겠지.'

계야부는 시냇가에서 벗어나자마자 오목을 불렀다.

"지금 이 길로 장룡문으로 가줘야겠다."

"장룡문이요? 또 싸우게요? 웬만하면 내일 하지……."

"장룡문에 가서 문주에게 우리 동향을 일러준 사람이 누구인지 알아봐 줘, 은밀히."

"아!"

오목이 눈빛을 빛냈다.

"네 얼굴도 알려졌을 테니, 조심해. 싸움이 일어나선 안 돼."

"하하! 염탐하는 것쯤이야 일도 아니니까 걱정 붙들어매 둬요."

오목이 장난스럽게 웃으며 치달려갔다.

第二十三章
버려진 사람들

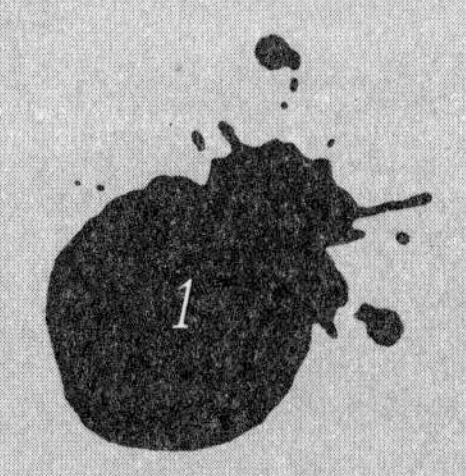

　오목은 움직이기에 앞서 장룡문의 상황을 면밀히 살폈다.

　먼저 횃불, 큼지막한 장원에 횃불이 환히 밝혀져 있다. 비정
상이다.

　그다음은 정문, 활짝 열려져 있으며 많은 사람들이 들락거
린다. 비정상이다.

　문주가 싸움에 패했으니 오늘만이라도 문을 걸어 잠그고 경
계를 철저히 해야 한다. 아무 일도 없었던 듯이 태평스런 모습
은 누가 봐도 비정상이다.

　문주가 아니라 제자가 패했어도 침중해야 하거늘.

　마지막으로 제일 중요한 것, 사람들의 표정을 살폈다.

　표정은 두 종류로 나뉜다. 활활 타오르는 분노와 이길 수 없

는 슬픔이다. 비정상이다.

장룡문주는 단 일초에 패했다.

분노보다는 참담함을 느끼고 있어야 한다. 강한 슬픔보다는 안타까움을 나타내야 한다.

장룡문은 밖에서 확인할 수 있는 세 가지가 모두 비정상이다.

'뭔가 잘못된 거야.'

그는 지나가는 아낙을 붙들었다.

"실례지만 저기 장룡문에 무슨 일이 생긴 거요?"

아낙은 땅이 꺼져라 한숨부터 내쉬었다.

"휴우! 하늘도 무심하시지. 악마 같은 놈을 처치하시겠다고 나서셨다가 저리 당했다지 뭔가."

"심하게 다친 모양입니다?"

"다치기만 했으면 얼마나 좋겠나. 상처를 입으시고 돌아오는 길에 그만 절명하시고 말았네. 휴우! 하늘은 뭐 하고 계시는 건지. 악마 같은 놈은 살려두시면서 인품 훌륭하신 문주님은 왜 이리 일찍 데려가시누. 휴우!"

'죽어? 장룡문주가?'

의아하지 않을 수 없다.

계야부는 단지 작은 상처만 남겼다. 치료를 하지 않고 방치해 놓았다 치자. 상처가 곪고 찌들어 고름이 줄줄 흘러내린다고 하자. 그래도 그것 때문에 죽었다는 건 언어도단이다.

'이거 단단히 수를 썼는데.'

아낙을 보낸 오목은 높다란 담장을 따라 걸었다.

계야부의 밀명을 이행하기 위해 굳이 잠입할 필요는 없었다. 이런 일일수록 무공과는 상관없는 자들이 말을 더 잘해준다.

그렇다. 명문정파의 취약점은 장원 근처에 있다.

장원 인근에 있는 점포에서 표시 안 나게 이익을 주며 몇 마디 물으면 생각하지 못한 말까지 줄줄 흘러나온다.

오목은 후문 근처에 있는 작은 다루(茶樓)로 들어섰다.

탁자가 두어 개, 기다란 나무 의자가 두어 개, 장정 네다섯 명만 들어서면 몸을 돌릴 곳도 없어 보이는 작은 다루다.

다루 주인은 팔십 노파였다.

"차 좀 주쇼."

"주문하게. 녹차(綠茶)하고 화차(花茶)밖에 없어."

"녹차로 주쇼."

"절강산(絶江産)과 복건산(福建産)이 있네만."

"아무거나 햇차로 주쇼."

"햇차는 조금 비싸네."

"비싸면 어떻소. 제길! 무공이나 배워볼까 하고 불원천리 달려왔는데 하필 오는 날이 장날이라고 문주께서 돌아가실 게 뭐요."

"쯧! 조용히 차나 마시고 돌아가게. 오늘 같은 날 장룡문과 시비 붙으면 뼈도 못 추려."

"듣자 하니 악마 같은 놈, 무공이 상당하다던데 왜 단신으로 가셨대요? 나 같으면 친구들 죄다 끌어 모아 데려갔을 텐데."

"갈 때야 그렇게 무서운 놈인 줄 알았나."

"아니, 그럼 아무것도 모르고 갔단 말예요? 어떤 놈인지도 모르고? 에이, 그럴 리가 있나."

"차 여기 있네."

노파가 파란 찻잎과 차디찬 물이 담긴 주담자를 내왔다.

오목이 고개를 들어 노파를 보았다.

'이걸 어떻게 마시라고?'

그의 눈에 의아함이 가득 배어 나왔다.

"차 마시려고 여기 들어선 게 아닌 것 같아서 물은 끓이지 않았네. 뭐가 알고 싶은가? 문주에게 언월도를 쥐여준 사람이 누군지 알고 싶은 건가? 그건 알아서 뭐 하게? 안선 꼬리라도 잡게?"

'이런 염병할!'

오목은 진땀을 흘렸다.

탁자에서 손을 내려 검을 잡기만 하면 접연십팔타를 펼칠 수 있겠는데, 노파는 그럴 만한 기회를 주지 않는다. 손가락을 꿈지럭거리기만 해도 냉수를 담은 주담자가 머리통을 후려치리라.

오목은 기회를 엿봤지만 도무지 손을 내릴 수 없었다.

노파는 보통 고수가 아니다. 정상적으로 검을 들고 겨룬다 해도 이길 자신이 없다.

"후후후! 가서 계야부에게 전해. 조만간 정중하게 방문할 테니 얌전히 기다리라고. 꼬마야, 뭐 해? 그만 가봐야지?"

　오목은 경계를 늦추지 않고 일어섰다.

　노파는 공격하지 않았다. 내왔던 찻잎과 주담자를 들고 꾸부정하게 굽은 허리를 펴지도 못한 채 발길을 떼어놓고 있었다.

　"사술을 쓰는 놈이 장룡문도를 서른 명이나 죽였대. 장룡문에서 시신을 수습하고 있는데 잘려진 몸뚱이가 여기저기 널려 있는 바람에 여간 고생이 아닌가 봐."

　"그놈은 몸이 희뿌연 안개로 감싸 있어서 모습이 잘 보이지 않는다던데?"

　"정신도 이상하대. 사람이든 뭐든 눈에 띄기만 하면 죽이지 못해서 안달이라네."

　"그놈 어미도 태어날 땐 미역국 먹었을 것 아냐. 에잉! 어쩌다 그런 놈들이 세상을 활보하누."

　오목은 누구에게 묻지 않고도 많은 말을 들었다.

　그중에서 특히 재미있는 부분은 장룡문도가 서른 명이나 죽었다는 대목이다.

　살수들의 시신이 장룡문도의 시신으로 둔갑한 것이다.

　뿐만이 아니다. 살인 수법도 잔혹해졌다.

　사사귀도 그렇고 자신들도 그렇고 살수들을 죽이긴 했지만 일검필살의 기세로 치명적인 상처를 가했을 뿐이다.

　난도분시(亂刀分屍)라니.

　그럴 만한 시간도 여유도 없었다.

한데 소문은 그렇지 않다. 온몸을 갈기갈기 찢어놓아 시신을 수습하기 곤란할 지경이란다.

누구든 한 번만 싸움 현장에 가보면 진실을 알 수 있을 텐데, 진실 확인은 하지 않고 뜬소문만 무성하게 나돈다.

소문은 그렇다 치자. 소문의 당사자인 장룡문은 마치 소문을 듣지 못한 듯 아무 반응을 보이지 않는다.

이미 장룡문이 안선에게 넘어갔다는 데 은자 닷 냥을 건다.

그가 보았던 다루의 노파는 빙산의 일각이다. 장룡문 주위에는 노파 이외에도 많은 무인들이 잠복해 있으리라. 다루가 아니라 다른 점포에 들렀어도 그와 비슷한 상황에 처했다.

안선의 뿌리는 생각보다 훨씬 깊다.

영역도 넓혀가고 있다. 전에는 간자만 침투시켰는데, 이제는 장룡문처럼 문주를 밀어내고 문파 전체를 장악한다.

'안선이 그만한 힘을 들일 만큼 장룡문이 월등한 문파는 아닌데…… 그럼 이게 모두 대형을 노리고 있는 거야? 도대체 그놈의 서인이 뭔데 이 난리야.'

오목은 자신이 작은 시냇물에서 큰 강물로 휩쓸려 내려왔다는 사실을 직감했다.

자신은 무림 역사의 한 중심에 서 있었다.

그를 덮친 거센 물살은 빠져나가려고 허우적거리는 행동조차 용납하지 않는다.

그가 할 수 있는 행동이란 어떻게든 살아남기 위해 발버둥쳐야 한다는 것이다. 무림의 역사란 개개인의 소망쯤은 단숨에 짓밟고 지나가는 거대한 수레이기 때문에.

'대형을 만난 게 잘한 일인지 모르겠다. 환수로 살았다면 잘 나지는 못했어도 길게는 살 수 있는데. 아침저녁으로 날씨가 쌀쌀한 게…… 이제 가을인가?'

오목은 계야부의 명을 이행하지 못하고 터벅터벅 걸었다.

*   *   *

세상이 변하고 있다.

변화의 흐름은 지저(地底)에서 시작되었다. 아무도 보지 못하고 느끼지 못하는 곳에서 아주 조용히, 은밀히 진행되고 있다.

땅 밑을 흐르던 용암이 전혀 예상치 못한 곳에서 갑자기 분출하여 세상을 뒤집으리라.

사약란이 할 일은 지저의 용암을 파악하는 것이다.

언제 어디서 어느 정도로 터질 것인가. 시작은 어떻게 되며, 결과는 어떨 것인가. 분석도 좋고 예측도 좋다. 용암에 관련된 것이면 무엇이든 손에 쥐어야만 한다.

그녀는 지난 십 년간의 모든 사료를 분석했다.

"이자들이 간자일 가능성은 거의 구 할……."

그녀는 문파와 별호와 이름이 적힌 책자를 들춰봤다.

소림(少林), 무당(武當), 화산(華山), 아미(峨嵋), 곤륜(崑崙)…….

무림 각대문파가 총망라되었다.

사천당문(四川唐門), 남궁세가(南宮世家), 제갈세가(諸葛世家), 하북팽가(河北彭家), 황보세가(皇甫世家)…… 무림 오대세가도 예외가 되지 못했다.

그녀의 손에 들린 책자가 무림에 흘러나간다면 중원은 한바탕 피의 몸살을 앓게 되리라.

그녀는 각 문파의 숨은 실력자들을 찾아냈다.

전 중원을 대상으로 하기에는 힘이 부쳐서 개파 오십 년 이상 된 문파만 집중적으로 살폈다.

겉으로 드러나지 않아 존재감조차 없어 보이나 따르는 동도가 은근히 많은 자. 자신의 생각을 드러내고 주장하지는 않지만 은근히 부추기는 말 한마디로 대세를 휘저어놓는 자…….

그녀가 살피는 요소는 많았다.

그중에 무공이나 직위는 포함되지 않았다. 문파를 뒤흔들 수 있다면 어떤 위치에 있든 상관없기 때문이다.

그렇게 안선의 간자들을 색출해 냈다.

물론 이 중에는 애꿎은 자도 섞여 있을 것이다.

효웅(梟雄)이거나 진실로 나서기 싫어하는 사람도 포함되어 있다.

그래서 그녀는 자신이 색출한 자들 전부가 안선의 간자라고는 말하지 않는다.

진정한 안선 간자를 색출하려면 다른 잣대로 다시 살펴야 한다.

아직은 미완성인 책자다. 그렇기에 더더욱 무림에 흘러나가
서는 안 된다.

그녀는 책자를 처음부터 끝까지 세세하게 살핀 후, 화톳불
에 던져 넣었다.

화르륵! 타탁!

책자가 활활 불타올랐다.

그녀는 사태의 중요성을 생각해서 간자 색출 작업에 아무도
간여시키지 않았다. 누구의 도움도 받지 않았다. 서지단에서
취합한 정보를 면밀히 살피고, 연구하여 적중도 구 할의 명단
을 얻어냈다.

그녀가 간자 명단을 만든 것은 그들을 제거하기 위해서가
아니다.

적중도 구 할이 아니라 완벽한 명단을 가지고 있어도 제거
할 생각은 없다.

그들은 겉으로 드러난 작은 꼬리일 뿐이다.

중원에는 대문파만 있는 게 아니다. 중소문파는 해변의 모
래알처럼 널려 있다. 또 문파를 구성하지 않고도 무인들의 신
망을 얻고 있는 무인도 부지기수다.

그들 중 많은 사람들이 안선과 선이 닿아 있다.

그녀가 추려낸 자들을 제거해 봤자 겨우 손톱 밑에 틀어박
힌 가시만 제거할 뿐이다.

정말 기막힌 조직 아닌가.

그토록 많은 사람들을 움직이면서 어떻게 실체를 드러내지

않을 수 있단 말인가.

그들이 용암이다.

그들이 본색을 드러냈을 때, 가장 타격을 많이 받는 곳은 무총이리라. 무림의 근간이 되는 구대문파, 오대세가도 재기불능의 타격을 받으리라.

간자들을 잘 살펴서 안선에 대해 많은 것을 알아내야 한다.

그들을 이용할 방법이 머릿속에서 자세하게 구상되었다.

안선은 철저한 점조직, 간자들과 연결되는 최고의 선이라고 해봐야 십교사.

우선은 거기서 시작한다.

간자들 중에 한두 명만 이용하여 십교사를 찾아낸다.

십교사…… 그는 어디에 있는 누구인가.

안선이 아무리 점조직이라고 해도 십교사 정도는 찾을 수 있을 것이다. 그리고 그를 찾기만 하면 무총의 눈길을 한낱 간자에서 교사로 높일 수 있다.

'십교사와 연결될 정도라면 무림에서도 어느 정도 명망있는 인물을 이용해야 할 거야.'

타탁!

화톳불에 넣은 숯이 거센 소리를 냈다.

추워서 피워놓은 불은 아니다. 이것저것 쓰기도 하고 정리하기도 하면서 필요없는 것들을 소각시키기 위해 피워놓았다. 또 빨갛게 달아오른 숯불을 보다 보면 정신이 맑아지는 효과도 얻는다. 그때,

"험! 군사, 들어가도 되겠는가."

문밖에서 굵은 음성이 들려왔다.

'단주?'

사약란은 눈을 크게 떴다.

단주는 종종 그녀의 집무실을 방문했다. 큰일이 있을 때나 작은 일이 있을 때나 수시로 들락거리며 의견을 물었고, 필요하다 싶은 것도 챙겨주었다.

아무리 바쁘더라도 사시 초(巳時初:오전 9시)부터 유시 정(酉時正:오후 7시) 사이에 하루에 한 번은 꼭 들렀다.

하지만 유시를 넘겨 술시(戌時)가 되면 일체 발길을 끊었다.

단주뿐만이 아니다. 서지단 모든 무인들이 그랬다.

술시부터 다음날 사시까지 그녀의 집무실은 금남(禁男)의 구역이 된다.

천상제일화(天上第一花) 사약란의 미모와 재지를 아껴서 재미있는 규약을 만들어낸 것이다.

지금 시간은 술시를 훌쩍 넘겨 거의 해시 정(亥時正:밤 11시)에 이르렀을 게다.

단주가 이토록 밤늦은 시간에 방문을?

"들어오세요."

사약란은 자리에서 일어나 단주를 맞이했다.

시녀가 방문을 열자, 단주는 안으로 들어서지 않고 문밖에서 휘영청 밝은 달을 쳐다보며 말했다.

"달빛이 참 곱구나."

“그러고 보니 보름이 거의 다 되어가네요.”

단주가 들어서지 않자 그녀가 밖으로 나갔다.

보름달에 거의 가까워진 하얀 달이 검은 하늘을 환히 비추고 있다.

“보고는 받았나?”

“네? 무슨 보고요?”

“허허! 아직 받지 않은 모양이군.”

“…….”

사약란음 묵묵히 침묵을 지켰다.

단주의 표정이 무척 어두웠다. 말투도 근심으로 가득 찼다. 감각이 둔한 사람이라도 좋지 않은 일이라는 것쯤은 눈치챌 수 있다.

현재 서지단의 고민거리는 무엇인가?

단연 투살진기에 관한 것이다. 투살진기의 흔적이 끊이지 않고 발견되는데, 흉수는 오리무중이다. 개방이 전력을 다해 뒤지는데도 털끝 하나 찾아내지 못하고 있다. 중원제일의 정보력을 자랑하는 개방이 전전긍긍하고 있다.

도대체 이런 일이 가능하기나 한 것일까? 어떤 자이기에 개방의 이목을 속여가며 살인을 저지른단 말인가. 그것도 금공(禁功)으로 낙인찍힌 투살진기를 버젓이 사용하면서.

살인의 흔적을 뒤쫓으며 그를 잡겠다는 방식은 효과가 없다. 그렇다면 차선책으로 유인책을 써야 한다.

투살진기를 쓰는 자는 어떤 사람을 죽이는가? 죽은 사람들의 공통점은 무엇인가.

그녀는 미끼를 만들기 위해 살인 흔적과 살인 방식을 면밀히 검토하고 있었다.

아마도 그 일 때문인가?

아니다. 그 일 때문이라면 걱정은 하지만 이토록 표정이 어두워지지는 않는다. 서진단의 단주 정도 되면 투살진기 같은 건은 다반사로 일어나니 일희일비(一喜一悲)해서는 제 명도 못 채운다.

하면 서지단에 관한 일은 아니다.

무총? 할아버지? 오라버니? 낭군?

이 중 가장 근심스러운 사람은 낭군뿐이다.

그렇다. 낭군에 대한 말이다. 뭐가 잘못되기라도 한 것일까? 중상을 입었나? 사명사귀가 있으니 지독하게 곤궁스러울망정 목숨을 잃지는 않았을 텐데.

"무림에 살성(煞星)이 출현했다는군."

'……?'

예상이 틀렸다. 낭군에 대한 말도 아니다. 그럼 뭔가? 투살진기를 쓰는 자에 이어서 다른 자도 출현한 건가? 얼마나 가공하기에 단주의 표정이 이리 어둡지?

"독심환마(毒心幻魔)라는 별호도 처음 들어보겠군?"

"투살진기와 연관있나요?"

"그대 낭군, 계야부 이야기를 하는 거라네."

"네?"

사약란은 진정으로 깜짝 놀랐다.

"안선의 음모에 휘말려 버렸어. 무림 경험이 일천하다 보니, 아주 얕은 수인데 그만 넘어가 버렸어."

무슨 내용인지 단번에 짐작되었다.

"살인귀가 되었군요. 상옥추제(上屋抽梯). 지붕에 올려놓고 사다리를 치워 버린다."

"장룡문주를 비롯해서 문도 삼십여 명을 죽인 것으로 되어 있네."

"그 정도로 독심환마 소리는 듣지 못할 것이고…… 수법이 아주 잔인했겠군요."

"갈기갈기 찢어 죽였다고 하네만…… 허허!"

"누명을 벗을 방법은…… 없겠죠?"

"자네는 알고 있어야 할 것 같아서 말해주러 온 것일세. 계야부가 독심환마가 되었으니, 무총이 공공연히 뒤를 봐줄 수는 없게 되었어. 그건 자네도…… 휴우! 모진 말은 역시 힘들군그래."

"무슨 말씀이신지 알겠습니다."

사약란은 차분하게 두 손 모아 읍을 했다.

계야부에게 누명을 씌운 쪽은 안선이다. 하나 무총도 일조를 하지 않았다고 보기 어렵다.

무총이 한발 물러서서 방관하지 않았다면 안선도 그런 누명을 함부로 씌우지는 못했을 것이다.

계야부가 누군가? 무총 손녀의 지아비다. 그런 사람에게 독심환마라는 누명을 씌운다니 여간 대담한 게 아니다.

무총이 제때에 발 벗고 나섰다면 삽십여 구의 시신과 장룡문도와는 아무런 관계도 없다는 사실을 밝혀냈으리라.

그랬다면 소문은 일어나자마자 가라앉았을 것이다. 한발 더 나아가 안선의 뒷덜미를 낚아챌 수도 있었다.

무총은 모든 사실을 알면서도 수수방관했다.

일이 꼬이면 꼬이는 대로 뒤틀리면 뒤틀리는 대로 가만히 지켜보기만 했다.

지통을 통해 계야부의 뒤에 추적자가 심어져 있는 것을 안다.

오라버니가 붙인 사람이거나 무총 본단 비목대 출신의 무인이리라.

두 번 세 번 생각해 봐도 벗겨줄 수 있는 누명을 팔짱 끼고 지켜보기만 했다.

이리 되면 나중에는 어떨지 몰라도 무총은 당분간 계야부와는 공식적인 관계를 유지하지 못한다. 오라비는 물론 자신도 거리를 두어야 한다.

무총은 왜 계야부를 버린 것일까?

계야부는 사일도를 간단하게 제압할 수 있는 서인이 있다. 어떤 여자든 계야부를 유혹하여 몸을 섞기만 하면 당대의 기린아(麒麟兒)인 사일도를 제거할 수 있다.

그런 사람을 굶주린 늑대굴에 던져 버린 속셈은 뭔가.

계야부가 안선의 유혹 정도는 견뎌낼 것이라고 생각하는 사람은 없다. 계야부의 의지를 못 믿는 것이 아니라 안선의 주도면밀한 계획 앞에서는 누구도 장담할 수 없기 때문에 그렇다.

지금 같은 상황이라면 계야부 정도는 단숨에 제압할 수 있다. 그런 후, 어디 으슥한 곳으로 끌고 가서 삶아먹든 끓여먹든 마음껏 요리를 해도 누가 뭐라고 할 사람이 없다.

계야부는 바람 앞의 등불이다.

왜 이런 상황으로 치몬 것일까?

살랑살랑 무총의 속삭임이 귓가에 들린다.

—사약란, 서지단 군사라는 감투도 좋지만 계야부의 아낙이 더 좋지 않겠어? 모든 직위를 내려놓고 지금 당장 달려가. 넌 계야부의 아낙이니 그가 마인이든 뭐든 상관없잖아? 무총과 인연은 끊어지겠지만 그래도 계야부 곁에 있어야지.

그렇다. 무총은 자신이 계야부 곁에 있어주기를 바란다.

굳이 늦은 밤에 단주까지 동원하여 계야부의 소식을 알려온 것도 시간이 촉박하기 때문이다.

그녀가 늦게 움직이면 계야부는 정말로 안선의 손아귀에 떨어진다.

사약란은 두 사람을 떠올렸다.

이런 지략을 짜낼 사람이 두 사람 있다.

오라버니 곁에 있는 동나가 한 명이고, 무총 본단 비목대 대주 비공이 또 한 명이다.

그들은 무총에 도움이 되기만 한다면 계야부가 아니라 자신까지도 기꺼이 적의 먹이로 내던질 수 있을 만큼 비정하다. 아니, 머릿속에 그려진 계획을 성사시킬 수 있다면 자신의 목숨도 웃으면서 내던질 만큼 냉혹하다.

틀림없이 동나가 아니면 비공이 세운 계획이다. 아니면 둘이 협력했거나.

"휴우! 오늘로써 서지단과는 마지막인가? 이럴 줄 알았으면 서둘러서 투살진기 건을 마무리 짓는 건데."

그녀는 방 안으로 들어와 검 한 자루만 패용했다.

주변을 늘 정갈하게 정리해 왔기에 특별히 정리하거나 가져갈 건 없었다.

2

그들은 어깨까지 덮는 방갓을 쓰고 손에는 검을 들었으며, 허리에는 조그마한 도끼를 차고 있었다.

인원은 대략 이십여 명.

몸이 인상적일 만큼 가벼워 보인다.

"저놈들, 괜히 신경 쓰이는데요?"

오목이 뒤를 힐끔 쳐다봤다.

"나도 신경 쓰이는데, 쟤네들 어떻게 좀 하면 안 될까?"

부사영도 못마땅한 표정을 지었다.

그들은 이십여 장쯤 떨어져서 따라왔다.

계야부가 악마라는 소문이 퍼지자마자 기다렸다는 듯이 나타나 가타부타 말도 없이 뒤만 밟아왔다.

계야부는 고개도 돌리지 않은 채 말했다.

"고양이, 말하는 것 들었지? 뒤따르는 사람이 있다는 건 여러모로 신경 쓰여. 이제 그만 결단을 내리지 그래?"

오목과 부사영이 무슨 소리냐는 듯 계야부를 쳐다봤다.

그들은 뒤따르는 자들이 안선 무인인 줄 알고 있었다.

아니다. 그들은 안선이 아니라 무총에서 사사귀를 마중하기 위해 보낸 고수다.

계야부도 처음에는 안선 무인인 줄 알았다. 한데 은밀히 자신들을 호위하고 있는 네 명의 무인이 아무런 경계심도 표출하지 않는 것을 느꼈다.

사약란이 보낸 무인들이 태평하다는 것은 그들이 무총에서 왔다는 뜻이다.

그래서 타사웅묘에게 그들을 따라서 빨리 가라고 말하는 것이다.

"웅묘 앞에 타사가 어떻게 해서 붙었는지 모르는 모양인데, 언젠가는 알게 될 게다."

타사웅묘가 담담하게 말했다.

이상하다. 평소 사람을 무시하는 편이 아닌데 타사웅묘는 무시하게 된다. 그를 '고양이'라고 부른 것은 그를 일부러 화나게 만들려는 게 아니라 정말로 그의 별호가 고양이였으면 딱 어울리겠다 싶었기에 부른 것이다.

이토록 무시하는 마음이 생겨서는 진정한 교분을 쌓을 수 없다.

좋은 인연이든 나쁜 인연이든 빨리 헤어지는 게 좋다.

"저들을 따라가든 말든 우린 여기서 헤어진다. 너흰 너희대로, 우린 우리대로 간다."

"하나만 묻자."

타사웅묘가 고개를 갸웃거리며 다가왔다.

"너희 셋으로는 계란으로 바위 치기라는 것 알지? 안선과 싸우는 것은 물론이고 꽁지가 빠져라 도주하는 것도 안 돼. 금방 잡혀서 개죽음을 당할 거야. 여기까지 내가 맞지?"

"맞다."

눈과 눈이 마주쳤다.

타사웅묘의 눈은 싱글싱글 웃고 있었다.

"한 명의 힘이라도 더 필요한 판에 같이 가자는 사람들을 굳이 떼어놓으려는 건 뭐야? 오히려 우리가 저들과 같이 갈까 봐 눈치를 봐야 하는 것 아냐?"

"너희들이 같이 있어도 상황은 변하지 않아. 난 만변천자를 기다린다. 그를 상대할 수 있나?"

"……"

타사웅묘는 일시 말을 못했다.

"가라. 우리의 인연은 여기까지였으면 좋겠다."

계야부는 오목과 부사영에게 눈짓을 보냈다. 서둘러 떠나

자고.

사사귀는 그들을 따라갔다.

계야부는 끝내 그들을 붙잡지 않았다. 한 사람의 힘이라도 더 필요한 처지였지만 마음을 줄 수 없는 자와는 생사고락을 함께할 수 없다는 말똥구리의 고집이 그들을 가게 내버려 두었다.

"사영."

계야부는 부사영의 어깨에 손을 얹었다.

"뭐? 시킬 일 있어?"

"아무래도 우리…… 무림에 잘못 들어온 것 같다."

"훗! 그거야 진작 알고 있었잖아."

"복여위로 가라."

"뭐 하러? 다시 말똥구리가 되라고? 그 이야기는 이미 끝났잖아. 이젠 가고 싶어도 못 간다네, 이 사람아."

"복여위로 가서 수명판에 서른 번 이상 이름을 올린 놈들…… 데려와. 데려오면서 사전투광신보만 가르쳐."

"그놈들을?"

"너도 눈치챘겠지만 우린 안선의 목표야. 그런데다가 무총과도 섞일 수 없어. 한마디로 무림의 외톨이라는 거지."

"한마디로 뒤통수 까였다는 말이군."

"이쪽도 저쪽도 꺼려한다면 조용히 사라져 주는 게 도리이나…… 내게는 사약란이 있다."

"지금 이런 말 하는 건 그렇지만…… 사약란 소저, 네게 안 어울리는 것 알지? 너같이 피비린내 흠씬 풍기며 사는 놈과는 사는 세계가 달라. 그때 일은 하룻밤 풋정이라고 생각하고 이쯤에서 정리하면 안 될까?"

"후후후!"

부사영은 계야부의 헛웃음에 도리질을 했다.

"그럴 줄 알았다. 빌어먹을! 그놈의 고집하고는…… 그러다 언제 한번 된통당하지."

"지금 당하고 있잖아. 그리고 고집이 아니라 사랑이다. 사약란…… 후후! 이제는 어쩔 수 없어."

"무총과 인연이 끝났다고 했잖아?"

계야부는 고개를 끄덕였다.

"그래서 만나기는 힘들 것 같다. 한 치 앞도 보장할 수 없는 삶이니 영원히 못 만날지도 모르고."

"이걸 뭐라고 말해야 하나. 딱 한마디밖에 없네. 참 못났다."

"그러는 넌 더 못났지. 어쨌든 고맙다. 마음에 새겨두지."

계야부가 씩 웃으며 어깨를 툭 쳤다.

계야부는 무림에 남는 목적이 뚜렷하다.

계야부는 안선과 완전히 척졌다.

이유불문하고 서로 만나기만 하면 으르렁거리는 사이가 되었다.

물론 안선 쪽에서는 한낱 무지렁이 정도로 여기고 있겠지만 계야부는 안선의 뿌리를 뽑을 때까지 발톱을 곤두세우고 달려들 참이다.

계야부와 안선의 싸움은 둘 중 하나가 중원무림에서 사라졌을 때나 끝난다.

왜 그토록 척을 졌나?

처음에는 여러 가지 이유가 있었다. 먼저 건드렸기 때문에 되갚아준다는 치기 어린 마음도 있었고, 사약란을 당당하게 만들어주기 위해 큰 무인이 되겠다는 욕심도 있었다.

이제는 아무것도 남지 않았다.

안선은 이 세상에 존재해선 안 되는 집단으로 규정지었고, 그들의 세력이 얼마나 크든 간에 아랑곳하지 않고 쳐나갈 심산이다.

어린아이 싸움이 어른 싸움으로 번지고, 몇십 년, 몇백 년 동안 서로 죽이지 못해서 안달하는 가문 싸움으로 번지듯이 계야부도 안선을 꼭 없애야 하는 철천지원수로 생각한다.

계야부는 그렇다고 치자.

그에 동조하여 같이 검을 든 부사영과 오목은 어떤가?

사실 그들은 목숨을 걸 만한 이유가 없다.

부사영의 경우는 계야부와 흡사하지만 생각은 다르다. 지금까지 있었던 일은 재수없어서 똥 한번 잘못 밟았다 치고 다른 길을 가면 된다.

오목도 마찬가지다.

벗들이 안선에게 죽었지만 그들의 복수를 한다는 생각은 감히 품지 못한다.

안선이 어떤 조직인지는 잘 모르지만 지난 몇 달간 그들의 행적을 수소문하다 보니 엄청나게 큰 조직이라는 것은 알게 되었다.

복수는 감히 상상하지 못하는, 어마어마하게 덩치 큰 거인이다. 또 복수를 하고 싶어도 할 방도가 없다. 이제 갓 배운 무공으로는 삼류무사 정도나 처치할 뿐이지 굵직한 자들이 나서면 몇 초식 겨뤄보지도 못하고 나뒹굴 게 뻔하다.

한데 계야부와 함께 목숨을 걸고 싸우고 있다.

주어지는 것도 없다. 죽어라고 싸워봐야 따뜻한 밥 한 술 얻어먹지 못한다.

무엇 때문에 싸우고 있나.

그가 싸우니 싸운다.

부사영은 전장에서, 오목은 뒷골목에서 삶이란 결코 평온하지 않다는 것을 배웠다. 배운 정도가 아니라 아예 몸에 달라붙었다. 당장 내일 죽는다고 해도 벌벌 떨거나 두려워하지는 않는다. '빌어먹을!' 하고 욕 한마디 내뱉으면 죽을 준비가 된 것이다.

그런 사람들이기에 싸운다. 죽음을 대수롭지 않게 생각하고, 살면서 한 번쯤은 큰 짓거리를 해봐야 세상에 태어난 보람이 있지 않겠느냐는 생각을 지녔기에 기꺼이 싸운다.

대가가 없어도 좋다.

명예나 권력 같은 것은 생각해 본 적도 없다.

싸움을 잘할 수 있게끔 머리를 잘 쓰고, 육감이 탁월하며, 싸움까지도 잘 하는 계야부와 함께라면 콧대 높은 무림인들과 한바탕 드잡이를 벌일 수 있다.

비주류와 주류의 싸움이다.

전장에서 싸우던 자와 체계적으로 무공을 배운 자들과의 싸움이다.

재미있지 않겠나.

복여위에서 데려올 놈들도 그런 놈들이어야 한다.

계야부가 무림인과 싸움이 붙었는데, 갈래?

그 한마디에 병장기를 움켜쥐고 따라나설 놈들이어야 한다.

"수명판에 서른 번 이상 이름을 적은 놈. 맞지? 있는 대로 다 끌어오라?"

있는 대로…… 사실 사람이 그렇게 많지도 않다.

적진을 서른 번 이상 넘나든 자라면 임무 수행에 있어서는 닳고 닳은 귀신이다. 경험자 중에 경험자이며 하늘이 목숨을 여벌로 서너 개쯤은 더 쥐어준 천운의 사나이여야 한다.

그런 자가 어디 많겠는가.

계야부와 부사영이 말똥구리들의 신이 된 것도 서너 번쯤 죽었다가 깨어나도 이룰 수 없는 일을 해냈기 때문이다.

계야부 이백사십칠 회. 부사영 일백육십구 회의 첨각 정탐은 영원히 깨어지지 않을 신화다.

계야부는 자신들처럼 신화적인 족적을 남긴 자만 데려오라고 한다.

그런 자들만이 무림에 발을 디뎌도 살아남을 수 있기 때문이다. 치열한 생존 본능에 몸뚱이 하나 건사할 수 있는 신법 하나면 어디서 무슨 짓을 하든 살아남으리라 믿는다.

그런 자들은 고작해야 두세 명에 불과할 것이다.

두세 명…….

겨우 두세 명을 데려오기 위해 부사영을 저 멀리 북방 복여위까지 보낸다?

계야부는 그토록 처절하다. 도움이 절실하다.

하면 사사귀가 같이 섞이자고 했을 때 냉큼 받아들일 일이지…… 아니다. 계야부는 진정한 맹수다. 굶어죽을지언정 썩은 고기는 먹지 않는다.

그는 무림에 자신의 족적을 새기고자 한다.

안선을 붕괴시키는 것이 그의 목적이 되었다.

남들이 보면 불가능하기만 한 일을 무인들의 도움 없이 자신만의 힘으로 해내려고 한다.

그 곁에는 자신을 알아주는 말똥구리들만 머물 수 있다.

"갔다 오마."

"그놈들에게…… 잊지 않겠다고 해. 이번에 도와주면 마음에 새기겠다고."

"그걸로 되겠냐?"

"오면 죽는다는 것 말해주고, 그래도 오겠다는 미친놈이 있으면 데려와."

"널 찾기는 쉽겠지?"

"안선과 계속 싸우고 있을 게고…… 어쩌면 무총과도 싸울지 모르겠군."

계야부도 독심환마에 대한 소문을 들었다.

그렇기에 복여위에 있는 말똥구리들이 필요한 것이다. 무림이란 곳에서는 벗을 구할 수 없기 때문에.

세상은 눈에 보이는 것만 보고 살아서는 안 된다. 겉이 있으면 반드시 속도 있다.

그렇다. 이면합의(裏面合意)가 어떻게 되는지 봐야 한다.

계야부는 자신이 먹이로 내던져졌음을 직감했다.

사사귀를 데려간 자들이 자신들과는 눈길도 마주치지 않을 때 일이 어떻게 돌아가는지 눈치챘다.

안선은 계야부라는 먹이를 잡아먹으려고 한다. 육교사, 십교사 같은 중요 인물들까지 나설 정도로 탐나는 먹이다.

무총은 계야부를 보호하는 것보다 먹이로 던져 놓고 나타나는 안선을 포획하려고 한다.

이런 경우는 왕왕 있다.

말을 하고 지원자를 받기도 하지만 지금처럼 암암리에, 자신도 모르는 사이에 미끼가 되는 경우도 있다.

어느 경우든 이런 종류의 미끼는 생사를 장담하지 못한다.

무총도 계야부라는 자를 미끼로 내던질 때는 그의 목숨 따위는 아랑곳하지 않았을 게다. 죽든 살든 그것은 오로지 계야부의 운명이며, 자신들은 안선만 포획하면 된다는 생각이다.

안선이라고 그런 사실을 모를까.

안다. 하니 무총의 눈길을 피해서 조심스럽게 다가올 것이다. 그리고 그렇게 나타난 안선의 칼날은 피할 길이 전혀 없을 정도로 치명적일 게다.

독심환마라는 별호는 시작을 알리는 타종 소리나 마찬가지다.

부사영이 계야부의 어깨를 툭 친 후, 휘적휘적 걸어갔다.

"이제 우리 둘뿐이야. 단단히 각오해."

계야부가 오목을 보며 씩 웃었다.

*　　*　　*

그들에게는 이십일검작(二十一劍炸)이라는 이름이 붙여져 있다.

그들은 조용하다. 너무 조용하다. 폭풍우가 몰아쳐도 물결 한 줄 그려내지 않는 호수처럼 평온함의 극치를 보여준다.

어느 한순간, 호수의 물이 사라진다. 스물한 자루의 검이 솟구치며 화려하게 폭발한다. 온 천지에 그들이 뿌려낸 검편(劍片)만이 가득하다.

그들은 무총에서도 알아주는 고수들이다.

슥!

앞서 가던 방갓사내가 걸음을 멈췄다.

뒤따르던 자들도 일제히 걸음을 멈췄다. 누가 먼저랄 것도 없었다. 일사불란했다.

"이십일검작······ 소문은 많이 들었는데······ 검이 정말 좋은지 볼 수 있을까?"

그들 앞에 나타난 자는 입꼬리를 치켜올리며 웃었다.

입가에 피어난 살소(殺笑)가 바람을 타고 흘러와 살갗에 촉촉이 젖어들었다.

"북망고검(北邙孤劍)."

글을 읽는 듯 너무도 차분한 음성이다.

"왜? 나는 이십일검작과 검을 맞댈 자격이 없나?"

스르릉!

북망고검이 검을 뽑았다.

"북망고검. 넌 우리 상대가······ 흑!"

말은 하던 사내는 말을 멈추고 숨을 크게 들이쉬었다.

다른 자도 마찬가지다. 방갓을 깊게 눌러쓴 자들치고 어깨를 들썩이지 않는 자가 없었다.

"후후후! 당연한 말이지. 예전 같으면 너희 앞에 얼씬도 못했을 거야. 하지만 세상은 종종 하늘이 땅이 되는 경우도 있더라고. 지금처럼 말이야."

쒜에엑!

북망고검이 쾌속하게 달려와 검을 휘둘렀다.

"고검살법(孤劍殺法)!"

그들은 몸을 움직이려고 했다. 한데 그러지 못했다. 두 발이 땅에 붙박여 떨어지지 않았다.

"이런! 크윽!"

답답함과 처절함이 한순간에 뒤엉켰다.

"왜!"

그들 중 한 명이 뒤를 돌아보며 말했다.

"아냐, 아냐. 너희를 따라가면 개밥에 도토리 신세가 되는 게 뻔하지만 그렇다고 애꿎은 너흴 뭐 하러 죽여? 독은 내가 쓰지 않았어. 정말이니 괜한 오해는 말아."

타사웅묘가 손사래를 치며 말했다.

방갓사내는 타사웅묘의 말을 믿지 않았다.

"이, 이게 무슨 독이냐? 웬만한 독쯤은……."

"자존심 상하네. 난 독을 쓰지 않았어. 쓰지 않았다고! 그리고…… 독곡(毒谷)의 주인에게 '웬만한 독' 운운해서야 쓰나. 내가 독을 썼으면 쥐도 새도 모르게 죽어 넘어졌을걸? 보여 줘?"

타사웅묘가 살랑 손짓을 했다.

"끄으윽!"

타사웅묘를 쳐다보던 방갓사내가 목을 움켜잡고 괴로워하더니 풀썩 쓰러졌다.

"독이닷! 모두 하반신 마비를 주의…… 끄으윽!"

하반신 마비뿐만이 아니었다. 그들을 휘감아 버린 독은 시간이 흐를수록 강렬해졌다. 방금 전에 죽은 무인은 목청을 약간 돋웠을 뿐인데 기혈이 역류하며 피를 쏟아냈다.

"짜식들! 안 돼, 안 돼. 너흰 끝났어."

타사웅묘가 빙그레 웃으며 말했다.

사망흑사와 비주화서는 살공에 가담했다.

"마누라가 죽었다. 토끼 같은 자식 놈들도 죽었다. 대업(大業)! 대업을 위해!"

쒜에엑!

비주화서가 옆에 있던 방갓무인을 가격하며 중얼거렸다.

그전에 사망흑사는 검으로 두 명이나 일시에 갈라내고 있었다.

이십일검작이 원래 이렇게 약하지는 않았다. 정면으로 부딪치면 확연하게 사사귀가 밀린다. 그런 그들을 수수깡처럼 베어 넘길 수 있는 것은 그들의 하반신이 마비되었기 때문이다.

"빌어먹을! 나만 밀명을 받은 줄 알았더니 모두 받았군. 괜히 마음 조렸잖아!"

"그러게 말이야. 나도 나만 명령을 받은 줄 알았지 뭐야. 네 놈들 좋은 꿈, 꾼 줄 알아라. 사실은 어젯밤에 네놈들 목을 떼어내려고 했거든. 손이 꿈틀거리는 걸 간신히 참았다."

사망흑사와 비주화서는 말을 주고받으면서 연신 검을 휘둘러댔다.

타사웅묘는 멀찍이 떨어져서 구경만 했다.

구경? 아니다. 그의 두 손은 부지런히 움직였다. 그가 살짝살짝 손가락을 튕겨낼 때마다 방갓을 쓴 무인이 부르르 몸을 떨다가는 풀썩 꼬꾸라졌다.

스물한 명으로 이루어진 이십일검작이 단 네 명에게 몰살당하는 건 순식간이었다.

“교사님 생각은 알다가도 모르겠단 말이야. 이놈들을 따라가라고 할 때는 언제고, 따라나서자마자 죽이라는 건 또 뭔가?”

타사웅묘가 북망고검은 쳐다보지도 않고 말했다.

사실 그들은 오늘 처음 만났다. 서로 소문은 들었지만 얼굴을 마주한 적은 없다.

그런데도 그들은 수인사조차 나누지 않았다.

안선은 서로가 서로를 몰라야 한다. 누군가가 자신을 안다는 것은 그에게 자신의 목숨을 맡긴 것이나 다름없다. 진짜 신분을 아는 사람이 많아지는 게 반가울 리 없다.

“교사님 말씀부터 전하겠소. 네놈들에게 도움을 줄 수 있는 건 이게 마지막이다.”

북망고검이 사사귀를 쓸어보며 말했다.

“네놈들?”

비주화서의 눈동자에 흰자위가 번뜩였다.

“본의는 아니오. 꼭 그렇게 전하라고 하셔서 그대로 말했을 뿐. 또 그런 말을 못 쓸 이유도 없고.”

“흐흐흐! 북망고검! 죽으려고 환장했구나.”

비주화서의 눈동자에 살기가 번들거렸다.

북망고검은 눈도 깜짝하지 않고 타사웅묘를 쳐다보며 말했다.

“이런 말씀도 하셨소. 앞으로 사흘 주겠다. 그 안에 해결해라. 죽은 처자, 욕되게 하지 마라.”

"옘병! 죽은 처자식 이야기는 왜 꺼내!"

"너무하는 거 아닌가? 사흘 안에 저놈을 요리하라고? 저놈 강단이 여간 아니던데."

"내 할 말은 끝났소."

북망고검은 이십일검작의 이마에 일일이 검흔(劍痕)을 새겨 넣기 시작했다.

일직선에 사선을 그어 찌그러진 열 십(十) 자가 그려졌다.

"응? 처음 보는 표식인데? 누가 이런 낙인을 찍지?"

타사웅묘가 고개를 갸웃거리며 물었다.

사람에게는 자신의 행동을 남에게 알리고픈 욕구가 있다.

잘한 일도 그렇지만 살인도 마찬가지다. 타인에게 자신이 행한 일임을 말해주고 싶어한다.

무인은 여러 가지 방법으로 자신만의 낙인을 만든다.

북망고검이 시신에 취하는 행동은 일종의 낙인, 낙관이라고 볼 수 있다.

북망고검이 말했다.

"모르고 있었소? 얼마 전에 이런 시신이 무려 삼십여 구나 발견되었는데."

"삼십 구라… 독심환마!"

"……."

"독심환마. 홋! 후후후! 그렇군. 일이 그렇게 되는 거군. 아까는 도움을 주었다기에 무슨 도움인지 아리송했지. 고작 이십일검작에게 독을 푼 정도 가지고 생색내나 싶기도 했고. 이

제야 알겠군. 가서 도움 확실히, 잘 받았다고 전해주시오. 그
리고 사흘이라는 기한도 잊지 않겠다고."
　타사웅묘가 씩 웃으며 말했다.

3

　독심환마는 누명으로 탄생한 별호다. 계야부도 알고, 안선
도 알며, 무총도 안다. 모두가 알면서 아무것도 모른 척하며 일
을 진행시키고 있다.
　이번 경우도 마찬가지다.
　이십일검작이 이마에 독심환마의 낙인을 새긴 채 죽었다.
　안선이 행한 일이다.
　안선은 일을 벌인 당사자이니 말할 필요도 없고, 무총은 독
심환마라는 자가 가공의 인물이라는 것을 알고 있으니 흉수를
떠올리기는 어렵지 않다.
　이십일검작을 죽인 목적이 뭔가?
　이십일검작으로부터 사사귀를 떼어놓으려는 것이다. 만약
안선이 사사귀까지 죽이려고 했다면 실패하지 않았을 게다.
그렇다. 이십일검작이 죽는 순간부터 사사귀는 안선의 간자라
는 게 만천하에 드러나는 것이다.
　무총이 사사귀를 제거하는 것은 시간문제가 되었다.
　사흘…… 아마도 교사가 그들에게 준 사흘이라는 시간이 무
총으로부터 안전할 수 있는 마지막 시간이리라.

교사가 이렇게까지 일을 진행시킨 이유는 사사귀를 계야부에게 바짝 붙여놓기 위해서다.

이십일검작의 죽음은 사사귀에게 좋은 명분을 준다.

이십일검작이 독심환마의 낙인을 새긴 채 죽었다. 그들을 죽인 사람은 북망고검과 미지의 인물들이며, 사사귀는 그 현장을 똑똑히 목격했다.

용케 도주하지 못했다면 그들 역시 북망고검에게 죽었으리라.

즉, 사사귀는 독심환마가 누명으로 탄생되었으며, 이십일검작을 죽인 사람이 북망고검임을 발설해 줄 증인인 것이다. 또한 이 사건은 안선이 사사귀를 얼마나 죽이고 싶어하는지 확실하게 보여주는 단면이다.

어찌 되었든 계야부는 그들을 옆에 둘 수밖에 없다. 사사귀와 함께 움직일 수밖에 없다.

계야부 곁에 머물 수 있는 확실한 명분, 이것이 교사가 사사귀에게 던져준 마지막 도움이었다.

사실 사사귀는 계야부 곁에 머물기가 이토록 곤혹스러우리라고는 생각도 못했다.

짠! 하고 나타나면 활짝 웃으며 반겨줄 줄 알았다.

징그러운 송충이 보듯이 막무가내로 밀쳐 낼 줄 누가 알았는가.

무공을 아는 사람이라면 꼬마라도 손을 빌려야 할 놈이 사사귀 같은 고수들과 찢어지지 못해서 안달이라니.

그때 그 사건, 놈과 일장을 겨룬 사건이 아주 나쁜 인상을 심어준 것 같다.

그 정도 일은 아무렇지도 않게 웃어넘길 수 있는 것인데, 놈은 어떻게 생겨 먹은 게 그깟 일로 꽁해가지고는…… 밴댕이 소갈딱지도 놈보다는 클 것이다.

"그건 그렇고…… 우리 모두 교사 그 능구렁이에게 속았다는 것 아냐. 나도 내게만 밀명을 내린 줄 알았거든."

안선에 대한 원망 같은 것은 없었다.

원래 안선이 이런 식으로 일을 한다. 부모 형제도 모르게 행동을 해야 할 꼭 한 사람에게만 명령을 전달한다. 그것도 전체적인 윤곽을 말해주는 것이 아니라 지엽적인 일단면만 행동하기를 요구한다.

나머지는 알 필요가 없다.

알아도 도움이 되지 않을뿐더러 많이 알면 알수록 죽음과 가까워진다.

안선이 이토록 철저하게 비밀을 고수하는 것은 '매에는 장사없다' 는 말을 믿기 때문이다.

무총의 고문술을 탁월하다.

그들에게 잡히면 심지가 얼마나 굳던 간에 아는 바를 술술 털어놓는다.

하니 아는 게 적을수록 좋다.

타사웅묘가 입가에 미소를 그리며 말했다.

"모두들 그렇게 알았다면 나름대로 계야부를 요리할 방법도 생각해 놨을 터…… 서로 뱃속에 든 걸 꺼내놓아 보자고.
말해봐. 계집도 없이 그놈 몸에서 어떻게 서인을 빼낼 거야?"

"너부터 까놓지 그래?"

"하하하! 그깟 게 뭐 그리 대수라고 숨기나. 어차피 같이 일
하게 생겼는데."

"흐흐흐! 그러니까 까놔봐."

"알았다. 그럼 내가 먼저 까지. 그래도 명색이 독곡 곡주 아
니냐. 천양갈음초(天陽渴陰草) 몇 뿌리 가지고 왔다. 아주 지
독한 음성(陰性)을 지녀서 여자 없이도 서인이 기어나올 거
야."

"그거 태워서 연기를 씌워야 하는 것 아닌가?"

"그래야지."

"먼저 놈을 혼절시켜서 의식을 잃게 만들어야 하고."

"당연."

의식이 있으면 서인이 움직이지 않는다. 실제와 거짓을 분
간해 내기 때문이다. 천양갈음초가 음성이 지독하여 양물을
곤두서게 만들지만 여인의 육체는 아니다. 한마디로 거짓 여
인이며, 의식이 이런 사실을 감지하는 한 서인은 꼼짝도 하지
않는다.

서인을 빼내려면 몸에 침습한 음기가 거짓인지 참인지 분간
하지 못하도록 만들어야 한다.

계야부를 혼절 상태로 유도해야 한다.

"빌어먹을! 나도 같은 건데."

"그래? 같은 거라…… 같은 거…… 천양갈음초와 같은 거라면 뭐가 있을까나? 하나가 있기는 하지. 식물은 아니고 동물쪽에서…… 유충…… 적설충(赤雪蟲)."

"헛!"

비주화서가 깜짝 놀라 타사웅묘를 쳐다보았다.

"천양갈음초처럼 불을 피워 연기를 내는 노력은 필요없지만 먹이 없이는 보름을 견디지 못한다는 단점이 있지. 곡을 나올 때 가져 나왔다면 거의 보름이 다 되지 않았나?"

"과연 독곡의 곡주다. 독물들과 뒤엉켜서 헛짓은 하지 않았구나."

"후후후!"

"그래, 맞다. 이놈이 요즘 시들시들해져서 걱정이야."

비주화서가 품을 툭툭 쳤다.

"적설충은 남만(南蠻)에서만 볼 수 있지. 어떻게 구했어?"

"내가 이런 걸 어떻게 구하니. 있는 줄도 몰랐다."

"교사?"

비주화서가 고개를 끄덕였다.

그는 밀명을 받으면서 적설충까지 건네받았다. 그렇지 않고서야 약독이라면 들은풍월 몇 개밖에 없는 그가 무슨 수로 서인을 빼내랴. 아마도 지금쯤 그는 계야부에게 어떤 여자를 어떤 식으로 붙여주냐로 머리에 쥐가 나고 있을 것이다.

타사웅묘와 비주화서는 누가 먼저랄 것도 없이 일제히 사망흑사를 쳐다봤다.

'넌 뭐야? 뭘 가지고 왔어?'

눈길 속에 담긴 물음이다.

"음양환몽술(陰陽幻夢術)."

침묵만 지키던 사망흑사가 대뜸 말했다.

"흠! 음양환몽술…… 그것도 좋은 비책이지. 사망곡에 음영환몽술이 있는 줄은 몰랐는걸."

타사웅묘가 눈빛을 빛내며 말했다.

음양환몽술로 계야부의 넋을 빼내고, 천양갈음초로 양기를 최극상으로 끌어올린 다음에 적설충으로 서인을 빼낸다.

하나만 가지고도 서인을 빼낼 수 있는데, 세 가지 모두 쓴다면 성공 확률은 거론할 필요도 없다.

"후후후! 가지. 곡을 나설 때까지만 해도 어려운 일을 맡았다고 생각했는데, 지금 보니 손 안 대고 코 푸는 일이었군. 가자고. 가서 깔끔하게 일을 처리하자고."

사사귀는 가뿐한 마음으로 뒤돌아섰다.

계야부는 쉽게 찾았다.

지나가는 사람을 붙잡고 인상착의를 설명하자 그리 멀지 않은 객잔에서 봤다는 대답이 곧 나왔다.

방갓무인들을 따라간답시고 헤어진 곳에서 채 십 리도 떨어지지 않은 곳이다.

"이놈 정말 안선과 맞장 뜰 요량일세. 기다리고 있으니 얼마든지 찾아와라 이거 아냐."

"사마귀지, 사마귀. 겁 모르고 수레바퀴에게 달려드는 사마귀. 쳐죽이지 않고 한두 번 물러서 주니 정말 제가 싸움을 잘해서 이긴 줄 아나 봐."

"쯧! 어린놈들에게 쩔쩔매 놓고 뭘 잘했다고……."

"그런 너는? 그때 네가 자랑하던 독술은 어디서 뭘 했을까?"

"그러다 다칠 날 있다. 적당히 알아서 물러나라."

타사웅묘와 비주화서가 티격태격하며 허름하기 짝이 없는 객잔으로 들어섰다.

"웃! 곰팡내."

비주화서가 코를 움켜잡으며 인상을 찡그렸다.

관도 옆에 위치한 객잔은 대체로 깨끗한 편인데, 이곳은 상당히 지저분했다. 무엇보다 역한 냄새가 코를 찔러와 들어서려던 사람도 물러나게 만들었다.

뭐랄까? 곰팡내와 발 고린내가 섞였다고 할까?

계야부는 용케도 이런 곳을 찾았고, 아무렇지도 않은 듯 담담히 견뎌내고 있다.

"이게 무슨 냄새지?"

"온갖 썩은내."

"온갖 썩은내?"

"음식 썩는 냄새, 쥐새끼 썩는 냄새, 빨래 썩는 냄새."

"우! 정말 견디기 힘드네."

사사귀는 골치가 아픈 듯 머리를 흔들며 안으로 들어섰다.

그때,

"장사 안 하우. 가슈."

안쪽에서 퉁명스런 음성이 들려왔다. 덩치가 꽤 있는 사람이 말한 듯 걸쭉하다.

"사람 찾아왔네. 계야부라고. 있는가?"

잠시 침묵이 흘렀다.

철컥! 철컥! 철컥······!

안쪽에서 뭔가 쇠스랑 끌리는 소리 같기도 하고, 쇠로 나무를 후려치는 소리 같기도 한 묘한 소리가 울렸다.

잠시 후, 사사귀 앞에 잔뜩 웅크린 곰 한 마리가 나타났다.

사사귀는 침묵했다.

그는 인간이다. 거대한 인간이다. 두 발이 허벅지부터 잘려나가고, 오른팔도 어깻죽지부터 떨어져 나갔지만 남아 있는 상반신만으로도 거대한 위용을 자랑한다.

몸이 성했을 때는 가히 일성(一城)을 주무르는 역사(力士)였으리라.

철컥! 철컥······!

잘린 두 다리 아래에서 기묘한 소리가 울렸다.

그는 쇠바퀴가 달린 썰매 같은 수레에 앉아 있었다. 왼손에 든 낫으로 바닥을 찍으며 쭉쭉 달려왔다.

"누구를 찾는다고?"

"이곳 주인이시오?"

타사웅묘가 물었다.

아무리 봐도 객잔이나 운용할 사람으로는 보이지 않았다.

두 다리와 한 팔이 잘린 불구라는 생각도 들지 않았다. 전신에서 웬만한 파락호쯤은 단숨에 낫으로 찍어버릴 기세가 풍겨나왔다.

"내가 먼저 물었잖아! 누굴 찾는다고!"

"계, 계야부란 사내를 찾소."

"왜!"

"왜……? 사람을 찾는 데 꼭 이유가……."

"네놈들이 안선이냐!"

곰 같은 사내가 낫을 쳐들며 눈을 희번덕거렸다.

츠츠츠춧!

사사귀 중에 제일 먼저 반응을 보인 사람은 사망흑사다.

그는 힘만 믿고 설치는 사람을 제일 경멸한다. 다른 것은 다 참아 넘겨도 힘자랑하는 사람을 보면 명치 한 대라도 쥐어박아야 직성이 풀린다.

그에게서 살기가 뻗쳐 나왔다.

독사가 개구리를 봤을 때처럼 그야말로 찰나간에 목숨을 잃을지도 모른다는 위협이 전달되었다.

한데 괴물이 뜻밖의 모습을 보였다.

씨이익!

입꼬리가 옆으로 찢어지며 징그러운 살소를 마주 쏘아낸 것이다.

'이 자식이 감히! 좋아! 해보자!'

그가 하고픈 말이 일그러진 웃음을 통해 전달되었다.

'죽음을 두려워하지 않는다!'

타사웅묘는 괴물을 다시 쳐다봤다.

어느 한 군데 특이한 점이 없다. 하기는 곰같이 커다란 덩치로 한몫하고 있으니 결코 평범할 수는 없다. 타사웅묘가 특이한 점이 없다고 판단한 것은 무인과 일반인의 가름이다.

괴물은 일반인이다. 완력을 바탕으로 외공(外功) 몇 가지를 수련한 듯한데, 그 정도로는 무인이라고 할 수 없다.

무인에게 대들 입장이 아니다.

독사가 개구리를 보고 입맛을 다셨다. 여기까지가 정상적이다. 한데 개구리도 지기 싫다면서 어디 한번 해보자며 싸울 준비를 한다. 이건 비정상이다.

죽음을 두려워하지 않는 정도가 아니라 죽음 자체를 망각한 저능아나 할 수 있는 행동이다.

그렇다고 객잔 주인이 저능아로 보이지는 않는다.

뭔가? 사지 중 세 개가 잘라져서 행동조차 부자유스러운 사내가 소름끼치는 살기를 대하고도 하얀 이빨을 드러내며 웃게 만드는 독소는 뭔가.

"어디 네놈들이 얼마나 잘난 놈들인지 보자. 퉤!"

객잔 주인은 손에 침을 뱉은 후, 낫을 단단히 움켜잡았다.

철컹! 철컹!

그가 타고 있는 수레가 좌우로 움직였다. 마치 본격적으로 공수가 이루어지기 전에 살짝살짝 보법을 밟으며 공격 기회를 엿볼 때처럼 움직임이 전혀 부자연스럽지 않았다.

객잔 주인은 사지가 잘린 후에 나름대로 싸울 수 있는 방도를 찾은 것 같다.

그는 무인이 아니다. 한데 싸울 줄 안다. 그것도 무인을 상대로 굽힘없이 싸우려고 한다.

'어떻게 이런 일이……'

타사웅묘는 객잔 주인을 뚫어지게 응시했다.

눈이 활활 불타오른다. 낫을 든 손에는 필사의 의지가 담겨 있다.

사망흑사가 사내의 목을 쳐낼 수는 있지만 그 역시 어딘가는 낫으로 찍히리라.

죽여라. 죽어주마. 한 번만 낫질하면 된다.

'말똥구리!'

타사웅묘는 퍼뜩 계야부가 어디서 굴러먹었는지 떠올렸다.

그렇다! 객잔 주인은 말똥구리다. 아니, 말똥구리였다. 전장을 종횡무진하다 팔과 다리를 잃고 전역한 퇴역 군인이리라. 옛날 기질은 남아서 싸움이라면 마다하지 않는 것일 게다.

틀림없다. 이 세상에 오직 말똥구리만이 당랑거철(螳螂拒轍) 같은 비정상적인 싸움을 한다.

"뭔가 오해가 있나 본데…… 우린 안선이 아니오. 계야부와는…… 그것참! 벗이라고 할 수도 없고, 그렇다고 얼굴만 아는 사이도 아니고…… 이거 뭐라고 해야 하나? 좌우지간 사사귀라는 말을 전해주면 홀대는 안 할 거라 자신하오."

그제야 객잔 주인의 안색이 풀렸다. 하지만 자신에게 살기를 쏘아 보냈던 사망흑사에게 한마디 던지는 것도 잊지 않았다.

"너 운 좋은 줄 알아."

계야부는 침상 위에서 가부좌를 틀고 앉아 운공조식 중이었다.

호법 같은 것은 없었다. 운공조식 중에는 어린아이가 손가락만 뻗어도 절명할 수 있다는 사실을 모르지 않을 터인데, 온몸에 헛점을 드러낸 채 요지부동 꼼짝도 하지 않았다.

방금 전까지 낫을 들고 으르렁거렸던 객잔 주인이 한쪽 구석에서 숫돌에 낫을 갈았다.

사사귀는 뜻밖의 상황에 당황했다.

앞으로 천 날을 계야부 곁에 머문다고 지금처럼 좋은 기회는 얻기 힘들 것이다.

계야부는 저항할 수 없는 입장이다. 호법도 없다. 유일하게 곁에 있는 사람은 두 다리와 팔 하나가 잘린 전직 말똥구리뿐이다. 또한 그마저도 계야부와는 삼사 장의 거리를 두고 있다.

사사귀 중 아무나 객잔 주인의 앞을 가로막고 다른 두 명 중 아무나 계야부의 혈도를 찍으면 상황 종료다.

하면 사망흑사의 음양환몽술은 필요없다. 천양갈음초는 어떤가? 쓸까, 말까? 쓰면 한결 도움이 되겠지만 쓰지 않아도 상관없다. 적설충을 풀어놓기만 하면 서인을 빨아먹을 것이다.

사사귀는 서로 눈빛을 주고받았다.

'하자!'

'좋아. 지금이 기회야.'

이론이 있을 리 없다.

"저 새끼는 내 거야!"

제일 먼저 행동에 옮긴 사람은 사망흑사다.

쒜에엑!

검푸른 검광이 방 안에 물결쳤다.

사망흑사의 일검은 한 치의 사정도 담겨 있지 않았다. 어디를 어떻게 공격할지에 대해서도 망설임이 없었다. 방에 들어서고, 계야부가 운공조식 중인 걸 보고, 사사귀의 눈길이 마주쳤을 때, 그는 진작 죽였어야 할 놈을 도마 위에 올려놓고 눈길을 맞췄다.

깨끗하게? 가급적 고통스럽게? 아픔을 최우선으로?

모든 건 그가 마음먹기에 달렸다.

사망흑사는 죽음이 얼마나 고통스러운지 일깨워 줄 생각이다. 그래서 쳐내는 검도 목이나 심장이 아닌 배를 노린다. 옆구리를 파고들어 허파를 향해 수직으로 그어 올린다.

처음에는 처절하게 비명을 토하겠지만 칼날이 폐에 구멍을 내면 헉헉거리는 거친 숨소리만 들리리라. 그렇다고 고통을 느끼지 못하는 건 아니다. 폐에 바람이 들어가서 말을 하지 못할 뿐이지 검이 긋는 아픔은 뇌를 저려 울린다.

철컹!

객잔 주인이 허리를 푹 수그려 방바닥에 납짝 엎드렸다. 아니, 어느새 수레를 움직여 앞으로 질주했다. 사망흑사의 공격을 사전에 인지하지 못했다며 취할 수 없는 민첩함이다.

"쥐새끼들!"

곰 같은 사내가 상반신을 벌떡 쳐들더니 낫을 휘둘렀다.

까앙!

낫과 검이 얽혔다.

순간, 사망흑사의 검이 반 토막으로 뎅겅 잘려 나갔다.

믿을 수 없는 일이다. 진력이 가득 깃든 장검을 시골 농부가 사용하는 낫으로 잘라낼 수는 없다. 곰 같은 사내가 신력(神力)을 지녔다면 모를까…….

신력!

이 세상에서 가장 힘이 센 자는 무총에 있다.

"아!"

타사웅묘는 자신도 모르게 손을 들어 이마를 탁 쳤다.

사내의 두 다리는 잘린 게 아니다. 한 팔도 마찬가지다. 그는 태어날 때부터 두 다리와 한 팔이 없었다.

길거리에 버려진 핏덩이를 무총에서 거둬 길렀다.

무총은 그를 길러주었을 뿐만 아니라 없는 다리도 만들어주었다.

그가 타고 있는 수레는 그의 나이만큼이나 오래되었다. 새 것이냐 헌 것이냐 하는 문제가 아니다. 성장하면서 점점 큰 것으로 바뀌기는 했지만 의식하지 않고도 자연스럽게 움직일 만큼 몸에 달라붙었다.

그가 평범한 사람이었다면 썰매 같은 수레를 얻는 것으로 끝났을 게다.

그는 신력을 드러냈다.

열 살을 넘기면서 팔씨름으로 그를 당할 사람이 없었다.

무총은 그의 힘을 아깝게 여겨 한 팔로 운용할 수 있는 무공을 찾아주었다.

그는 사지의 균형을 잡을 수 없다. 그러니 신력을 한껏 활용할 수 있는 중병(重兵)은 곤란하다. 가벼운 병기에 엄청난 힘을 담고 마음껏 쓸어내야 한다.

여러 번의 시행착오를 거쳐서 최종적으로 그의 손에 쥐어진 것은 낫이다.

그는 나이 열여섯에 일력광겸(一力狂鎌)이라는 별호를 얻었다. 하지만 어찌 된 일인지 일력광겸이라는 별호를 얻은 후부터 무림에서 그의 모습을 찾아볼 수 없었다.

누군가에게 죽었다는 소문도 있고, 무총 안에서 무도에만 전념한다는 말도 있었지만 어느 것 하나 믿을 만한 말은 없었다.

그것이 지금으로부터 삼십여 년 전이다.

파팟! 파앗!

"끄으으윽!"

육질 갈라지는 소리와 함께 사망흑사가 답답한 비명을 토하며 물러섰다.

그는 반 토막 난 검을 들고 있었다. 한 손으로는 복부를 움켜잡았는데 붉은 피가 철철 흘러나왔다.
사망흑사가 단 일 초에 패한 것이다.

第二十四章
사사귀의 죽음

"일, 일력…… 광겸. 마…… 맞소?"

타사웅묘가 더듬거리는 음성으로 물었다.

"흐흐흐! 쥐새끼들!"

일력광겸이 피 묻은 낫을 들어 올렸다.

사망흑사의 실수는 상대가 누군지 몰랐다는 데 있다. 상대하는 자가 일력광겸인 줄 알았다면 급습 대신 정공법을 택했을 것이고, 싸움의 양상은 판이하게 달라졌을 것이다.

그를 이긴다고는 할 수 없지만 최소한 단 일 초에 복부가 갈리는 수치만은 피했으리라.

"음!"

사망흑사가 하얀 이를 꽉 악물었다.

그가 이번 일전을 얼마나 수치스럽게 생각하는지 단적으로
표현해 주는 행동이다.

"이왕 시작한 것, 끝내야지?"

탁! 철컹! 탁! 철컹!

일력광겸이 수레를 좌우로 흔들며 다가왔다.

낫으로 바닥을 찍고, 어느 쪽으로 움직일지 생각한 후에 몸
을 움직인다.

찾아보면 충분히 허점을 찾을 수 있다.

"일력광검께서 이처럼 누추한 객잔의 주인이시라니 뜻밖이
오만…… 이왕 시작한 것, 끝을 보는 것도 좋지요."

평정을 되찾은 타사웅묘가 씩 웃으며 말했다.

"흐흐흐! 쥐새끼…… 어디서 잔재주 나부랭이만 배워가지
고. 그따위 잔재주는 네 어미 앞에서나 피워라. 흐흐흐!"

일력광겸이 타사웅묘를 보며 웃었다.

그가 웃자 거무스름한 얼굴이 옆으로 쫙 갈라지며 누런 이
가 드러났다. 그리고 생선 썩는 냄새가 실내에 확 퍼졌다. 태
어나서 한 번도 이빨을 닦지 않았는지 아주 고약한 냄새다.

객잔을 들어설 때부터 머리를 욱신거리게 만들던 악취 중에
하나가 바로 그의 입에서 풍겨나는 입 냄새였다.

타사웅묘도 마주보며 피식 웃었다.

"미친 낫, 광겸이 독에도 일가견있는 줄은 몰랐네. 만독불
침(萬毒不侵)이라고는 생각되지 않고, 피독주(避毒珠)라도 지
녔나?"

그가 손을 활짝 펼쳐 보였다.

그의 손에는 절반쯤 남은 단환이 들려 있었다.

단환을 손으로 살살 문질러 가루로 만든 다음 일력광겸에게 쏘아낸 것이다. 단환을 이렇게 사용하면 산(散)을 쓰는 것보다 독의 낭비도 줄일 수 있고, 휴대하기도 편해서 아주 즐겨 쓰게 되었다.

잠깐 몇 마디 나누는 사이에 독을 썼고, 통하지 않았다. 문제는 일력광겸이 하독 사실을 눈치챘다는 것이다. 이는 일력광겸의 낫이 사망흑사에게서 자신에게로 돌려세워졌음을 의미한다.

'빌어먹을!'

그의 눈빛이 잠깐 동안 흔들렸다.

계야부가 목전에 있다. 완전히 무장해제되어 삼척동자도 죽일 수 있다. 한데 어디서 불쑥 나타난 미친놈 때문에 손도 못 대고 있으니 이보다 통탄스러운 일이 어디 있으랴.

계야부가 운공조식을 끝내는 날에는 사태가 더 악화된다.

애써서 방갓무인들을 죽인 일이 괜한 헛수고가 될 뿐 아니라 차후 계야부 앞에는 얼씬도 못하게 된다.

물은 이미 엎질러졌다.

계야부를 잡느냐 못 잡느냐만 남았다.

"흑사, 어떻게 해서 일이 이 지경이 되었는지 모르겠는데…… 목숨을 걸어야겠다."

"네가 건다면 나도 걸지."

사망흑사가 갈라진 복부를 꽉 움켜잡으며 말했다.

"당연히…… 내 목숨 놔두고 남의 목숨만 걸라고는 하지 않아."

타사웅묘가 묵검(墨劍)을 꺼내 들었다.

"호오! 묵린검(墨鱗劍)! 내 죽을 때까지 그놈을 보지 못할 줄 알았는데. 좋아. 묵린검까지 꺼낸다면야."

사망흑사가 손을 들어 혈도 몇 군데를 찔렀다.

잠력(潛力)을 최대한 격발시키는 망혼지술(亡魂之術)이다.

망혼지술을 펼치면 반 시진 동안 내공이 배로 급증하는 효과를 얻는다. 하나 반 시진이 경과한 후에는 바람 빠진 허파처럼 진력이 일시에 소진된다.

지나가는 바람도 죽일 수 있을 정도로 무기력해지는 것이다.

망혼지술이란 말은 자신이 스스로 지옥의 불구덩이 속으로 기어들어 간다고 해서 붙여진 명칭이다.

망혼지술을 펼친 이상 반 시진 안에 상대를 죽이던가 아니면 자신이 죽어야 한다. 중간은 없다. 타협도 없다. 물러설 수도 없다. 앞으로 나아가 부딪쳐서 깨뜨리던가 깨져야 한다.

사망흑사가 결사의 의지를 보여주었다.

그런 점에서는 타사웅묘도 마찬가지다.

그가 꺼낸 묵린검은 죽음을 부르는 마검(魔劍)이다.

수십 년 동안 독물에 절여진 검은 검집을 벗어나는 순간부터 독기를 뿜어내기 시작한다.

냄새를 풍긴다면 절대독이 아니다. 진정한 독은 아무런 냄새도 풍기지 않는다. 인위적으로 하독해야만 성질을 부릴 수 있는 독은 절대독이 아니다. 절대독은 존재하는 자체만으로도 죽음을 부른다.

묵린검은 냄새를 풍긴다. 세상에 존재하는 모든 독의 냄새를 한데 모아놓았다. 다만 그 냄새가 너무 지독해서 인간의 후각이 감지하지 못할 뿐이다.

묵린검은 하독을 필요로 하지 않는다.

검집을 벗어나는 순간, 검은 윤기가 자르르 흐르는 검신이 세상에 드러나는 순간, 방원 삼십여 장은 가공할 독기에 휘감겨 죽음의 사지가 된다.

일력광겸에게 피독 능력이 있다는 건 안다.

그래서 독공이 통하지 않는다고? 웃기는 소리다. 모든 건 상대적이다. 사마귀가 벌레를 잡아먹었다고 무적의 제왕은 아니듯이 하찮은 독쯤 물리쳤다고 만독불침은 아니다.

타사웅묘가 아는 한, 묵린검의 독기를 피해낼 수 있는 사람은 없다.

피독 능력이 탁월한 피독주(避毒珠)는 물론이고 세상에 존재하는 어떠한 신공이기도 소리없이 젖어드는 묵린검의 독기 앞에서는 모래성처럼 무너지고 만다.

―내가 천하제일인은 아니다. 하지만 목숨을 내놓지 않고 나를 죽일 수 있는 자는 아무도 없다. 천하제일인도 나를 죽이

려면 목숨을 걸어야 한다. 하하하하!

  타사웅묘가 묵린검을 얻은 후에 내뱉은 광소(狂笑)다.
  하물며 타사웅묘는 방 안에서 묵린검을 뽑았다.
  방 안에 있는 사람은 모두 중독되었다.
  타사웅묘는 물론이고, 사망흑사, 비주화서, 계야부, 그리고 일력광겹까지 묵린검의 독기를 들이마셨다.
  독기는 이미 몸 안으로 스며들었다.
  피를 따라 돌기 시작했다. 근육 속으로 비집고 들어갔으며, 신경을 차근차근히 짓눌러댄다.
  앞으로 일다경 안에 해약을 복용하지 않으면 대라신선이 와도 살릴 수 없는 처지가 되리라.
  그것은 묵린검의 주인인 타사웅묘도 마찬가지다.
  그 역시 빠른 시간 안에 일을 처리하고 해약을 복용해야 한다. 아무 곳이고 가부좌를 틀고 앉아서 해약의 기운을 몸 구석구석까지 흘려보낸 후에 독기를 밀어내야 한다.
  그렇다. 방 안에 있는 사람에게 주어진 시간은 일다경뿐이다.
  스스스슷!
  제일 먼저 비주화서가 움직였다.
  그는 빠르다. 신법에 조예가 깊다. 오죽하면 별호에 비주(飛走)라는 말이 붙었겠는가.
  그런 그가 아무런 예고도 하지 않고 움직였다.

목표는 물어볼 것도 없이 계야부다. 운공조식 중이니 방어할 능력은 없을 게고, 목덜미를 낚아채어 끌고 나가면 된다. 자신이 그러는 동안 일력광겸이 가만히 있겠냐가 문제인데, 타사웅묘와 사망흑사가 알아서 막아줄 게다.

쉬잇!

매의 발톱처럼 단단하게 오므려진 흑웅조(黑鷹爪)가 계야부의 목덜미를 낚아챘다.

비주화서는 웃음이 새어 나왔다.

큰일이든 작은 일이든 목적한 대로 이루어지면 만족감이 드러나게 마련인데, 무인들처럼 행동으로 만족감을 얻을 때는 웃음이 제일 먼저 새어 나온다.

계야부를 얻었다.

이제 남은 건 타사웅묘에게서 해약을 얻거나 그와 함께 물러나면 된다. 순간,

쒜에엑!

살을 찢어대는 파공음과 함께 불쑥 천장에서 뱀 한 마리가 떨어져 내렸다.

뱀은 정확히 비주화서의 손목 어림을 노리고 달려들었다.

"이게!"

비주화서는 계야부를 잡아끌려다가 화들짝 놀라 손을 놓고 말았다.

조금만 더 시간을 지체했다가는 무엇인지도 모를 검은 물체에게 손목을 내어줄 판이다.

쒜에엑!

검은 뱀 한 마리가 손끝을 스치며 지나갔다.

"아!"

비주화서는 자신도 모르게 탄식을 쏟아냈다.

계야부를 잡지 못했기 때문이 아니다. 간발의 차이로 검은 물체를 피해냈기 때문도 아니다.

그는 날카로운 눈썰미로 손끝을 스쳐 지나가는 뱀의 모습을 확실히 봤다.

몸통은 검은색이다. 기름통에 담갔다가 꺼내놓은 듯 윤기가 자르르르 흐른다. 손가락 굵기에 길이는 열세 자 정도이나 밧줄이라고 말해도 무방할 듯싶다.

머리끝에는 독사처럼 삼각 형태의 통이 달려 있으며, 통에는 낚싯바늘처럼 생긴 고리가 십여 개 정도 튀어나와 있다.

한 번 보면 영원히 잊어버릴 수 없을 만큼 특이한 편(鞭)이다.

그렇기에 비주화서는 당연히 편의 명칭은 물론이요, 주인이 누구인지도 안다.

편의 명칭은 흑사편(黑死鞭)이며, 흑사편을 사용하여 펼치는 무공은 흑선류(黑線流), 흑사편과 흑선류의 주인은 사사표풍(死死飄風)이라는 별호를 가지고 있다.

사사표풍을 본 사람은 없다.

흑선류가 어떤 무공인지 말해줄 사람도 없다.

사사표풍을 만난 사람은 모두 죽었다.

그럼에도 그를 알아볼 수 있었던 것은 중원무림에서 열세 자에 달하는 긴 편을 사용하는 무인은 사사표풍밖에 없기 때문이다.

죽음이 없는 곳에는 얼씬거리지 않고, 모습을 보이면 반드시 생명을 거둔다.

사사표풍은 그렇게 자신만의 전설을 일궈 나가는 중이다.

“사사…… 표…… 풍…….”

비주화서가 혀를 내밀어 마른 입술을 훔치며 중얼거렸다.

그가 이곳에 나타났다는 것은 죽음이 있다는 뜻이다.

사사귀를 전부 죽이던가, 아니면 손속을 마주친 자신이라도 죽이기 위해 나타났다.

비주화서는 전설이 되어버린 사사표풍을 쳐다봤다.

흑색 경장을 입었고, 창이 넓은 흑색 갓을 썼으며, 얼굴에는 흑색 면사를 드리우고 있다.

몸의 굴곡으로 봐서 여인이다.

몸에서 풍기는 체향이 아주 풋풋하다. 젊은 계집이다.

사사표풍이 여자였단 말인가? 그것도 아주 젊은 여자?

사사표풍의 전설이 무림을 뒤흔들기 시작한 것은 십여 년가량 된다. 정확히 말하면 십여 년 전이다. 그 후로는 사사표풍을 봤다는 사람이 없으니까.

하면 이 여인은 십 년 전에 몇 살이었단 말인가.

설마 꼬마 계집이 지독한 살심을 쏟아냈을 리는 없고……

사사표풍에게서 무공을 전수받은 후인이나 제자일 가능성이 높다.

비주화서는 죽음의 문턱에서 기어나온 기분이었다.

"일력광겸에 사사표풍까지. 다른 고인도 있소?"

타사웅묘가 허공을 보며 소리쳤다.

그의 음성에는 비웃음이 실려 있다. 안에 있으나 밖에 있으나, 묵린검에서 삼십여 장을 벗어나지 못했다면 너나 할 것 없이 독기에 중독되었다는 확신이 있기에 내뱉을 수 있는 조소다.

"흐흐흐! 사내라면 진공을 익혀야지 한낱 미물에 의지해서야 쓰나. 좋은 검을 다 버려놨어. 쇠와 독은 좋은 궁합이 아냐. 그런 거에나 의지하니 진공을 수련할 마음이 점점 없어지지."

일력광겸이 누런 이를 드러내며 걸걸거렸다. 아니다. 그의 음성은 움직임 뒤에 나왔다. 마지막 말이 끝났을 때, 타사웅묘는 이미 네 번이나 낫질을 당하고 있었다.

깡! 까강! 까앙!

시퍼런 낫이 새까만 묵검을 연신 두들겼다.

타사웅묘는 안색이 새하얗게 질려 주춤주춤 물러섰다.

"견딜 만하냐?"

일력광겸이 다시 말했다.

타사웅묘는 대답조차 하지 못했다.

입을 열기만 하면 부글부글 끓어대는 기혈이 한꺼번에 쏟아질 것 같았다.

일력광겸의 거력은 힘으로 받아낼 게 못 된다.

검을 든 손에서 주르르 피가 흘러내린다. 손아귀가 찢어졌으니 당연하다. 검을 들고 있기도 힘들다. 곰과 부딪친 것 같은 충격이 어깨뼈를 뒤흔들었으니 뼈가 부러지지 않은 게 다행이다.

내력도 진탕한다.

멀미를 하는 것처럼 속이 부글부글 끓고, 못 마시는 술을 잔뜩 마신 사람처럼 토악질이 치민다.

정면승부로는 일력광겸을 이길 수 없다.

그렇다고 다른 승부를 기대할 수도 없다.

어찌 된 일인지 일력광겸은 묵린검의 독기에 영향을 받지 않고 있다. 지금쯤 얼굴색이 흙빛으로 새까맣게 죽어가야 하는데, 불그스름하니 혈색만 좋다.

일력광겸뿐만이 아니다. 비주화서의 움직임을 봉쇄한 사사표풍도 흔들림없이 서 있다.

오히려 묵린검의 영향을 받는 건 사사귀 자신들이다.

사망흑사, 비주화서의 얼굴에 죽음의 그림자가 드리워졌다. 자신의 얼굴을 보지 않아서 그렇지, 자신 역시 새까만 흙빛 기운이 얼굴을 감싸고 있으리라.

'졌다.'

타사웅묘는 전의를 상실했다.

이제 믿을 수 있는 건 사망흑사뿐이다. 그가 펼친 망혼지술이 엄청난 힘을 토해내는 수밖에 없다.

"흑사."

타사웅묘는 사망흑사에게 묵린검을 던져 주었다.

사망흑사가 그의 뜻을 읽고 묵린검을 받아 들었다.

"흐흐흐! 쥐새끼들! 최후의 발악인가?"

"헐! 타앗!"

사망흑사가 일갈을 내지르며 펄쩍 뛰어올랐다.

순간이다! 사망흑사의 신형이 흐릿해지는가 싶더니 감쪽같이 사라져 버렸다.

'이체환검(二體幻劍)!'

타사웅묘는 속으로 갈채를 보냈다.

이체환검은 사망곡이 만들어낸 최후, 최강의 검학이다.

사망흑사도 검리만 깨달았지 내력이 부족하여 펼칠 엄두를 내지 못했던 검학 중의 검학이다.

사람의 눈은 순간의 움직임에 집중한다.

무공이 고강한 무인일수록 순간의 움직임을 잡아내는 능력은 탁월하다.

이체환공은 이런 능력을 이용한다.

순간의 움직임을 주어서 눈동자를 잡아낸 다음, 눈동자의 움직임보다 빠르게 움직여서 사각(死角)을 점한다.

허공에 떠올랐던 사람이 순식간에 사라진 이유다.

눈동자가 다시 움직여 사각에 숨은 사람을 찾아낼 즈음, 그의 검은 상대의 몸을 벤다.

이체환공을 막아낼 방법은 없다.

철벽처럼 여겨지던 일력광겸도 이체환공 앞에서는 무력

했다.

그는 사망흑사의 움직임을 놓쳤다. 순간에 불과하지만 어떠한 행동도 취하지 못하고 멍청히 서 있는 모습을 드러냈다.

'됐어!'

타사웅묘가 웃음을 떠올리려고 했다. 한데,

쒜에에엑! 좌아아악!

돌연 사사표풍의 흑사편이 일력광겸의 전신을 가로막았다.

사사표풍도 사망흑사를 보지는 못한 것 같다. 단지 막연한 느낌으로 위에서 아래로 내리그은 것에 불과하다.

하지만…… 재수없는 놈은 뒤로 넘어져도 코가 깨진다고 했나?

하필이면 무작정 내리그은 흑사편이 사망흑사의 진로를 딱 가로막았다.

쒜엑! 쒜에엑!

사망흑사는 흑사편을 피하기 위해 몸을 두 번이나 뒤틀었다.

그것이 결정적인 실수다. 그가 마음대로 몸을 뒤틀도록 가만히 내버려 둘 일력광겸이 아니다.

슈슛!

기분 나쁜 바람 소리가 허공을 갈랐다.

타사웅묘는 독을 쓸 기분조차 들지 않았다. 최후의 발악이라도 하려면 독분이라도 터뜨려야 하는데, 아무 짓도 하고 싶지 않았다.

비주화서 역시 마찬가지다.

그는 자신이 강하다고 생각한 적은 없다. 하지만 그 누구에게도 잡히지 않을 자신은 있었다. 그렇기에 세상 무인들을 깔봐왔던 것 또한 사실이다.

그들은 오늘 세 번이나 실수를 저질렀다.

첫째는 일력광겸의 존재를 알지 못했다.

눈앞에 나타나 언사까지 높였는데 그를 알아보지 못했다.

두 번째, 변명조차 할 수 없는 실수는 사사표풍이 숨어 있다는 사실을 알아채지 못했다는 것이다.

사람이 숨어 있는 것을 알아채지 못한다?

타사웅묘나 비주화서는 그렇다고 치자. 살수들을 이끌었던 사망흑사조차 그의 존재를 몰랐다면 이야기는 끝난 것이다.

거기에 마지막으로 세 번째, 독심독의(毒心毒醫)가 이 일에 개입되어 있다는 사실을 몰랐으니 백번을 죽는다고 해도 무슨 말을 할 것인가.

일력광겸에게 피독 능력이 있는 게 아니다. 타사웅묘가 전개한 독을 암암리에 해독해 버린 자는 따로 있었다. 묵린검의 독기를 감쪽같이 해소해 버린 천재 독의가 지척에 있었다.

"클클! 틀렸어. 심장이 완전히 갈라졌어. 쯧! 손놀림이 그렇게 거칠어서야……."

언뜻 봐서는 몇 살인지조차 모를 정도로 파싹 늙은 노인네가 혀를 끌끌 찼다.

사망흑사는 절명했다.

일력광겸의 낫에 심장이 갈려져 즉사했다.

말리고 자시고 할 틈도 없었지만 타사웅묘나 비주화서에게 는 그럴 만한 능력도 없었다.

일력광겸, 사사표풍, 그리고 독심독의.

한결같이 무림에서 사라진 지 십여 년이 넘어서 지금은 이름조차 회자되지 않는 고수들이다. 아마도 당대 무인들치고 이들을 회상하는 사람은 거의 없으리라.

독심독의가 타사웅묘 앞으로 다가왔다.

"내놔."

"뭐, 뭐를 말입니까?"

"시치미 떼기는…… 두 번 말 안 해. 내놔."

타사웅묘는 등에 식은땀을 흘리며 천양갈음초를 꺼냈다.

독의 천재가 자신에게서 받아갈 것이라고는 천양갈음초밖에 없다. 그 외 자잘한 독들은 어린아이 장난감으로 비칠 것이다.

천양갈음초를 받아 든 독심독의가 비주화서에게 다가섰다.

비주화서는 그가 말하기도 전에 품속에서 목갑을 꺼내 건네주었다. 적설충이 잠들어 있는 보금자리다.

"끌끌! 강호밥이 무섭긴 무섭군. 여간 눈치가 빠른 게 아냐."

중원 모든 독인들에게 신으로 추앙받는 독심독의 앞에서 타사웅묘와 비주화서는 꿀먹은 벙어리가 될 수밖에 없었다.

'서인을…… 서인을 빼내려고 해.'

타사웅묘는 독심독의의 마음을 읽었다.

천하의 독심독의라 할지라도 사람의 몸에 틀어박힌 서인을 끄집어내기 위해서는 천양갈음초와 적설충이 필요했다. 그 외에는 어떤 것도 서인을 유도해 내지 못한다.

이들은 무슨 이유에서 서인을 필요로 하는 것일까?

안선의 또 다른 복선인가. 아니면 무총에서 온 사람들인가.

타사웅묘는 계야부를 쳐다봤다.

그는 아직도 운공조식 중이다.

이것도 비정상이다. 운공에 몰두, 몰두, 몰두했다고 해도 칼바람이 일고, 사람이 죽어갈 정도로 시끌벅적해지면 서둘러 운공을 끝냈어야 정상이다.

계야부는 운공조식을 하는 게 아니다.

가부좌만 틀고 앉아 있을 뿐, 혈도가 제압되어 움직이고 싶어도 움직이지 못한다.

사실을 인식하자 계야부의 상태가 일목요연하게 보였다.

타사웅묘의 눈길이 제일 먼저 닿은 곳은 눈꺼풀이다. 눈썹조차 움직이지 않는다. 석상처럼 꼼짝도 하지 않는다.

혈도를 제압당한 것이 아니고 아예 정신을 잃었다.

다음으로 본 곳은 입술이다.

연한 자줏빛이다. 검은색이 살짝 묻어 있기도 하다.

미혼분(迷魂紛)에 당했을 가능성이 매우 높다.

계야부를 혼절시키고 서인을 빼내려고 한다?

이들은 무총에서 온 사람들이 아니다. 틀림없이 안선에서 왔으리라. 교사가 자신들 모르게 풀어놓은 또 다른 비책이다.

타사웅묘의 눈가에 절망이 감돌았다.

안선을 어찌 모르랴. 안선은 철저한 점조직, 점과 점이 이어져 선이 되는 것을 철저히 방지한다. 그런 의미에서 점과 점을 잇게 만드는 요소는 무조건 베어 넘긴다.

자신들은 죽을 것이다.

2

독심독의에게 서인을 빼낼 수 있는 영물, 영초가 모두 건네졌다.

사망혹사가 알고 있던 음양환몽술만 사장된 상태이지만 다른 사람이라면 몰라도 독심독의에게는 아무런 문제도 안 된다.

그는 인간의 욕정을 일깨우는 방법쯤은 수천 가지도 넘게 알고 있다. 그중에는 음양환몽술에 버금가는 절공도 상당수다. 아마도 그가 전력을 다해 수단을 부린다면 죽기 일보 직전인 노인네의 양물도 벌떡 일으켜 세울 것이다.

독심독의는 유발(乳鉢)을 꺼냈다.

유발이란 약초를 빻는 데 사용하는 그릇, 천양갈음초를 빻아서 즙을 낼 생각인 모양이다.

그래서는 안 된다. 천양갈음초의 약효는 잎몸에 난 잔가시에서 나온다. 천양갈음초의 즙액과 섞을 게 아니라 조심스럽게 털어내어 순수한 약효를 이용해야 한다.

꿀꺽!

타사웅묘는 말도 못하고 마른침만 삼켰다.

독심독의는 가위를 꺼내 천양갈음초를 잘게 썰었다.

유발에 담긴 천양갈음초에서 진한 향기가 흘러나왔다.

일력광겸이 풍기는 악취는 물론이고, 묵린검의 독기까지 말끔히 씻어내는 청아한 향이다.

냄새는 좋다. 하지만 약효는 다 달아났다. 이제 천양갈음초는 향기가 좋은 향초에 지나지 않는다.

'쯧!'

타사웅묘는 속으로 혀를 찼다.

독심독의 같은 사람이 왜 저런 실수를 하는 것일까? 독인이라면 빤히 아는 기초를 어찌 망각한 것일까? 살가죽에 탄력이 사라져 버석거리는 것을 보니 죽을 때가 다 된 것 같은데, 그래서 노망이라도 난 것일까?

한데 바로 그 순간, 타사웅묘로서는 짐작조차 하지 못했던 일이 벌어졌다.

"우욱!"

죽은 듯이 굳어 있던 계야부가 얕은 신음을 토해냈다. 뿐만 아니라 몸을 바들바들 떨기까지 했다.

춘약에 중독된 사람이 욕정을 느껴 몸을 비트는 현상과 똑같다.

‘어떻게 이런 일이!’

타사웅묘는 눈을 부릅떴다.

천양갈음초를 짓찧은 것만으로는 이런 현상이 일어나지 않는다. 만약 그렇다면 자신들은 왜 멀쩡한가? 향기도 똑같이 맡았는데, 누군 욕정을 느끼고 누구는 못 느끼고…… 말이 되는가.

“으으음……!”

계야부는 확연히 느낄 수 있을 정도로 몸을 비비 틀어댔다.

‘확실히 욕정이야!’

어찌 된 영문인지 모르지만 계야부가 극심한 욕정을 느끼고 있는 게 틀림없다.

타사웅묘는 마음을 차분히 가다듬었다.

세상에 원인없는 결과는 없다. 예상치 못한 결과가 일어난 것에는 그만한 이유가 있게 마련이다.

계야부가 욕정을 느낀 데는 그만한 이유가 있다.

독심독의의 용독술을 보지 못해서 이해하지 못하는 것이지 분명히 계야부를 자극하는 어떤 수단이 펼쳐졌다.

정신을 집중해서 공기 속에 배인 냄새를 분석했다.

향이 제일 진한 천양갈음초의 냄새는 배제시켰다. 일력광겸의 썩는 냄새도 버려야 할 것 중 하나다.

해답은 공기 속에 있다.

독심독의는 계야부 근처에도 가지 않았다. 자신들에게 물건을 빼앗은 후, 유발을 꺼내 찧은 것이 전부다.

타사웅묘는 아무 냄새도 맡지 못했다.

이 냄새, 저 냄새를 모두 제하고 나니 아무 냄새도 남지 않았다.

"훗! 후훗!"

그는 갑자기 실성한 사람처럼 피식피식 웃어댔다.

"이놈의 쥐새끼가 미쳤나."

일력광겸이 낫을 추켜올렸다.

금방이라도 사지를 떼어낼 것 같은 살벌함이 물씬 풍겨왔다. 그래도 타사웅묘는 웃음을 멈출 수 없었다.

"후후후! 후후후후!"

"이놈의 자식이 정말!"

"놔두게."

"뭐!"

"놔둬. 그깟 재주도 재주라고 회의를 느끼는 모양인데, 놔둬."

"영감, 무슨 소리야?"

"대갈빡에 똥 몇 덩이 더 든 인간들이 하는 짓거리가 있어. 그렇게만 알고 놔둬."

"어차피 죽일 놈들, 놔두면 뭘 해."

"저놈은 네놈보다는 내게 죽길 원할걸. 구천에서 죽이지도 못하는 원혼에게 시달리기 싫으면 놔둬."

독심독의가 천양갈음초를 찧으며 말했다.

그의 말이 맞다.

타사웅묘는 온몸이 탈진하는 듯한 무력감에 휘감겨 서 있는
것조차 힘들었다.

독심독의는 다른 수단을 쓰지 않았다.

천양갈음초의 잎몸에 붙어 있는 잔가시를 떼어내어 계야부
의 콧속으로 들이밀었을 뿐이다.

타사웅묘가 생각한 것과 같은 방식이다.

다른 점이 있다면 속도다. 타사웅묘는 잔가시를 떼어내는
데 족히 한 시진 정도는 소요된다고 생각했는데, 독심독의는
찰나 만에 분리해 냈다.

가위를 꺼내 천양갈음초를 자르는 순간 잔가시는 이미 잎몸
에서 떨어져 나와 계야부의 콧속으로 흡입되고 있었다.

놀라운 손놀림이지 않은가.

그는 확실히 신이다. 독으로 만든 하늘, 독천(毒天)을 가질
수 있는 유일한 신이다.

타사웅묘는 자신의 독술도 일가를 이뤘다고 생각했다.

한데 독심독의와 마주치고 보니 어린아이 장난에 불과했다.
평생을 독과 씨름하며 살아왔는데, 고작 진흙덩이로 소꿉장난
한 것에 지나지 않았다.

그동안 뭘 하고 살아왔는가.

한평생 산 흔적이 뭔가?

"후후후후! 후후……."

타사웅묘는 웃음을 멈추지 않았다.

멈출 수 없었다. 멈추고 싶지도 않았고, 멈춰야 된다는 생각

도 들지 않았다.

한데 그의 웃음소리가 서서히 잦아들었다.

본의는 아니다. 마음속으로는 아직도 계속 웃어대는데, 소리가 되어 나오지 않는다.

"큭…… 큭……."

급기야 그는 메마른 기침만 쏟아냈다.

"타…… 타사…… 웅묘!"

옆에 있던 비주화서가 한 발짝 다가와 어깨를 부축했다.

타사웅묘는 메마른 기침뿐만이 아니라 검게 변색된 선혈까지 쏟아냈다.

"의(意)…… 살(殺)…… 이게…… 의살……."

거칠게 쏟아지는 핏덩이와는 사뭇 다르게 타사웅묘의 표정은 무척 밝았다.

"의살? 의살이 뭐야?"

"도, 독…… 독살의 최고…… 경지…… 아아! 의…… 살!"

타사웅묘의 고개가 푹 꺾였다.

사사귀 중 두 명이 이름도 없는 객잔에서 싸움다운 싸움조차 해보지 못한 채 죽어갔다.

비주화서는 타사웅묘를 눕힌 후, 벌떡 일어섰다.

일력광겹이 사망흑사를 죽였다. 독심독의는 쥐도 새도 모르게 손을 써서 타사웅묘에게 새로운 세상이 있음을 알려주었다.

이들은 애초부터 사사귀를 살려 보낼 생각이 없었다.

"나는 누가 죽이기로 되어 있소!"

말은 그렇게 했지만 그의 눈길은 자신도 모르게 유일하게 살인을 하지 않은 자, 사사표풍에게로 향했다.

대답은 등 뒤에서 들려왔다.

"이왕 죽을 것, 동료들이 멀리 가기 전에 빨리 쫓아가는 것도 괜찮겠지. 저승길이란 게 여간 쓸쓸한 게 아니라더구먼."

'또!'

비주화서는 등골이 오싹했다.

등 뒤에 있는 자까지 모두 네 명이 나타났다. 그중에 나타나는 모습을 본 자는 일력광겸이 유일하다. 아니다. 엄밀히 말하면 그의 출현도 눈치채지 못했다. 그가 나타났을 때, 사사귀는 객잔 주인이 나타난 줄 알았지 무림 고수가 나타났으리라고는 꿈에도 생각지 못했다.

이 싸움, 사사귀의 완벽한 패배다.

비주화서는 돌아섰다.

강퍅한 인상의 사내가 서 있다. 검을 품에 꼭 끌어안고 날카로운 눈매를 번뜩이고 있는 모습이 꼭 잘 갈아놓은 칼 같다.

"내 목숨을 끊을 사람이…… 당신인가?"

"자자검(刺刺劍)."

"뭐?"

비주화서는 사내의 말을 언뜻 알아듣지 못했다.

"자자검이다, 내 별호."

"아! 별호. 별호가 자자검인가? 석 자 별호는…… 자자검!

온몸을 난자해 죽인다는 자자검?"

"난자는 아니다. 찌를 곳만 찌르지. 딱 서른여섯 군데. 아! 물론 시간이 있을 때 말이야. 나도 급할 때는 한두 번 찌르고 말아."

"악…… 마검 자자검?"

"도망가라."

"……?"

"내 검광을 피해 도주한다면 살려주마. 넌 신법에 일가견이 있는 자이니 이런 싸움이라면 손해 볼 것 없겠지."

손해 보지 않는 정도가 아니다. 이런 싸움이라면…… 잘하면 목숨을 부지할 수 있다.

"싸우기 전에…… 이 친구에게서 가져갈 게 있는데."

비주화서는 죽은 타사웅묘를 쳐다봤다.

"풋! 자자검. 불쌍하게 됐구나. 저놈…… 살 수 있다고 생각하는 모양이야. 자자검이 어쩌다 이 지경이 됐누. 아이야, 묵린검의 독기라면 걱정 마라. 진작 해독해 놓지 않았다면 지금쯤 숨을 쉬기도 곤란할 게야."

독심독의가 히죽 웃으며 말했다.

그의 말이 사실이다.

비주화서는 십 할 살 자신이 있다.

무공으로 겨루는 것이 아니라 도주하고 쫓아오는 싸움이라면 얼마든지 자신있다.

그 누구도 자신을 따라올 수 없다.

제아무리 빠른 검도 자신은 못 잡는다.

하나 이대로는 갈 수 없다. 도주해 봤자 십 리도 못 가서 죽고 만다. 타사웅묘의 품에서 해약을 챙기지 않으면 도주하는 의미가 없어진다. 그럴 바에는 애써서 땀 흘리며 도주할 게 아니라 이 자리에서 편히 죽는 게 낫다.

독심독의는 묵린검의 독기가 해소되었다고 한다.

그 말을 믿는다. 묵린검의 독기가 해소되지 않았다면 벌써 여러 가지 증상들이 일어났을 것이다. 머리가 어질거린다거나 호흡이 가빠진다거나.

하지만 묵린검의 독기가 워낙 지독한 것을 아는지라 만일을 위해 해독약을 챙기고 싶었다.

그가 머뭇거리자 자자검이 피식 웃었다.

"죽일 가치가 있는지 모르겠군. 검이 빠르냐, 몸이 빠르냐. 죽이려는 마음과 살고자 하는 본능 중에 어느 것이 강한가. 달아나는 쥐새끼와 쫓는 독사. 여기에 대한 해답을 줄 수 있겠나?"

그는 말하면서 타사웅묘의 시신을 고갯짓으로 가리켰다.

가지고 싶은 것이 있으면 가지라는 뜻이다.

비주화서는 사양하지 않고 시신을 뒤졌다.

어느 것이 독이고, 어느 것이 해약인가.

타사웅묘의 품속에는 거름종이와 단환과 작은 병들이 상상하지 못할 만큼 많았다.

비주화서는 세밀히 살필 겨를이 없었다. 닥치는 대로 주워서 품에 찔러 넣었다.

"됐나?"

"됐소. 어, 언제 공격할 생각이오?"

"언제 했으면 좋겠나? 네가 말해봐."

"두 발이 땅에서 떨어지는 순간부터 세 호흡만 주시오."

"세 호흡이면 되겠나?"

"더 줄 수 있소?"

"후후후! 어디…… 자존심이 어디까지 추락하는지 볼까? 원하는 대로 주지. 몇 호흡 줄까?"

"그렇게 자신있다면 백이나 이백 정도 헤아리는 건 어떻소? 어디 당신의 자존심은 얼마나 되는지 봅시다. 말해보시오. 얼마나 줄 수 있겠소?"

괜한 오기였다. 세 호흡이 아니라 두 호흡만 주어도 그를 뿌리칠 자신이 있었다. 그럼에도 그렇게 말한 것은 자자검이 기회를 줄 것 같지 않아서이다.

사사귀는 이곳에서 죽는다.

벌써 두 명이 시신이 되어 나뒹굴고 있다. 그들이 누구에게 어떻게 죽었는지 똑똑히 본 사람을 내버려 두겠는가.

이들이 안선에서 왔든 무총에서 왔든 사사귀가 죽는다는 데는 변함이 없다.

한데 자자검이 기대 이상의 말을 했다.

"후후! 후후후후! 가라. 베지 않겠다. 널 벤다면 그동안 내 검에 피를 묻힌 자들이 원통해할 거야. 가라."

자자검은 정말 보내줄 요량인지 그를 스쳐 지나 독심독의에게 걸어갔다.

"오래 걸리나?"

"앞으로 반 시진이면 돼."

독심독의는 찧는 것을 멈추고 품에서 하얀 봉지를 꺼내 유발에 털어넣었다.

타사웅묘가 하려고 했던 방식과는 전혀 다르다.

"서인을 말끔히 씻어내겠지?"

"티끌조차 안 남을 거야. 걱정 마."

한 사람은 팔순인지 구순인지 모를 노인이고, 다른 한 사람은 이제 겨우 마흔 정도밖에 되지 않는데, 서로 평대를 썼다.

참으로 특이한 관계다.

일력광겸, 사사표풍, 독심독의, 자자검…….

명성을 떨친 시기는 각기 다르다. 잠깐 두각을 나타냈던 사람도 있지만 독심독의나 자자검은 길게 명성을 이어왔다.

이들의 공통점이라면 십여 년 전쯤에 무림에서 사라진 사람들이라는 것이다.

비주화서는 한 발, 한 발 뒷걸음질쳤다.

자자검과의 거리를 삼 장으로 벌렸다.

삼 장…… 한달음에 달려올 거리이다. 하지만 비주화서에게는 안전을 보장하는 거리이다. 상대가 누구든 삼 장만 떨어져 있으면 털끝 하나 손대지 못한다.

그가 세 호흡만 달라고 말한 것도 기실은 삼 장이라는 거리를 벌기 위해서였다.

"휴우!"

그는 안도의 한숨과 함께 가슴을 쓸어내렸다.

염라대왕의 손아귀에서 빠져나온 기분은 당해보지 않은 사람은 말할 수 없다.

그는 세침(細針)을 꺼냈다.

이것이 세상 사람들이 모르는 그만의 무기다.

그는 접근전을 즐기지 않는다. 그럴 필요가 없는데 무엇 때문에 가까이 달라붙어서 치고받고 싸우겠는가. 멀찌감치 떨어져서 달라붙지 못하게 거리를 유지하며, 세침을 던져대면 된다.

한두 개 정도, 십여 개 정도, 백여 개를 훌쩍 넘길 때까지 받아넘기는 놈도 있지만 결국에는 당하고 만다.

이쪽은 급한 게 없다. 백 개 중에 하나, 이백 개 중에 하나만 적중시키면 된다.

거리만 벌어져 있다면 무서울 사람이 없다.

자자검이 뒤를 돌아봤다.

"왜? 그 정도면 될 것 같아서? 보내줄 때 그냥 가지. 발이 빠른 것 같아서 홍을 내보려고 했는데, 하는 양을 보니 입맛이 떨어졌어. 그냥 가도록 해."

자자검이 친구에게 말하듯 편하게 말했다.

그럴 생각을 안 한 것도 아니다. 솔직히 상대하기 벅찬 자가 한두 명도 아니고 네 명이나 있는 곳에 오래 머물고 싶은 생각은 없다. 하지만 물러설 수 없다.

"일대일이라면 한번 해보고 싶은데."

비주화서는 하고 싶지 않은 말을 하고야 말았다.

이 순간, 그의 눈앞에 영문도 모른 채 죽어간 식솔들의 얼굴이 주마등처럼 스쳐 갔다.

안선은 비밀을 지킨다는 명분하에 참 못할 일을 많이 한다. 그중에서도 안선이라는 이름조차 들어보지 못한 식솔들까지 죽음으로 몰아넣는 건 정말 못할 짓이다.

사사귀가 움직이는 순간 사곡(四谷)의 전 식솔은 몰살당했다.

계야부를 이대로 넘겨준다면 그들의 죽음 앞에서 할 말이 없어진다. 입도 벙긋하지 못한다. 그래도 대의를 위해 너희의 죽음이 필요했노라는 말쯤은 해줘야 하지 않은가.

"훗! 뭐? 후후후! 하하하하!"

자자검이 어처구니없다는 듯 실소를 터뜨렸다.

비주화서는 마주 웃지 못했다.

웃음은 강자의 여유다. 오직 강자만이 누릴 수 있는 특권이다. 절대적으로 약함을 인정할 수밖에 없는 그가 마주 따라 웃는다는 것은 허세에 불과하다.

대신 그는 다음 수를 생각했다.

'독심독의……'

독심독의는 작업을 마무리하고 있다.

천양갈음초가 유발 안에서 완전히 으깨져 파란 녹즙을 드러냈다.

독심독의는 가루가 섞인 녹즙을 잘 저은 후, 작은 병에 조심스럽게 따르고 있었다.

독심독의 말대로 이제 곧 그의 작업은 마무리된다.

비주화서가 말했다.

"당신과 나의 거리는 삼 장. 난 평소 이 거리라면 그 누구도 내 옷깃을 건드리지 못할 것이라고 자부해 왔소. 어차피 당신과 나의 싸움이란 쫓고 쫓기는 추격전이 될 터. 언제까지고 그짓을 하지는 못할 것이고…… 이십 초 안에 승부를 내지 못하면 당신이 진 것으로 인정해 주시오."

"이 초."

"……?"

"이 초에 끝내지 못하면 내가 진 것으로 하지. 하하하!"

자자검이 또 웃었다.

비주화서는 이번에도 웃지 못했다.

'거짓이 아냐!'

느낌이 왔다. 목에 칼이 들어오는 것처럼 섬뜩하다.

자자검의 호언장담이 어디에 기인하는지는 알 필요가 없다. 염두에 둘 것은 그가 결코 헛된 말을 일삼지 않을 것이라는 거고, 그렇다면 정말 승부는 이 초 안에 끝난다.

그에게 주어진 움직임은 단 두 번뿐이다.

"좋소. 그리 말한다면 나야 거절할 이유가 없지. 이 초 안에 날 잡지 못하면 당신이 지는 것이오."

"후후후! 시작할까?"

자자검이 검을 품에 꼭 끌어안았다.

저게 무슨 기수식일까? 어떻게 발검(拔劍)하여 어떤 초식을 구사해 올까?

비주화서는 손을 품에 찔러 넣었다.

품 안에는 잡히는 것이 많다. 자신의 목숨을 구해줄 비침이 한 무더기나 들어 있다. 또…… 방금 타사웅묘의 품에서 꺼낸 독들도 손끝에 걸린다.

비주화서는 비침 대신 독 봉지를 움켜잡았다.

어떤 독일까? 모른다. 어떤 약성이 있나? 모른다.

그는 독에 대해서 문외한이나 다름없다. 하지만 한 가지는 안다. 자신이 잡은 게 어떤 독이든 천양갈음초의 녹즙에 섞이면 독심독의의 고심 어린 노력이 일순간에 수포가 된다는 것이다.

그것이면 된다.

"시작하시오."

"풋! 시작하라…… 먼저 뛰어보지."

"그럼!"

쒜에엑!

비주화서는 사양하지 않았다. 번개처럼 신형을 띄워 자자검의 왼쪽으로 날아갔다.

슛!

바람 가르는 소리가 기분 나쁘다.

너무 짧고 간결하다.

아무려면 어떤가. 어차피 목숨은 포기한 터!

그는 품에서 손을 빼내 독심독의를 향해 독봉지를 터뜨렸다. 순간,

파앗!

무엇인가 눈앞을 번쩍 스쳐 갔다.

실안개 같기도 하고, 어지럼증을 느꼈을 때처럼 세상 경물이 잠깐 흔들린 것 같기도 하다.

비주화서는 죽음의 느낌을 읽었다.

자자검의 일검이 육신을 베어낸 것 같다. 이 초도 아니고 단일 초 만에 살을 저몄다.

그는 손끝을 쳐다봤다.

독봉지를 터뜨려야 한다. 독심독의의 손에 들린 유발 안에 독가루가 스며들어야 한다.

터지지 않은 독봉지가 힘없이 떨어져 내렸다.

파아악!

오른팔에서 붉은 피분수가 솟구쳤다. 극심한 통증도 밀려왔다.

'오른팔!'

그는 이해할 수 없다는 표정으로 자자검을 쳐다봤다.

그는 자자검의 왼쪽으로 돌았다. 자자검의 입장에서는 자신의 왼쪽을 칠 수 있을 뿐이다. 오른쪽은 치고 싶어도 치지 못한다. 그런 점까지 고려해서 왼쪽으로 돌았건만…… 오른팔을 잘라내?

슛!

기분 나쁜 소리가 또 들렸다.

자자검이 아니다. 한쪽에 죽은 듯이 서 있던 사사표풍의 채찍이 허공을 그었다. 좀 더 정확히 말하면 채찍 끝에 매달린 작은 갈고리들이 날 선 비수가 되어 육신을 갈라왔다.

터억!

비주화서의 머리는 두부처럼 썩둑 잘려 나갔다.

3

"쯧! 나란 사람을 몰라도 너무 몰랐군. 차라리 이놈이라면 미련없이 도주했을 텐데."

독심독의가 타사웅묘에게 눈길을 주며 말했다.

그는 말을 하는 동안 이빨을 오물오물하면서 입 밖으로 삐져 나왔던 침을 감쪽같이 감춰 버렸다.

비주화서는 아주 큰 실수를 했다.

독심독의 앞에서 독을 쓰기로 작심했다는 것은 용광로에 화톳불을 들이미는 것과 마찬가지였다.

독심독의는 비주화서가 품속에서 독봉지를 건드릴 때부터 그의 행동을 읽어냈다.

손가락이 봉지를 건드리는 순간, 독분이 흔들리며 냄새를 풍겨냈다.

다른 사람이라면 독봉지에 코를 대고 킁킁거려도 안에 무엇이 들어 있는지 알지 못하겠지만, 독심독의 정도 되는 사람은 일 리 밖에서 들썩이는 냄새를 맡고도 성분을 정확히 말할 수 있다.

사사표풍이 중간에 끼어들지 않았어도 비주화서의 계획은 수포로 끝났을 것이다.

"그놈의 성격하고는……."

자자검은 사사표풍을 흘깃 쳐다볼 뿐, 별다른 말을 하지 않았다.

비주화서는 자자검과의 맞대결만 염두에 두었다. 다른 사람이 끼어들 것이라고는 생각지 않았다. 그리고 무인 대 무인의 대결이 선포되면 목숨이 절박한 경우에도 간여하지 않는 것이 무인의 도리요, 무림의 상례다.

사사표풍은 있을 수 없는 일을 행했는데, 이를 나무라는 사람은 아무도 없었다.

죽은 비주화서만 억울하다고 할까?

"됐어. 이제 일다경이면 끝나."

독심독의가 녹즙이 담긴 병을 들고 일어섰다.

"서인만 빼내야 돼. 놈의 목숨에 이상이라도 생기면 곤란해."

"생기면 또 어떻누. 이 세상에 마치지 않는 목숨이 있던가. 목숨을 생각했다면 칼을 들지 말았어야지."

"휴우! 좌우지간 저놈의 늙은이는."

"입 조심해라. 혓바닥 녹는다."

"혓바닥만 녹이는 독도 있나?"

일력광겸이 끼어들었다.

대화는 거기서 중단되었다.

사사표풍은 객잔 창문을 향해 돌아섰고, 자자검은 방문 앞으로 걸어갔다.

독심독의는 계야부 앞에 앉았다.

"어디 네놈 근골이 어떤지 볼까?"

독심독의는 우선 계야부의 근골부터 살폈다.

머리부터 살피기 시작했다. 정수리부터 턱밑까지 뼈와 근육을 두루 살폈다.

"허어!"

독심독의가 입을 쩍 벌리고 감탄을 쏟아냈다.

이빨이 거의 다 빠져 한두 개밖에 남지 않아서 입술이 안으로 말려들어 가지만 음성은 또렷했다.

"좋은 근골인가?"

독심독의는 자자검의 물음에 대꾸도 하지 않고 계야부의 어깨, 등, 가슴, 팔다리를 꼼꼼히 주물럭거렸다.

"허어!"

두 번째 감탄이 쏟아졌다.

"그렇게 좋아?"

"가일품(假一品)일세. 가일품이야."

"난 또…… 벌어진 입을 다물지 못하기에 얼마나 대단한가 했지. 가일품이야?"

일력광겸이 심드렁한 표정으로 말했다.

"가일품은 가일품인데…… 일품이로구나. 일품이야."

"이건 또 무슨 되지 못할 소리야? 가일품이면 가일품이고, 일품이면 일품이지 이랬다저랬다 하는 건 뭐야?"

독심독의는 두 번, 세 번에 걸쳐서 근골을 더듬었다.

"허허허! 허허! 이거 아주 맹랑한 놈일세그려. 이게 원래 가일품이었다 이거지. 겉만 번지르르했지 속은 순 맹탕이었어. 그런데 전장에서 하도 칼을 맞다 보니 독기가 생긴 거야. 독기가 맹탕을 채워주어서 가일품이 일품으로 변한 거야. 허어! 이런 놈이 있긴 정말 있군. 허허허허!"

독심독의는 아직도 믿기지 않는지 또 한 번 근골을 더듬었다.

세 사람은 놀란 표정으로 계야부를 쳐다봤다.

일반인이 말하는 근골이란 지극히 단순하다.

뼈가 굵고, 근육이 크면 일품이다. 신장이 커야 하며, 체중은 적당해야 하고, 팔다리와 몸의 조화도 탁월해야 한다. 거기에 반사신경 같은 선천적인 요인과 노력이나 인내 같은 후천적인 요인까지 살필 수 있으면 더욱 좋다.

일반인이 말한 일품 근골은 판별하기가 쉽다.

무인의 판별 요건은 좀 더 까다롭다.

일력광겸이나 비주화서는 일반인의 기준에 비춰보면 삼 품 정도로 떨어진다.

일력광겸은 몸이 너무 크다. 마치 살찐 돼지가 데룩거린 것

같아서 보기 민망하다. 더군다나 다리도 없고, 팔도 하나가 없
다. 삼품은 고사하고 하품 취급당하기 십상이다.

비주화서는 너무 작다. 바람만 불어도 날려갈 것 같다.

하지만 그들은 엄연히 일품이다.

그들이 수련한 무공과 그들의 신체 조건이 아귀 맞추듯 딱
들어맞기 때문이다.

일력광겸이 비주화서의 신법을 따라갈 수 없듯이, 비주화서
도 일력광겸의 패겸(覇鎌)을 사용할 수 없다.

상대의 무공에 관한 한 그들의 근골은 하품이다.

무인이 판단하는 근골이란 늘 이렇게 상대적이다.

반면에 독심독의가 말하는 근골은 천품(天品)을 뜻한다.

한마디로 하늘이 낸 기재라는 뜻으로 어떠한 무공을 수련했
어도 능히 고수가 되었을 천골을 말하는 것이다.

자자검은 품평을 듣지 못했다. 일력광겸도 웃음만 넘겨받았
고, 사사표풍 역시 괜찮다는 평만 들었다.

자자검이 독심독의의 감탄에 호기심을 보인 것도 그 때문이
다.

계야부는 개똥밭에 굴러도 용이 될 팔자란다. 무공을 가르
쳐 주는 사람이 없어도 산전수전 다 겪은 싸움꾼들을 때려눕
히는 진짜 싸움꾼이 될 거란다.

그것도 원래는 그렇지 못할 팔자인데, 죽음의 문턱을 넘나
들다 보니 그런 팔자가 되었다고 한다. 싸움꾼이 될 소지가 있
었는데, 싸움을 하다 보니 진짜 싸움꾼이 되었다는 말이다.

그런 것은 있을 수 있다. 일품이 아니라 하품의 근골을 지니고 태어났어도 경험으로 부족한 근골을 대치하는 경우는 종종 있다.

일품 근골을 지니고 태어났어도 글방에서 책만 읽는다면 난전판에서 싸움질이나 하는 파락호조차 이길 수 없는 것과 같은 이치다.

경험은 인정한다. 근골도 인정한다. 하지만 독심독의가 말하는 천품이니 어쩌니 하는 말은 인정하지 못한다. 옆에서 관심을 가지고 갈고닦아 준 놈과 개똥밭에서 막 뒹군 놈이 어떻게 같을 수 있단 말인가.

같기만 하면 말도 안 한다. 더 뛰어나다니 하는 말이다.

"뭘 보고 일품이니 뭐니 하는 거야?"

일력광겸이 고개를 삐죽 내밀며 말했다.

"눈으로 볼 수 없는 거지. 암! 절대 눈으로는 볼 수 없어. 나처럼 오래 살다 보면 알게 되는 게야."

"헛소리 찍찍 하지 말고 어서 서인이나 빼내."

일력광겸이 심드렁하니 말했다.

독심독의는 웃기만 했다.

그가 한 말은 거짓이 아니다. 일품 근골은 누구나 쉽게 알아낼 수 있다. 조금만 주의해서 살펴보면 거짓말 조금 보태서 한눈에 알아볼 수 있다.

그가 서인을 빼내기에 앞서서 계야부의 근골부터 살펴본 것도 그런 연유에서다.

처음 본 순간부터 심상치 않았다.

그가 생각한 것은 딱 하나다.

계야부가 적이 되었을 때, 심적으로 가해지는 압박은 어느 정도나 될까?

계야부를 온전히 적으로 돌려세워 놓고 생각해 봤다.

상당했다. 죽이고자 하면 당장에라도 죽일 수 있다. 실제로 독분 한 봉지 뿌려서 간단하게 제압했다. 한데도 적으로 돌려세워 놓고 생각하니 두려움이 앞섰다.

적이 될 놈이라면 당장 죽여야 한다. 그렇지 않으면 당한다. 이번에 제압했으니 다음에도 제압할 수 있을 것이라는 생각은 오산이다. 다음에는 독이 통하지 않을 것이다. 천하의 독심독의라 할지라도 그를 중독시키지 못한다.

정확하게 이유를 설명할 수는 없지만 막연히 그런 느낌이 들었다.

바로 일품 근골이 주는 압박감이다.

그렇다. 그가 보는 근골이란 육체가 아니다. 그는 눈으로는 볼 수 없는 것을 본다. 나이 든 노인이 경험으로 보면 거의 대부분 볼 수 있는 평범한 것이기도 하다.

혼(魂)!

대부분의 무인들은 현실과 타협을 한다.

자신의 무공을 저울질해서 상대할 만한 자와 상대할 수 없는 자를 가른다.

그런 자는 그가 수련한 만큼만 무섭다.

간혹 누가 봐도 상대가 안 되는 자에게 저돌적으로 대들기부터 하는 철부지가 있다.

얼핏 보면 계야부와 같다. 안선에 대드는 계야부의 모습이 철없는 어린아이처럼 보인다.

아니다. 확실히 다르다.

철부지는 승부를 장담하지 못한다. 이길지 질지 모르지만 우선 싸우고 보자는 심산이다. 이기면 좋은 것이고, 지면 죽기밖에 더 하겠냐는 마음이다.

계야부는 승부를 본다.

자신이 이길 것이라는 확신을 가지고 싸운다. '어떻게?' 라고 방법을 물으면 대답하지 못하지만, 누구와 싸워도 반드시 이길 것이라는 확신을 가지고 싸운다.

승리에 대한 확신, 그것이 일품과 철부지의 차이점이다. 그리고 그러한 확신은 오직 정신만이 만들어낸다. 근골이나 무공으로는 도저히 설명할 수 없는 부분이다.

계야부가 중독에서 풀려나 눈을 뜨면…… 두 번 다시 독심독의에게 기회를 주지 않을 것이다.

평범보다 조금 더 정신력이 강인했던 자, 그런 자가 죽음을 넘나드는 동안 누구라도 뛰어넘는다는 확신을 가졌다.

일품이 아니었으나 일품이 된 것이다.

'너를 지금 죽이지 않으면 영원히 죽일 기회가 없을 터…….'

독심독의는 혀를 끌끌 차며 녹즙이 담긴 병을 들었다.

천양갈음초에다가 정력제의 으뜸으로 여기는 독계산(禿鷄

散) 정도는 약으로 보지도 않는 충양산(衝陽散)을 보탰다.

병에 든 녹즙이 체내로 흘러들어 가면 계야부는 그야말로 활활 타오르는 불덩이가 되리라.

서인은 치미는 양기에 밀려 양물로 자리를 옮길 것이고, 극음의 성질을 지닌 적설충을 풀어놓으면 빨아들일 필요도 없이 스스로 빨려들 것이다.

여인과 교합을 치르지 않고 간단하게 서인을 빼내는 방법은 이 세상에 오직 이것뿐이다.

사실 이 시점에서는 적설충이 없어도 된다.

천양갈음초와 충양산에 중독되면 성의 노예로 전락하고 만다.

머릿속이 정염으로 가득 채워져서 이성적인 판단을 불가능하게 만든다.

오직 몸이 갈구하는 대로 여인을 탐하는 동물이 될 것이다.

적설충을 풀어놓든 여인을 곁에 두든 서인은 이미 빼낸 것과 진배없다.

독심독의는 세필(細筆)로 녹즙을 찍어 계야부의 얼굴 전체에 바르기 시작했다.

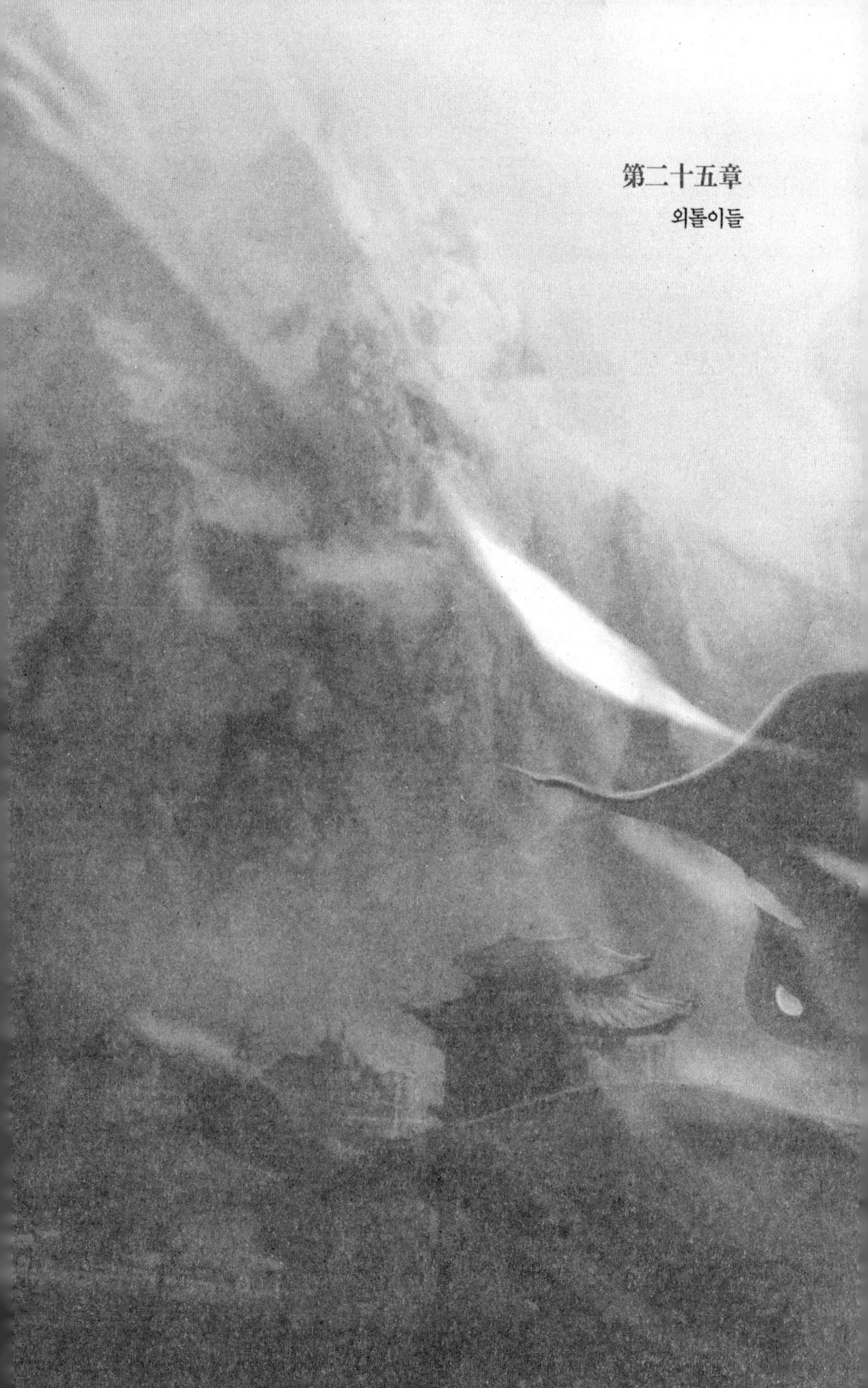

第二十五章

외톨이들

한순간에 정신을 잃었다.

길을 걷는 중이었던 것으로 기억하는데…… 길을 걷다가 갑자기 무너져 버렸다.

앞서 걷던 오목이 비틀거리는 것을 보았다.

그것이 마지막 기억이다.

…터엉!……터엉!……터엉!

언제부터인가 뱃속 저 깊은 곳에서 잔잔한 울림이 번져 왔다.

어떤 울림인가? 부딪치는 게 뭔가?

……두웅!……두웅!……두웅!

작은 북울림도 울렸다.

머릿속에서 일어난 북울림은 진동을 타고 전신으로 번져 갔다.

쇠가 부딪치는 듯한 소리는 발끝에서 시작하여 위로 올라오고, 둔중한 북울림은 머릿속에서 시작하여 발끝으로 번져 갔다.

두 소리는 단전 어림에서 맞부딪쳤다.

촤르르르룽!

잠을 확 깨우는 상큼한 소리가 번져 갔다.

두 소리는 기묘하게도 충돌을 일으키지 않았다. 한쪽은 그물이요, 다른 한쪽은 그물 사이로 빠져나가는 화살 무더기다. 서로가 닿지 않으면서 교묘하게 빠져나간다.

터엉! 터엉! 두웅! 두웅!

북소리와 쇳소리는 각기 가던 방향을 향해 치달렸다.

머리끝의 정점은 백회혈(百會穴)이다. 발바닥의 정점은 용천혈(湧泉穴)이다. 쇳소리는 백회혈에 이르러 몸을 틀었다. 북소리도 용천혈을 두드린 후, 방향을 꺾었다.

두 소리가 원래 있던 자신의 집을 향해 치달린다.

계야부는 기분이 아주 상쾌했다.

몸이 허공에 둥실 떠올라 둥둥 떠다니는 것 같았다. 머릿속은 허허롭다. 온갖 근심 걱정이 말끔히 사라지고 오로지 편안함과 안락함만 가득하다.

최상의 기분이다.

촤르르르룽!

두 소리가 단전에서 비켜갔다.

벌써 몇 번째인가? 열 번? 열 번은 훨씬 넘은 것 같고…… 스무 번쯤 되었으려나?

기분 좋은 울림인지라 중단하고 싶은 생각이 없다.

계야부는 소리의 정체에 대해서 어렵지 않게 짐작해 냈다.

두 소리의 근원은 단전이다.

귀영십삼식 중 제일식 뇌성진단(雷聲震丹)이 무의식중에도 여전히 발휘되고 있다. 아마 생명이 끊기지 않는 한 영원히 나지막한 울음을 토해내리라.

하나 계야부가 뇌성진단을 적극적으로 운용하지 않으니 기껏 일어난 진파는 갈 곳을 모르고 주춤거리다가 두 갈래로 갈라져 몸속을 흐른다.

소리의 정체는 진파의 흩어짐, 산(散)의 결과다.

태극(太極)이 음양으로 갈라져 서로가 서로를 방해하지 않고 유유히 흐른다.

흐르기만 하는 게 아니다. 몸 안에 깃든 독소를 끌어와 한곳에 쌓아놓는다. 기의 바다라는 기해혈(氣海穴)에 독소를 떨어뜨려 놓고는 다시 가던 길을 간다.

이른바 육신의 정화(淨化)다.

계야부가 적극적으로 운공을 한다면 독소를 몸 밖으로 밀어내 완전한 정화를 이룰 수 있을 것이다. 하나 있는 듯 없는 듯 미미하게 흐르는 잔물결 정도로는 배출할 정도의 힘이 없다.

그저 독소를 끌고 와서 한곳에 쌓아두는 것으로 역할을 마친다.

계야부가 상쾌한 기분을 느끼며 정신을 차릴 수 있었던 것
도 모두 자정능력(自淨能力)이 있는 귀영십삼식 덕분이다.

두웅! 타앙!

단전에서 묵직한 소리가 울렸다.

계야부가 본격적으로 귀영십삼식을 운용했기 때문이다.

뇌성진단으로 일어난 진파를 제이식 명향진파(鳴響震波)로
상승시켜서 전신 삼백육십오 혈을 타격했다.

한여름, 오후의 따스한 햇살에 나른해진 몸에 얼음처럼 차
가운 물이 쏟아졌다.

계야부는 정신이 번쩍 들었다.

—헛소리 찍찍 하지 말고 어서 서인이나 빼내.

낯선 자의 음성이 바람처럼 들렸다.

'서인?'

뭐가 뭔지 모르지만 자신이 위기에 빠졌다는 건 쉽게 짐작
되었다.

몸을 일으켜야 한다.

그는 벌떡 일어서려고 했지만 몸이 말을 듣지 않았다.

'점혈까지!'

정신이 멀쩡한데 뼈마디가 자신의 것이 아닌 것처럼 말을
듣지 않는다. 아니, 의식조차 되지 않는다. 팔이 어디 있는지,

다리는 붙어 있는지…… 아무런 느낌이 없다.

정말로 사지가 잘렸거나 아니면 점혈된 것이다.

두말할 것도 없이 점혈이다.

명향진파로 쏘아낸 진파가 삼백육십오 혈을 쳤다.

잃어버린 혈도가 없다는 것은 떨어져 나간 부위가 없다는 것을 의미한다.

'천천히…… 조급한 마음을 버리고…….'

계야부는 계속해서 귀영십삼식을 운공했다. 뇌성진단이 명향진파로 이어지고, 각 혈도를 쳤다.

중요한 것은 그다음이다.

진파가 혈도를 치는 순간, 각 혈도가 보이는 반응을 살폈다.

검지손가락 뿌리 부근, 이간혈(二間穴)이 무응답이다. 어깨, 병풍혈(秉風穴)도 아무런 반응을 보이지 않는다.

'소해혈(少海穴)도…… 허벅지…… 음포혈(陰胞穴)…….'

반응을 보이지 않는 혈도는 무려 삼십여 개에 이르렀다.

일반적으로 혈도가 제압되면 운공도 못하게 된다. 경락이 막히기 때문이다. 단전에서 흘러나간 물이 굽이굽이 돌아서 제자리로 돌아와야 하는데, 중간에 제방을 쌓아 흐름을 끊어버리면 나갈 수도 들어올 수도 없게 된다.

귀영십삼식은 경락을 필요로 하지 않는다. 단전과 혈도가 일직선으로 이어져 직접 교감한다.

점혈 때문에 육신을 움직이지 못하지만 내부 기운은 활발하게 움직일 수 있는 연유다.

귀영십삼식의 효과를 단단히 보고 있는 것이다.

계야부는 막힌 혈도를 하나씩 풀어나갔다.

점혈이란 '혈도의 혼절' 이라고 말할 수 있다.

혈도를 동글동글한 구슬이라고 보면 점혈은 구슬을 납짝 뭉개서 제 기능을 못하게 만드는 것이다. 좀 더 교묘한 수법으로는 움직이지 못하게 앞뒤 좌우를 막는 방법이 있다. 혈도를 직접 타격하지 않고 경락을 봉쇄하는 수법이다.

계야부는 진파를 쏘아내어 혈도를 어루만졌다. 구슬이 동글동글 구를 수 있도록 경락을 정비했다.

툭! 투욱!

막혔던 혈도가 하나씩 풀려 나갔다.

'일다경쯤 걸리겠군.'

서른 개의 혈도를 푸는 데 일다경밖에 소요되지 않는다면 귀신도 놀라서 혀를 내두르리라.

계야부도 그런 점을 알고 있기에 서둘지 않았다.

혈도가 너무 빨리 풀리는 바람에 놀람이 컸지만 귀영십삼식의 효능에 감사하면서 차분하게 풀어나갔다. 한데,

츠으읏!

무엇인가 축축한 기운이 인중을 적셨다.

누군가가 솜 같은 것으로 부드럽게 문질러대는 것 같다.

'뭐 하는…… 큭!'

순간, 축축한 기운은 뜨거운 불길이 되어 빨려들어 왔다.

머릿속이 하얘진다. 아프다는 생각 외에는 아무 생각도 들

지 않는다. 인중이…… 인중이 빨갛게 달궈진 인두로 지져진
다.

뜨거운 불길은 인중에만 머물지 않았다. 옆으로 살살 번져
나가더니 얼굴 전체를 뒤덮었다.

'아아!'

입을 벌려 고함을 내지르고 싶다.

두 손을 불끈 쥐고, 이를 악다물었지만 저절로 스며 나오는
신음은 막을 도리가 없었다.

"으으으……!"

급기야 그의 입에서 폐부를 쥐어짜는 듯한 신음이 새어 나
왔다.

─이놈 왜 이래? 발정나서 팔팔 뛰어야 할 놈이 괴로워하잖
아? 잘못된 것 아냐?

─무식한 놈 같으니. 극욕(極慾)은 극고(極苦)라는 이치를 어
찌 알까. 이놈이 발정난 꼴을 봐서 뭐 하게? 미간에 틀어박힌
서인만 회음으로 밀어붙이면 되는 거야. 흐흐!

낯선 자들의 대화가 꿈결처럼 아련하게 들려왔다.

사실 그들의 대화를 주의 깊게 들을 여유가 없었다. 얼굴 전
체를 뒤덮은 불길이 뼛속까지 스며들었다. 불붙은 쇠꼬챙이
수십 개가 얼굴 빼곡히 틀어박혔다.

적에게 잡혀서 고문까지 받아본 전력이 있지만 이런 고통은

난생처음이다.

계야부는 차라리 혼절이라도 하고 싶었다. 그때,

슈우우웃! 파파팟!

단전에서 일어난 진파가 곧장 얼굴로 치달려오더니 뜨거운 불길을 잡아채어 기해혈로 끌고 갔다.

팟! 파파팟! 슈웃!

단전에서 수백, 수천 가닥의 화살이 쏘아졌다. 수십 만이라고 해도 좋을 진파가 폭포수처럼 불길을 덮쳤다.

촤아악!

불길에 물이 부어지자 고통은 순식간에 반감되었다.

몸에 이상이 생기자 귀영십삼식 중 십이식 수심유급(水深溜急)이 자동적으로 일어났다.

제일식 뇌성진단에서부터 십일식 저료마사까지의 모든 과정이 찰나 만에 일어났다. 물이 흐르듯 자연스럽게…… 의식으로 일으킨 것이 아니라 무의식중에 흘러나왔다.

수심유급의 완성이다.

이 순간, 다른 사람이 그의 몸을 자세히 보면 피부 표면에 뿌연 눈보라가 피어나고 있음을 볼 수 있을 것이다.

갑옷을 받쳐 입은 것과 다를 바 없는 호신지공이 세상에 드러나는 순간이다.

수심유급은 외부만 보호한 게 아니다. 내부에도 단단한 옹벽을 쌓는다. 오장육부가 맑은 샘물처럼 깨끗해지고, 철벽처럼 단단해지는 것이다.

나쁜 독소는 기해혈로 쓸려 들어가서 나오지 못한다.

그것은 언젠가 몸의 주인이 정상적인 운공을 하여 인위적으로 배출해 내야 한다.

그를 몸부림치게 만들었던 극심한 고통은 썰물처럼 사라졌다.

그리고…… 한숨 돌린 그의 귀에 낯익은 여인의 음성이 들려왔다.

—사명사귀, 본분을 넘어섰구나!

2

뜻밖이지만 너무너무 반갑다.

영원히 들을 수 없을 것이라고 생각했던 음성.

그녀와의 사랑은 이제 마음속에만 간직해야 할 것이라고 되뇌고 또 되뇌었던 여인의 음성이 귓가를 간질인다.

사약란, 그녀가 왔다.

"사명사귀, 확실히 해줘야겠다. 너흰 누구의 수하냐!"

사략란의 음성은 차가웠다.

"군사님입니다."

자자검이 침착하게 대답했다.

"난 너희에게 이런 짓을 명하지 않았다."

"소인들의 독단입니다."

“독단?”

“저희가 개입하지 않았다면 계야부는 틀림없이 서인을 빼앗겼을 겁니다. 서인은 안선에 넘겨졌을 것이고, 군사님의 오라버니이신 사공자께서는 문밖출입도 삼가야 할 처지가 되셨겠지요.”

“……”

사약란이 일시 말을 끊었다.

쎄엑! 쎄엑!

분기를 억누르는 숨소리가 또렷이 들린다.

금방이라도 폭발할 것 같은 마음을 꾹꾹 눌러 참는 모습이 눈에 선하다.

계야부는 심기를 모아서 자발적으로 일어난 귀영십삼식의 흐름을 지켜봤다.

두웅! 퉁! 두웅! 퉁……!

곧 그의 마음과 귀영십삼식의 흐름은 하나가 되었다.

단전에서 진기가 폭발적으로 쏘아져 나간다. 자발적으로 일어난 귀영십삼식은 상대도 안 되는 강력한 힘이 전신 혈도를 향해 쏘아져 나갔다. 그리고 몸속으로 스며든 뜨거운 기운을 남김없이 낚아채어 기해혈로 몰아넣었다.

사약란이 분기를 간신히 억누르며 말했다.

“좋아. 이제 내가 왔다. 나의 뜻과 너희들의 뜻은 다른데 어찌할 심산이냐?”

“뜻이 다를 리 있겠습니까?”

"자세히 풀어서 말하지 않으면 알아듣지 못하는 멍청한 자들이군. 그럼 풀어서 말해주지. 독심독의, 명령이다. 당장 물러서라!"

"허허! 이해할 수 없는 명령을 내리시는군요. 이자는 소저의 지아비이기에 앞서서 공자의 안위를 위협하는 존재이지요. 제가 그 위험을 제거하겠다는데 왜 안 된다고 하시는지 납득하기 어렵습니다. 허허! 설명이 필요해요, 설명이."

독심독의는 물러서지 않았다. 뿐만 아니라 계야부의 몸에 약초즙을 바르는 붓질도 멈추지 않았다.

"호호호! 주인의 명령을 듣지 않는 개들이군."

사약란의 음성이 얼음처럼 찼다.

"수하이기는 하나 개들이라는 표현은 지나칩니다. 그런 말씀은 삼가주십시오."

자자검도 한기 실린 음성으로 말했다.

사약란과 사명사귀 사이에 죽음 같은 침묵이 흘렀다.

사명사귀의 뜻은 명확했다.

—사약란, 넌 우리 주인이 아니다.

"사명사귀, 너흰 죽을 것이다."

사약란의 음성에 진득한 살기가 묻어 나왔다.

"도산검림을 딛고 사는 몸, 언젠가는 죽게 마련이지요."

승리를 확신한 자자검이 살기를 거뒀다.

분명한 하극상(下剋上)이지만 무공이 없는 사약란으로서는 무력을 앞세운 사명사귀의 항명을 제어할 방도가 없었다.

그녀는 자신의 입장을 잘 안다.

호위없이는 무림을 활보하지 못한다. 단 한 걸음도 자유롭게 거닐지 못한다. 산속에 숨어사는 한낱 산적도, 아니, 웬만한 남자라면 누구나 그녀를 죽일 수도 있고 강간할 수도 있다.

더군다나 그녀는 사내들의 눈을 한눈에 멀게 하는 미모를 지녔다.

그녀가 혈혈단신으로 무림에 나선 건 살찐 닭이 굶주린 늑대 무리 속을 헤집고 다니는 것과 마찬가지다.

그녀는 계야부만 만나면 될 줄 알았다.

계야부가 있고, 사명사귀가 있으니 어느 정도는 버틸 수 있을 줄 알았다.

잠시 무총 본단 무인들의 특성을 잊었다.

무총 본단 무인들은 오로지 무총을 위해 태어난 자들이다. 무총을 위해서라면 기꺼이 목숨을 내놓는다. 무총을 위하는 일이라면 무엇이라도 한다.

그녀에게도 없고, 오라버니 사일도에게도 없으며, 구파일방 장문인들, 오대세가의 가주들에게도 없는…… 오직 무림의 절대자인 무총 총주만이 가지고 있는 용병술이다.

무총은 무총을 위해 목숨을 던지는 무인들이 있기에 절대자로 군림한다. 그런 무인들이 수도 없이 많기 때문에 싸울 엄두가 나지 않는 공포의 대상이 되었다.

사명사귀는 무총 무인이다.

무총을 위해서라면 그녀의 명령쯤은 가볍게 짓밟을 수 있다. 아니, 그녀의 목숨도 취한다.

자신의 목숨을 내던진 자들은 무서운 게 없는 법이다.

무총 무인들의 눈에는 무총만 존재하지 기타 다른 것은 존재하지 않는다.

'내가 너무 쉽게 생각했어. 이들을…… 파견하는 게 아니었어.'

계야부를 걱정하는 마음이 너무 앞섰고, 할아버지가 보낸 자들이기에 믿는 마음이 컸다.

이들은 무조건 명령에 복종하지 않는다. 명령을 받으면 일단 한 번 생각한다. 무총에 해가 되는 명령인지 아닌지. 그래서 해가 되지 않는다는 판단이 서면 따르고 그렇지 않으면 거역한다.

그녀가 이들에게 내린 명령은 간단했다.

계야부를 보호하라.

이들은 그 명령을 수호한다. 충실히 이행한다. 하나 약간의 변화를 원한다. 계야부가 서인을 지닌 채 활보하는 것은 너무 위험하다고 생각한다.

이들의 충성심은 잘못된 것이 아니다. 자신들의 판단에 확고한 자신감을 가졌으니 이런 일도 벌인 것이리라.

약간은 사심(私心)이 가미되기도 했다.

사명사귀와 사사귀는 별호가 비슷하다. 아니, 사사귀가 훨씬 간편하고 인상적으로 각인된다.

하지만 사명사귀는 사사귀라는 별호를 쓰지 못했다.

딱 마음에 드는데 먼저 쓰는 자가 있다.

사명사귀는 어쩔 수 없이 사(四) 자 다음에 명 자를 넣어야 했다.

사사귀와 사명사귀는 삼남일녀로 구성 인원이 똑같다. 양쪽 모두 독을 쓰는 자가 한 명씩 있다. 검을 쓰는 자도 한 명씩이다.

─사사귀라는 별호를 쓰는 놈들, 언젠가 만나면 단단히 혼꾸멍내 줘야겠어.

사명사귀가 입버릇처럼 중얼거리던 말이다.

한데 그런 자들을 너무 쉽게, 너무 빨리 만났다. 공격을 가해도 될 만한 위치에서 만났다.

평소 악감정이 없었다면 공격하기 전에 한 번 더 생각해 봤으련만 죽여도 된다는 생각이 머릿속에 틀어박혀 있었던 터라 무심히 공격해 버렸다.

틀림없이 그런 면이 없지 않아 있다.

어처구니없는 실수다. 아니, 엄청난 실수를 했다. 더욱 기가 막힌 것은 자신이 모습을 드러낸 지금까지도 자신들이 무엇을 얼마나 잘못했는지 모른다는 것이다.

계야부에게서 서인을 빼내는 건 대수롭지 않다. 자신을 위협하는 것도 참아줄 수 있다. 하지만 계야부가 독심환마라는 누명을 쓰고, 자신이 서지단 군사 직을 버리며 무림에 뛰어든 뒷배경을 깡그리 무시해 버린 철없는 행동은 참을 수 없다.

사약란은 숨을 크게 들이켰다.

맑은 공기가 폐부 깊숙이 스며들어 분기로 들끓어오른 마음을 식혀준다.

그녀는 마음을 진정시킨 후, 차분하게 말했다.

"사명사귀, 북망고검과 사사귀에게 이십일검작이 죽었다."

"알고 있습니다."

"암습에 걸렸다."

"이십일검작이 너무 방심한 것 같습니다."

"정말 그렇게 생각하나!"

"……?"

자자검이 무슨 뜻이냐는 듯 눈빛을 날카롭게 쏘아왔다.

"이십일검작은 방심한 적이 없다. 아니, 무총에서 이름났다는 무인치고 방심이라는 글자를 갖다 붙일 사람은 없다."

확실히 이 말은 효과가 있었다.

자자검이 어깨를 움찔거렸다.

"사명사귀, 난 너희들이 곧 죽을 것이다라고 했다. 도산검림을 딛고 사니 언젠가는 죽는다고? 호호호! 머리가 텅 비었구나. 서인을 빼내는 순간부터, 너흰 무총의 적이 되는 거야. 아니! 사사귀를 죽인 순간부터 너희 목숨은 이미 구천을 떠돌고 있는 것이야!"

"……"

침묵이 흘렀다.

사명사귀도 멍청이는 아니다.

계야부와 무총, 계야부와 안선, 안선과 무총 사이에 어떤 연관이 있는지는 모르지만 자신들이 건드려서는 안 될 일에 끼어들었다는 사실만은 짐작하고도 남는다.

"저 사람은 내 지아비다. 오라버니에게는 하나밖에 없는 매부(妹夫)야. 오라버니가 무정한 분일까? 그래서 하나뿐인 매부가 곤경에 빠졌는데도 손을 잡아주지 않는 것일까?"

"제길!"

독심독의가 아랫입술을 잘끈 깨물었다. 붓을 잡고 있는 손도 부들부들 떨렸다.

"으음! 우리가…… 실수했단 말이군."

자자검의 눈빛도 심하게 흔들렸다.

그들은 이제야 자신들이 무슨 짓을 했는지 깨달은 것이다.

사사귀를 죽이고 계야부의 몸에서 서인을 빼내려는 행동은 무총의 뜻에 반하는 것이었다.

매부가 독심환마라는 마인이 되었다.

물론 모함이다. 누명이다. 깊은 수도 아니고 거죽만 살짝 들추면 속이 환히 들여다보이는 얕은 수법이다.

누명을 벗겨줄 생각이 있다면 진작 벗겨주었다. 빨리 손을 썼다면 독심환마라는 별호가 탄생하지도 못했으리라. 설혹 계야부가 소문처럼 장룡문주를 비롯하여 삼십여 명이나 되는 문도를 잔인하게 살육했어도 덮어줄 생각만 있었다면 얼마든지 덮어주었다.

그런 일 정도는 식은 죽 먹기다.

한데 전혀 손을 쓰지 않았다. 소문이 번지도록 내버려 두었다. 안선의 공격을 받아도 방치했다.

어찌 보면 일부러 마인을 만드는 것 같다. 계야부에게 실컷 싸우고 실컷 죽이라고 길을 열어주는 것 같다.

실수였다. 사사귀를 죽이면 안 되는 거였다. 사사귀에게 서인이 탈취당하도록 방관했어야 한다.

그런 후, 사사귀가 얌전히 떠나면 사명사귀는 할 일이 없다. 가만히 있으면 된다. 하나 사사귀가 계야부를 죽이고자 한다면 그때 나서서 죽이는 것만 막으면 된다.

무총은 이십일검작을 죽음으로 내몰았다.

안선의 의심을 풀어주려고 상당한 경지에 이른 무인 스물한 명을 사지에 던졌다.

자로 잰 듯 치밀한 안배였으리라.

바람만 스쳐도 소스라치게 놀라 가시를 곤두세우는 안선의 조심성을 십분 고려한 끝에 가슴으로 울며 결정한 고육지책(苦肉之策)이었으리라.

사명사귀는 그토록 중차대하고 은밀하며 치밀하기 이를 데 없는 계획을 단숨에 깨뜨려 버렸다.

"머리 없는 살인귀. 생각하지 못하는 검(劍)."

사사표풍이 혼잣말처럼 중얼거렸다.

음성이 무척 곱다.

소곤소곤 속삭이는 듯해서 귀를 기울이게 만든다. 하나 귀찮다거나 짜증나지는 않는다. 오히려 더 바짝 귀를 곤두세우고 싶다.

음성이 또르륵 또르륵 옥구슬 굴러가는 것 같다.

너무 맑아서 기분마저 상쾌해진다.

"우라질! 그래서 그런 말을 했던 거군."

일력광겸이 낫을 들어 거칠게 탁자를 내리찍으며 말했다.

사약란도 두 사람의 대화 내용을 짐작해 냈다.

무총은 사람을 무시하는 명령을 종종 내린다.

아무 생각도 하지 마라. 판단도 하지 마라. 오로지 명령만 쫓아라. 너희는 사람이 아니다. 정문 문턱을 넘어서는 순간부터 오로지 살인에 길들여진 도구라는 점을 명심해라.

죽으라면 죽어라. 발가벗으라면 발가벗고, 눈알을 빼내라면 무조건 빼내라.

질문은 필요없다. 의문, 의심은 존재하지 않는다.

텅 빈 백지의 마음으로 출행하라.

대단히 기분 나쁜 명령이지만 의외로 많은 사람들이 그런 명령을 듣고 문을 나선다.

사명사귀가 바로 그런 명을 들은 것 같다.

"멈…… 출 순 없나?"

자자검이 독심독의를 보며 말했다.

독심독의는 대답 대신 사약란을 쳐다봤다.

사사귀를 죽여 버렸으니 일은 이미 틀어졌지만, 계야부의 몸에서 서인을 빼내는 문제라면 지금이라도 멈출 수 있다.

사약란이 눈앞에 있다. 그녀와 운우지정(雲雨之情)을 나누면 된다. 정사를 나눠도 서인이 움직이지 않는 유일한 여자가 눈앞에 있다. 계야부가 이 세상에서 유일하게 정사를 나눌 수 있는 여인이기도 하다.

그녀와 관계를 가진다면 계야부의 몸에 바른 약초즙은 약성이 뛰어난 춘약(春藥) 정도에 불과하게 된다.

최소한 서인을 빼내는 것만은 막을 수 있다.

사약란이 긴 한숨을 내쉬며 말했다.

"휴우! 당장 물러나, 백 장 밖으로. 아무도 들어서지 못하게 하고."

독심독의가 큰 짐이라도 내려놓은 사람처럼 긴 한숨을 내쉬며 물러섰다.

모두들 일이 이 정도에서 끝난 게 다행이다 싶었다. 한데,

투욱!

그의 품에서 작은 목갑이 굴러 떨어져 발밑에 나뒹굴었다.

"엇!"

독심독의가 깜짝 놀라 황급히 목갑을 주웠지만 이미 뚜껑이 열린 후였다. 그리고 그 안에 있어야 할 유충, 적설충이 온데간데없이 사라졌다.

"안 돼!"

독심독의는 황급히 계야부를 쳐다봤다.

붉은색을 띤 구더기가 그곳에 있었다.

길이는 손톱 정도로 작은 편이다. 꾸물꾸물거리는 것은 영락없이 구더기인데 가재처럼 단단하고 마디 있는 껍질을 몸 전체에 둘렀다. 껍질 바깥으로는 실 같은 발이 수십 개나 나 있다. 문헌에 기재된 대로라면 한쪽에 서른두 개씩 예순네 개의 발을 지녔다.

적설충이 목갑에서 벗어나 계야부의 몸에 달라붙었다.

한두 마리가 아니다. 십여 마리는 훌쩍 넘는다. 꼬물꼬물거리며 입 안으로, 콧속으로 기어들어 간다. 벌써 옷 속으로 파고 들어 간 놈도 있다. 아마 항문이나 음경을 통해 침투하려는 것이다.

"이…… 런……."

독심독의가 화들짝 놀라 한 걸음 내딛었을 때는 이미 늦은 후였다.

빨간색 구더기들이 온데간데없이 사라졌다. 바로 눈앞에서 감쪽같이 증발해 버렸다.

"어떻게 된 거야!"

자자검이 확 달려나오며 물었다.

"너, 너무 강했어. 천양갈음초만 해도 이놈들이 어쩔 줄 모르고 펄쩍펄쩍 뛸 판인데 충양산까지 가미했으니…… 내가 뒤로 물러나니까…… 양기에서 멀어지니까 이놈들이 뛰쳐나온 거야."

독심독의가 텅 빈 목갑을 들고 중얼거렸다.

"지금은 안 돼? 그거…… 웅웅 하는 것 말이야."

일력광겸이 미간을 찌푸리며 말했다.

독심독의는 대답하지 않았다. 그것이 소용있을 것 같으면 이렇게 호들갑을 떨지도 않는다.

이제 끝이다. 끝났다. 남은 일은 서인을 물고 나올 적설충을 어떻게 하느냐이다. 발로 짓밟아 죽여 버리는 것이 제일 깨끗하고, 되잡아서 목갑에 가둬놓는 것이 그다음이다.

독심독의는 사약란을 힐끔 쳐다봤다.

무엇을 하든 빨리 준비해야 한다.

원래는 발로 짓밟아 죽일 생각이었다. 그래서 따로 준비한 것도 없다. 계야부의 옷을 벗겨놓고 안과 밖을 연결하는 구멍만 뚫어지게 쳐다보면 된다.

입, 코, 귀, 눈, 항문, 음경…….

서인을 버리지 않을 요량이라면 약간의 준비가 필요하다.

서인을 물고 나온 적설충은 손으로 잡을 수 없다. 적설충을 만지는 순간 적설충은 물고 있던 서인을 내뱉는다. 뱉어진 서인은 피부로 스며드니…… 적설충을 만지는 자, 서인을 얻는다.

그렇다고 나무젓가락 같은 것으로 막 집을 수도 없다.

양기를 접한 적설충은 두꺼운 껍질을 벗어 던진다. 전신으로 양기를 빨아들이기 위해서다. 이때, 적설충의 몸은 투명한 막 밖에 남지 않는다. 너무 투명하고 얇아서 내장이 환히 내비친다.

나무젓가락 같은 것으로 집으면 힘 조절을 약간만 잘못해도 내장이 터져 버린다.

적설충을 안전하게 포획하려면 몸 밖으로 빠져나올 때 푹신 푹신한 솜바구니 같은 것으로 받아내야 한다.

다행히 비주화서가 지척에 있다.

그가 적설충을 가져왔고, 서인을 빼내갈 요량이었으니 적설 충을 받아낼 도구도 준비했으리라.

사약란이 한숨을 내쉬며 말했다.

"휴우! 모사재인(謀事在人) 성사재천(成事在天)이라 하더 니…… 상황이 이렇게 변할 줄은 아무도 몰랐을 것……. 이제 어떻게 되는 거지?"

"먼저 결정부터 내려야지요. 서인을 버릴 것인지 가질 것인 지……."

"다시 집어넣거나 내가 가질 수는 없는 거지?"

"서인을 경험한 몸은 적응력이 생겨서……."

"안 된다는 거군. 살리는 쪽으로 해."

당연한 명령이다. 죽이는 건 언제든 가능하다. 하니 지금처 럼 시간이 촉박하여 판단을 내리기가 어려울 때는 무조건 살 려놓고 본다. 죽은 것을 살릴 수는 없지 않은가.

독심독의는 한달음에 달려가 비주화서의 품을 뒤졌다.

과연 장난감 같은 아기 바구니가 나왔다. 기껏해야 손가락 두 마디 정도밖에 되지 않는 작은 바구니였지만 톡톡 떨어지 는 구더기를 잡아넣기에는 딱 알맞았다.

독심독의는 계야부의 옷을 벗기기 시작했다.

3

독심독의가 바른 약초즙은 체내에 흡수되기 바쁘게 기해혈로 운반되었다.

그 시간은 놀라울 만큼 빨랐다.

피가 전신을 한 바퀴 도는 데 걸리는 시간은 무척 짧다. 큰 숨을 세 번 정도만 몰아쉬면 된다. 무인의 낮은 호흡으로는 한 번이면 족할 것이다.

약초즙을 흡수하여 기해혈로 몰아넣는 데 걸린 시간은 피가 도는 속도보다 다섯 배는 빨랐다.

어린아이가 뜨거운 것을 만졌다가 화들짝 놀라 손을 뗐을 때처럼 아주 잠깐 강렬한 뜨거움이 느껴졌다가 사라졌다.

적설충이 약초즙의 양기에 이끌려 목갑을 뛰쳐나온 것은 바로 그 순간이다.

약초즙이 계야부의 살갗에 머문 시간은 찰나에 불과했는데, 그 짧은 시간 동안에 풍긴 냄새와 기운이 적설충을 목갑 안에서 기어나오게 만들었다.

독심독의가 천양갈음초만 사용했다면 적설충이 움직이는 일은 없었을 것이다. 마찬가지로 충양산만 썼어도 목갑 안에서 잠자고 있었으리라.

천양갈음초에 충양산을 보태자 독시독의의 생각대로 세상

에 다시없을 강력한 발양액(發陽液)이 되었다. 웬만한 양기에는 눈도 돌리지 않는 적설충마저 한달음에 기어나왔다.

하지만 적설충이 발양의 흔적을 쫓아 체내로 기어들었을 때는 아무것도 남은 게 없었다. 천양갈음초와 충양산이 기해혈에 가둬진 후였기 때문에 어울릴 양기가 없었다.

적설충은 분노했다.

달콤한 먹잇감을 내놓아서 허겁지겁 달려나왔더니 아무것도 없어? 입 안에 군침만 한가득 돌게 하고 모조리 싹 감춰 버려? 어디 숨겼어!

파아아앗!

극심한 한기가 쏟아져 나왔다.

차가움이 너무 심하면 차갑다는 느낌이 들지 않는다. 오히려 따뜻하다는 느낌이 든다. 그러나 비수로 찌르는 것 같은 극통이 곧바로 뒤따라온다는 점에서 뜨거움과는 다르다.

'크윽!'

계야부는 비명을 토해내고 싶었다.

너무 아프다. 날카로운 비수에 난자당하는 느낌이다. 자신을 커다란 도마 위에 올려놓고 십여 명쯤 되는 자들이 빙 둘러서서 이리저리 살점을 도려내는 것 같다.

츠츠츠츳!

이번에도 귀영십삼식은 그를 실망시키지 않았다.

단전에서 진동이 일어나며 칼날로 변한 한기를 낚아챘다. 그리고 눈 깜짝할 사이에 기해혈로 끌고 들어갔다.

기해혈로 들어간 후에는 끝이다. 잠잠하다. 바다 한가운데 돌멩이 하나 빠진 듯 아무런 흔적이 없다. 하다못해 잔잔한 여운조차도 남기지 않는다.

"후우!"

계야부는 깊은숨을 토해내며 일어섰다.

작은 바구니를 들고 칠공을 뚫어지게 쳐다보던 독심독의와 눈길이 마주쳤다.

"어?"

독심독의는 너무 놀라 말도 잇지 못했다.

계야부는 손을 들어 한쪽에 벗겨놓은 자신의 옷을 가리켰다.

"어? 어!"

독심독의가 주문에 걸린 사람처럼 어기적어기적 옷을 집어 왔다.

계야부가 묵묵히 옷을 입다가 툭 말했다.

"한 번만 더 독을 쓰면 죽는다."

"어? 어!"

"오목은 어디 있어?"

"저, 저기……."

독심독의가 손을 들어 문을 가리켰다.

그는 넋이 반쯤 빠져나가 자신이 무슨 행동을 하는지도 모르는 듯했다.

그가 가리킨 곳에는 아무것도 없다. 문밖에 보이지 않는다.

오목은 문밖 어딘가에 잡혀 있다. 자신처럼 독에 중독되었지만 생명에는 지장이 없다.

옷을 다 입은 계야부가 걸어가려고 하자, 독심독의가 옷소매를 잡아당겼다.

"어, 어떻게……?"

"놔."

"어, 어떻게 이렇게 말짱하게…… 서, 서인!"

독심독의는 깜짝 놀라 계야부의 미간을 뚫어지게 응시했다.

계야부의 미간에 붉은 점이 또렷하게 박혀 있다. 전에는 살색에 묻혀서 약간 검붉은빛을 띠었는데, 이제는 선명하기 이를 데 없는 붉은 점이 요요하게 광채를 발한다.

색깔이 훨씬 맑아졌다.

이게 무슨 현상인가? 왜 서인이 색을 발하는가? 몸속으로 스며든 적설충은 어떻게 된 것인가? 설마 몸 안에서 전부 녹아버린 것은 아니겠지?

독심독의는 궁금한 것이 너무 많았다.

눈앞에서 자신의 의술로 이해할 수 없는 일이 벌어졌다. 지금도 벌어지고 있다. 자신이 이해할 수 없는 것…… 그가 평생을 쌓아온 의술이 뿌리째 흔들렸다.

계야부는 그를 흘깃 쳐다본 후, 그의 손을 떼어냈다.

"하나만 알아두면 돼. 한 번만 더 독을 쓰면 죽는다는 것. 내게 죽일 능력이 있다는 것…… 믿어도 좋아."

"어? 어……."

독심독의는 졸래졸래 뒤를 따랐다.

계야부는 제일 먼저 오목의 상태부터 살폈다.

독심독의가 곁에 있으니 염려는 없지만 그래도 어떤 상태인
지 자신이 직접 확인하고 싶었다.

그는 늘 그래 왔다.

의원이 뭐라고 뭐라고 말해도 한 귀로 듣고 한 귀로 흘려버
렸다. 치료는 의원에게 맡기되, 동료의 부상 정도는 자신이 직
접 보고 판단했다.

'혼절.'

부상이랄 것도 없다. 미혼약에 당한 것뿐이다. 해독약을 복
용하지 않아도 시간이 지나면 저절로 해소되리라.

오목이 안심되자 그제야 사약란에게 눈길을 주었다.

그는 아무 소리도 하지 않았다. 손만 내밀었다.

사약란이 그의 뜻을 알고 뱅긋 웃으며 다가와 손을 마주잡
았다.

손끝에서 전율이 일었다. 서로의 미소에서 헤어져 있는 동
안 벌어졌던 일들이 소리없이 전달되었다. 사건 사고만이 아
니다. 서로가 느꼈던 감정의 흐름도 고스란히 전해졌다.

"고생길인데 뭐 하러."

"알죠? 모두 버린 것."

계야부가 고개를 끄덕였다.

"그런 사람 곁에 나 한 사람이라도 있어야죠."

계야부는 그녀를 보듬어 안았다.

그는 사람의 심리를 꿰뚫는 데 그리 능하지 않다. 사전에 사단이 일어날 것을 탐지하고 대비하는 쪽이라기보다는 일이 벌어진 후에 동물적인 감각으로 피하는 쪽이다.

사약란이 어떤 이유로 자신에게 왔을까?

사유가 어찌 되었든 현재 그는 안선에게 공격을 받고 있다. 안선의 주요 표적이다. 몸에 안선의 주요 인물을 죽일 수 있는 절대 무기를 지니고 있으니 공격당하지 않는다면 그게 이상하다.

무총과도 좋은 관계는 아니다.

무총은 철저히 방관자적 입장을 취하고 있다. 그에게 무슨 일이 벌어지든 일체 간여하지 않는다. 안선에게 당해서 서인을 넘겨주든 말든 자신들과는 상관없다는 태도다.

자! 사정이 이렇게 되고 보면 천하의 석두라고 해도 모종의 내막이 깔려 있다는 것을 눈치채지 못할 리 없다.

무총이 자신을 내세워 일을 꾸몄다.

독심환마라는 별호는 안선이 만들어주었지만, 무총도 상관하지 않았다.

안선은 공격하겠다는 뜻을, 무총은 안선이 어떤 공격을 취하든 지켜만 보겠다는 뜻을 서로에게 명확히 전달한 것이다.

계야부는 돌풍의 한가운데 있다. 폭풍전야(暴風前夜)다. 언제 어떤 폭풍이 몰아칠지 모른다.

그런 와중에 사약란이 왔다.

말똥구리들도 이런 경우가 종종 있다.

의리 때문에 죽을 줄 뻔히 알면서 죽는 자의 편에 선다.

요행은 바라지 않는다. 안 되는 놈은 뒤로 자빠져도 안 된다는 것을 알기에 기대조차 하지 않는다. 그저 마지막까지 사력을 다하다가 죽는 게 전부다.

사약란은 그런 심정에서 자신을 찾아왔다.

무공도 모르는 여자가 죽을 날짜를 받아놓은 사람이나 다름없는 그를 찾아왔다는 것은 자신의 목숨 같은 것은 아랑곳하지 않는다는 뜻이다.

이 세상에 아쉬울 것이 없는 여자다.

뭇 영웅호걸들이 말 한마디라도 건네고 싶어서 안달하는 미녀 중의 미녀다. 그뿐만이 아니다. 무총 총주의 손녀라는 배경은 그녀를 황금덩어리로 만들고도 남는다. 그녀의 마음만 얻으면 이 세상 거의 모든 사람들이 평생 동안 누려보지 못할 온갖 호사를 단숨에 거머쥘 수 있다.

그녀는 보배 중의 보배다.

그런 여인이 모든 것을 버리고 황야의 잡초를 찾아왔다.

쌓은 정도 별로 없다. 육체적인 관계도 한 번뿐이다. 마음 한번 독하게 먹으면 없던 일로 치부할 수도 있다. 설혹 그녀와 계야부의 관계가 만천하에 드러나도 개의치 않을 사내들이 수두룩하다.

그녀가 천하에 다시없는 추녀라고 해도, 처녀를 잃었을 뿐만 아니라 아이까지 낳았다고 해도 무총이라는 배경은 모든 일을 가능하게 만든다.

반대의 경우도 성립한다.

그녀의 아름다움은 만천하에 널리 알려진 바다.

그녀를 본 사람이라면 너나 할 것 없이 이 세상을 통틀어도 다섯 손가락 안에 들 미모라고 칭송을 늘어놓았다.

무총이라는 배경이 없어도, 권력이나 재력이 전혀 없는 평범한 농부의 여식이라 할지라도 그녀가 지닌 미모라면 지나간 정분쯤은 뒤덮고도 남는다.

그런 그녀가 찾아왔다.

한 번쯤 물어보고 싶다. 뭐가, 어디가 그렇게 좋아서 모든 걸 버릴 수 있었느냐고.

계야부는 가녀린 동체를 힘껏 끌어당겼다. 그리고 마음 깊은 곳에서 우러나오는 말을 했다.

"오느라고 고생했어."

계야부가 할 수 있는 최고의 말이었다.

"어떻게 된 일인지…… 말해줄 수 있나?"

독심독의가 말을 건네왔다.

객잔을 나와 십 리 길을 걸어왔다. 해가 뉘엿뉘엿 지며 아름다운 저녁노을을 뿌려낸다.

계야부는 건포(乾脯)를 꺼내 물에 불렸다.

희한하게도 건포를 그냥 씹어 먹을 때와 물에 불려 요리해 먹을 때는 포만감에서 차이가 크게 난다. 그냥 먹을 때는 두

조각, 세 조각을 먹어도 배부른 느낌이 들지 않는데, 요리해 먹으면 한 조각만 먹어도 배가 든든해진다.

그래서 시간이 주어지면 조금 귀찮더라도 요리해 먹는 쪽을 택하곤 했다.

배부른 느낌을 만끽하고 싶어서가 아니다. 지니고 다니는 식량은 항상 아껴야 한다는 생각이 머릿속에 틀어박혀 있기 때문이다.

독심독의가 말을 건네온 것은 그때다.

계야부는 그에게 대답하지 않고 사약란을 보며 말했다.

"이 사람들, 어떡할 생각이야?"

"저도 모르겠는데요. 여기 오기 전까지만 해도 제 사람들이라고 생각했는데, 와서 보니 아니더군요."

사약란이 고개를 내저으며 말했다.

"저희가 독단을 내린 건 있지만 군사님의 수족인 것은 변함이 없습니다. 무총을 떠날 때, 저희의 신분은 무총 소속이 아니라 군사님의 호위로 결정된 겁니다."

자자검이 퉁명스럽게 말했다.

"그게 문제예요. 전 이제 군사도 아니거든요."

"……"

"무총과 아무런 연관이 없어요. 오라버니가 계시고 할아버님이 계시는 곳. 그 정도의 인연뿐이에요. 만약 무총이 상공을 공격한다면 전 당연히 맞대응해야겠죠? 여러분은 어때요?"

"소저, 말이 심합니다! 어떻게 무총을 향해 검을 겨눈단 말씀이시오이까!"

일력광겸이 가당치도 않은 소리를 들었다는 듯이 손으로 땅을 쾅! 내려치며 고함을 내질렀다.

"이게 여러분의 결정이에요. 무총을 떠나서는 살 수 없다는 것. 무총 없는 삶은 생각할 수 없다는 것. 한데 전 아니니…… 여러분과 저는 다른 길을 가고 있는 거예요."

사약란은 어린아이에게 설명하듯 조곤조곤 말했다.

"호위라는 신분은 잊으세요. 다시 한 번 말하지만 전 서지단 군사 직을 버렸어요. 무총과 인연을 끊은 거예요. 그러니 여러분도 저와 상관없는 거예요."

사명사귀는 일시 말을 잊었다.

사약란이 서지단 군사 신분으로 이곳에 왔을 리는 없다.

그녀가 모습을 나타냈을 때부터 짐작하고 있던 바이다.

그래도 설마했는데…… 최악의 상황만은 아니기를 바랐는데…… 가장 좋지 않은 상황이 되었다.

일력광겸, 독심독의, 사사표풍은 일제히 자자검을 쳐다봤다.

그들의 한 무리라고 보기 어려울 정도로 다양한 특색을 지녔다.

무공이 각기 다르다. 추구하는 바가 너무 다르다. 패(覇)와 기(技)는 같이 가기 어려운 법인데, 같이 어울리고 있다. 사사표풍은 젊은 여인인 반면 독심독의는 팔순이 넘어 보인다. 그래도 한 무리로 섞여서 움직인다.

그들 모두 자자검의 명령을 받는다는 것도 특이하다.

무공의 편차가 크지 않아 보이는데 명령은 일사불란하게 받는다. 힘이 더 세고 약하고를 떠나서, 무공이 강하고 약하고를 떠나서, 나이가 많고 적음을 떠나서…….

자자검은 잠시 망설였다. 인상을 찡그리며 생각하는 듯했다. 그러나 큰 숨 두어 번 내쉴 시간이 지나자 인상을 풀고 싸늘한 눈빛으로 사약란을 쏘아보며 말했다.

"소저, 소저는 서지단 군사입니다."

"군사였죠."

"무총 군사는 딱 다섯 명. 본단에 한 명, 지단에 네 명. 딱 다섯 명뿐입니다. 병법을 읽은 자는 모래알처럼 많은데 세상을 한 손에 쥐고 머리를 쥐어짜 내는 사람은 딱 다섯 명입니다."

"……."

"소저, 소저는 우리가 떠나지 못할 것을 알고 있습니다. 그렇지 않습니까?"

"그랬나요?"

"소저의 일신에 화가 미침은 총주님께 고뇌를 안겨 드리는 것, 떠날 수 없지요."

사약란은 물에 분 건포를 나뭇가지에 꿰어 굽기 시작했다.

계야부는 물에 넣고 끓이는 것을 선호하지만 그녀는 구워먹는 편이 좋았다.

"어떤 명이든 받들겠습니다."

자자검이 두 손을 모아 포권지례(抱拳之禮)를 취했다.

사약란은 그럴 줄 알았다는 듯, 당연한 말을 들었다는 듯 태연히 말했다.

"무뇌(無腦), 저보다 병법을 많이 안다고 자부하지 못한다면 생각을 하지 마세요. 제가 필요한 것은 살인 도구입니다. 무총 무인이라면 한두 번씩은 들어본 말일 테니 이행하기는 어렵지 않을 거예요."

"복명(復命)!"

"휴우! 심복하지 않는다는 것, 알아요. 결정적일 때는 오늘처럼 또 판단을 하려고 하겠죠. 무력을 앞세우면 어쩔 도리가 없으니까요. 솔직히 말해봐요. 그렇게 생각했죠?"

"아닙니다."

자자검이 얼굴을 붉혔다.

"풋! 거짓말이 서툴군요. 어쨌든 좋아요. 지금부터 제가 하는 말, 꼭 마음에 담아두세요. 저 같은 여자는요, 한 번 당한 일에는 두 번 다시 당하지 않아요. 오늘 같은 일, 두 번 다시 없을 거예요. 항명? 어림없어요. 무공도 모르는 여자가 어떻게? 당연한 의문이지만 생각하지 마세요. 시험도 하지 말고요. 오늘 같은 일이 또다시 벌어지면 반드시 목숨을 잃을 거예요."

사약란은 사명사귀를 쳐다보지도 않고 자신있게 말했다. 그 말이 너무 자신있어서 마치 실제로 목에 검을 들이대고 있다는 느낌마저 들게 만들었다.

"알겠습니다. 명심하겠습니다."

자자검의 얼굴이 딱딱하게 굳었다.

사약란은 허언을 하는 여자가 아니다. 그녀가 입 밖에 낸 말은 반드시 이루어진다. 된다고 하면 되고, 안 된다고 하면 무슨 수를 써도 안 되었다.

서지단에서 사약란을 호위하며 많은 것을 보았다. 그리고 감탄했다. 과연 총주의 손녀라며, 서지단 군사는 아무나 하는 게 아니라며 엄지손가락을 추켜세웠다.

그런 지략이 사명사귀에게 엄포를 놓은 것이다. 앞으로 두 번 다시 항명하지 말라고. 생각하지 말고 오로지 명령만 충실히 따르라고. 그렇지 않으면 죽는다고.

"하나만 더 확실하게 하죠. 무총을 공격하라고 하면 공격할 수 있나요?"

"무뇌, 명을 쫓을 뿐입니다."

"좋아. 그대들을 다시 호위로 받아들이겠다."

사약란의 말투가 다시 하대로 바뀌었다.

인간 대 인간의 관계가 아니라 신분 대 신분의 관계다. 주인과 종복의 관계다.

"명을 따르겠습니다!"

사명사귀가 일제히 포권지례를 취했다.

독심독의의 물음에 대한 대답은 사명사귀와 사약란의 관계가 재정립된 후에야 나왔다.

"난 독에 중독되지 않아."

“그럴 리가요?”

“……”

“죄송하지만…… 시험해 봐도 되겠습니까?”

독심독의는 팔순이라는 나이에 맞지 않게 극존칭을 썼다.

사명사귀는 사약란의 호위다. 아니, 주종관계로 재정립되었으니 호위보다 한참 아래인 종복이 되었다.

그들은 계야부 대하기를 사약란 대하듯이 해야 한다.

이를 두고 자승자박(自繩自縛)이라고 했던가. 만약 사명사귀가 독단적인 행동만 벌이지 않았어도 사약란이 그들을 건드릴 명분은 없었을 게다. 그랬다면 지금처럼 계야부를 상전으로 떠받들지 않아도 되었을 것이다.

“좋을 대로.”

계야부는 팔팔 끓는 물에 퉁퉁 분 건포를 집어 넣으며 건성으로 말했다.

쏴아아아……!

갑자기 눈앞에 분홍빛 안개가 어렸다.

향긋한 냄새도 났다. 꽃향기 같은데 무슨 향기인지는 모르겠다. 좌우지간 맡기 싫은 냄새는 아니다. 한데,

투웅! 투웅! 투웅!

귀영십삼식이 맹렬하게 반응했다. 단전이 부르르 떨리며 진파를 연신 쏘아냈다.

제육식 기여백설(肌如白雪)!

진파가 밖으로 쏘아져 나가 살갗 표면에 하얀 눈처럼 곱게

쌓였다.

투명 막이다. 밖에서 들어오는 불순물이 들어오지 못하도록 아예 피부 표면에서 차단한다.

"으음!"

독심독의가 신음을 터뜨렸다.

그는 노골적으로 품에서 검은 단환을 꺼내 물에 녹였다. 그리고 계야부에게 내밀었다.

"이것을 복용하고도 멀쩡하시다면…… 승복하지요. 독에 침습당하지 않는 독신지체(毒身之體)임을…… 인정하지요."

독심독의는 엄청난 말을 했다.

무림이 생긴 이래로 독신지체가 출현한 적은 없다. 천하제일의 무공을 지녔던 무인도 독 몇 방울에 목숨을 잃은 경우가 헤아릴 수 없이 많다.

독으로 죽일 수 없는 사람.

독문(毒門) 입장에서는 천적(天敵)이 출현한 것과 진배없다.

계야부는 독심독의가 내민 독수를 냉수 마시듯 꿀꺽 들이켰다.

꿀꺽! 꿀꺽!

독수가 시원하게 목구멍을 타고 뱃속으로 흘러들어 갔다. 독수를 마실 때마다 목울대가 큰 선을 그리며 움직였다.

사약란은 지켜보기만 할 뿐 말리지 않았다. 걱정도 하지 않았다. 얼굴에 미소까지 띠고 담담히 지켜봤다.

전 중원이 적이다.

어떻게 싸워야 할지 암담하기만 하다.

어떤 난관도 헤쳐 나갈 수 있는 사람이라는 걸 믿어야 한다.

타타타타탁……!

생각했던 대로 귀영십삼식이 움직였다.

진파는 피부를 통해 들어온 독뿐만 아니라 위장으로 흡수된 독까지도 신속하게 긁어모아 기해혈에 몰아넣었다.

'언젠가 기해혈에 쌓인 독을 버려야 할 거야.'

잠시 스쳐 간 생각이다.

계야부는 독수를 마신 것으로도 모자라서 펄펄 끓는 고깃국물을 마시기 시작했다.

건포가 맛좋게 불어 있었다.

'이건 말도 안 돼!'

독심독의는 고개를 갸웃거렸다.

계야부는 독신지체가 아니다. 독에 중독되지 않는 것은 사실이지만 독신지체라고 할 수는 없다.

그의 미간에 선명하게 찍혀 있는 서인도 엄밀한 의미에서 말하면 독이다. 미간 한가운데 붉은 홍점이 찍혀 있다는 말은 독에 중독되었다는 뜻과도 상통한다.

희한하지 않은가. 서인에는 중독되는데, 독심독의가 절대 극독이라고 자부한 흑골삭환(黑骨削丸)은 냉수가 되어버리다니.

“재미있군. 심심하지 않겠어.”

독심독의의 눈가에 희열이 일렁거렸다.

독을 연구하는 사람에게 최상의 과제가 주어진 것이다.

第二十六章

진파의 힘

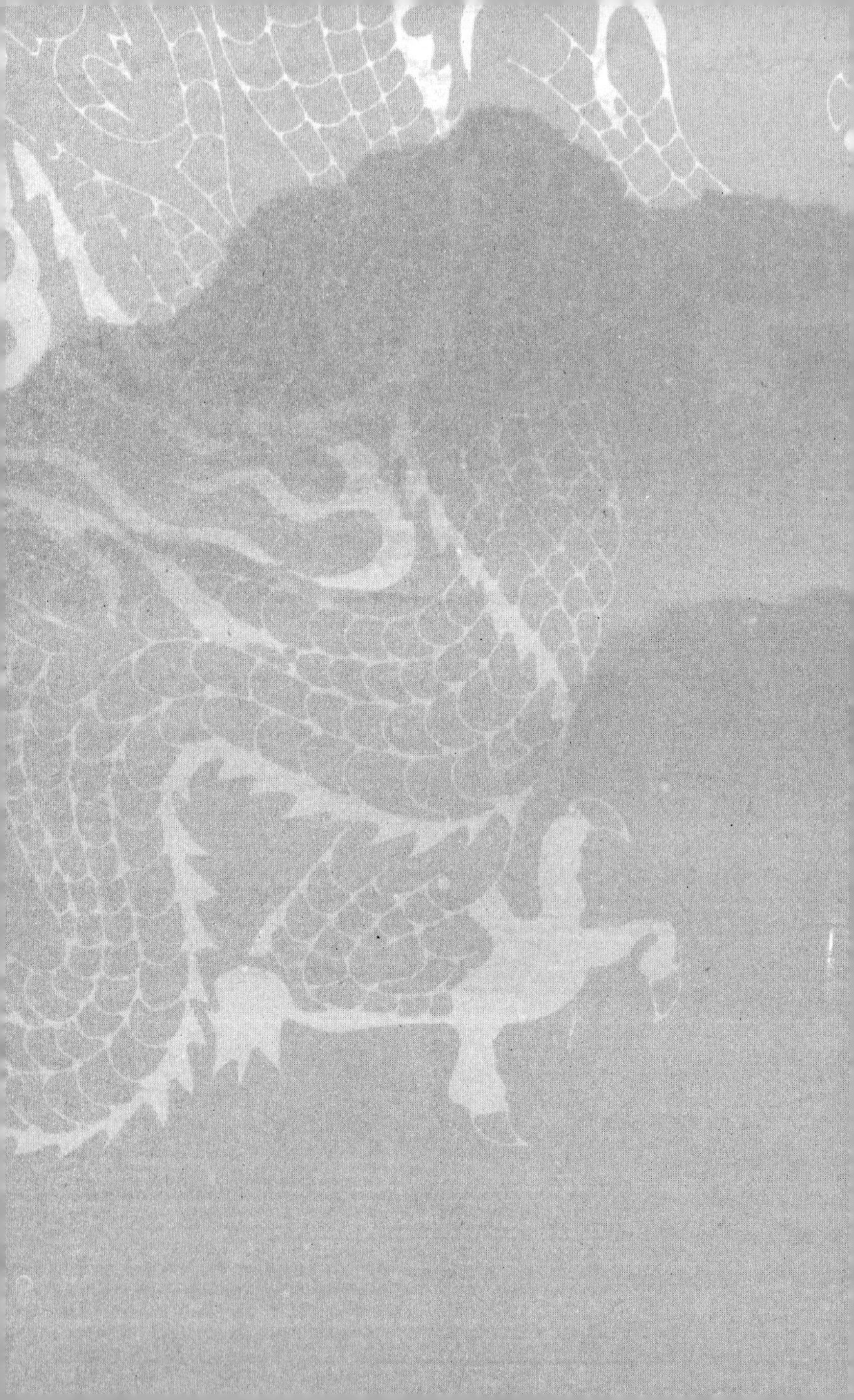

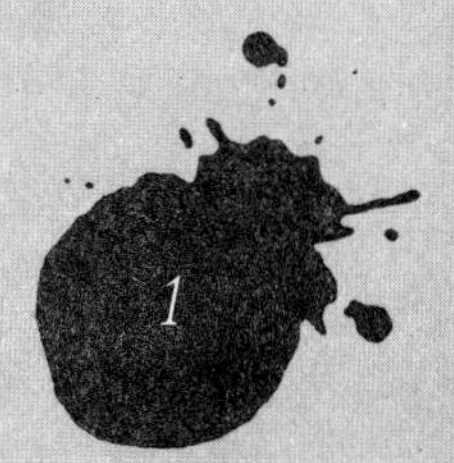

그녀가 가진 재능 중에 가장 뛰어난 것은 상황을 읽는 힘이다.

주변에서 일어나는 일들을 면밀히 살펴서 이리 꼬이고 저리 꼬인 매듭을 풀어낸다. 하면 일의 흐름이 어떻게 진행되는지 한눈에 파악되고, 행동하기도 편해진다.

그녀는 즉흥적으로 판단을 내린 적이 없다. 예리한 관찰을 통해서 얻어들인 상황들을 분석하고 정리한 끝에 최적합하다고 생각되는 방향을 선택한다.

주변 친구들은 그녀의 이러한 판단과 행동을 두고 약삭빠르다며 비아냥거렸다. 불여우 같다, 여시 같다는 말은 너무 많이 들어서 귀에 못이 박혔다.

그녀도 굳이 부인하지 않는다.

그녀가 상황을 읽어들이는 힘은 냉철한 이성에 근거를 두었다기보다는 본능에 가깝기 때문이다.

'사람들이 갑자기 많아졌어.'

신경이 너무 예민한 걸까?

몸을 밀치고 헤쳐 나가야 할 만큼 사람이 많아졌다.

당연하다. 그럼 장터에 사람이 많지 적을까. 사람에 부대끼기 싫으면 장터에 오질 말았어야지.

너무도 당연한 일이지만 그녀의 촉각은 곤두섰다.

장사꾼도 있고, 호미를 든 농부도 있다. 촌부(村婦)도 있고, 노파도 있다. 각양각색의 사람들이 서로를 밀쳐대며 조금씩 움직인다.

한데 여기에는 숨겨진 흐름이 있다.

평범한 자들은 조금씩 밖으로 밀려나가고 태양혈(太陽穴)이 불룩 솟은 자들이 많아지기 시작했다.

'고도의 수련을 거친 무인······.'

무인들이 그녀의 주위에 몰려들 이유가 무엇일까? 우연? 천만에! 세상에 우연은 없다. 우연을 가장한 필연만 존재한다.

그녀는 포위당하고 있음을 직감했다.

'소제(掃除)!'

퍼뜩 머릿속을 스쳐 간 생각이다.

그녀의 존재 가치가 유명무실해졌다. 있는 것보다는 없는 쪽이 편하다는 뜻이다.

그녀는 사사귀에서 떨어져 나왔다. 그리고 즉각 소제 대상이 되었다. 사사귀와 헤어진 지 며칠 되지도 않았는데 빠져나갈 수 없는 함정이 주위를 에워싼다.

사사귀가 성공했다.

자신이 하지 못한 일, 계야부의 몸에서 서인을 빼내는 데 성공했다. 하니 그들에게서 떨어져 나온 부스러기 조각 하나는 말살시켜야 되는 것이다.

'타사웅묘…… 그 고양이 같은 놈이 용케 성공했군.'

화향호리는 피식 웃었다.

그녀는 계야부를 무척 강하다고 판단했다. 너무 강해서 똑각 부러질지언정 휘지는 않을 사내다.

한데 그의 몸에서 서인을 빼내려면 부러뜨려서는 안 된다. 휘어지게 만들어야 한다.

비주화서의 달음박질은 아무 쓸모가 없다. 사망흑사의 쾌검도 계야부에게는 통하지 않는다. 그를 죽일 수는 있을지 몰라도 서인을 빼내지는 못한다.

사사귀 중에서 계야부를 휘게 만들 수 있는 자가 있다면 타사웅묘뿐이다.

화향호리는 주위를 둘러보다가 아담한 다루를 발견했다.

죽기에도 그럭저럭 괜찮은 자리다.

이승을 떠나는 마지막 음식을 차 한 잔으로 대신하는 것도 괜찮다.

그녀는 발길을 옮겼다.

도주는 생각지 않았다. 저항도 포기했다. 누구보다도 안선에 대해서 잘 안다. 그들이 얼마나 무서운 자들인지, 꼬리를 얼마나 잘 잘라내는지 확실히 안다.

일을 맡김에 앞서 사곡을 멸절시켰다.

사곡주들의 기반을 송두리째 무너뜨리면서 당당하게 일을 맡긴 자들이다.

그들은 그렇게 일을 한다.

자신을 제거하고자 사람을 보냈다면, 그리고 지금처럼 눈에 띌 만큼 포위망을 좁혀왔다면 설혹 하늘을 나는 재주가 있어도 빠져나가지 못한다.

화향호리는 편안한 죽음을 택했다.

아직까지는 쓸모있을 줄 알았다. 계야부의 몸에서 서인을 빼낼 사람은 자신밖에 없다고 생각했다. 자신에 대한 믿음이 없었다면 사사귀의 행동이 아무리 괘씸하다 해도 그들과 헤어질 수는 없었을 게다.

한데 타사웅묘가 성공했다면…… 할 말이 없다.

어쨌든 사곡이 안선을 위해 뭐라도 한 가지 일을 해냈으니 다행이지 않은가. 일 처리를 못했다면 괜히 사곡 식구들만 개죽음당한 꼴이 되었을 텐데 그나마 다행이지 않은가.

불행히도 다루에는 빈자리가 없었다.

다탁이라고 해봐야 여섯 개밖에 되지 않는 조그마한 다루다. 더군다나 사람이 북적거리는 장날이니 앉을 자리가 없는 건 당연하다.

"차 한 잔 편히 마시지 못할 팔자."

그녀는 돌아 나가려고 했다.

그때, 다루 주인인 듯한 중년인이 다급히 달려오더니 그녀의 옷소매를 잡아끌었다.

"아이구! 이렇게 귀하신 분이 이렇게 누추한 곳을 다…… 이리로 오십쇼. 제가 자리를 마련해 드리겠습니다요."

"날…… 알아요?"

"무슨 농담을 그렇게 심하게 하십니까. 천하에 화향호리를 모르는 사람도 있으려고요."

경계심이 발동했다. 아니, 경계심 정도로는 부족하다. 긴장감이 와락 밀려왔다. 머리칼이 쭈빗 곤두서고 전신에 솜털이란 솜털은 모두 일어선다.

죽음의 그림자가 너무 빨리 닥쳐왔다.

다루 주인이 속삭이듯 나직한 음성으로 말했다.

"놀라지 마라. 놀라는 척도 하지 마. 괜히 나까지 피곤해진다."

"누…… 구……?"

"무슨 놈의 불여우가 이리 눈치가 없어. 너 불여우 맞냐?"

다루 주인은 그녀가 대답하고 말고 할 틈도 주지 않았다.

그녀의 화려한 화복(華服) 위에 회색 바탕에 태극 문양이 그려진 도복(道服)이 입혀졌다. 머리에는 도관(道冠)이 씌워졌고, 코와 턱에는 무엇으로 만들었는지 꺼칠꺼칠하며 누린내가 물씬 풍기는 검은 털이 붙여졌다.

그야말로 눈 깜짝할 순간에 벌어진 일이다.

백주대낮에, 만인이 환히 쳐다보는 뻥 뚫린 공간 한복판에서 화향호리가 사라지고 웬 도인이 불쑥 나타난 것이다.

화향호리는 여우에 홀린 기분이었다.

이 사람은 누구인가? 누구이기에 손놀림이 이토록 비호 같은가?

"저기 포목점 보이지?"

"……."

"정신 안 차렷! 똑바로 봐. 저기 포목점 보여, 안 보여!"

다루 주인은 화향호리의 얼굴을 두 손으로 감싸서 얼굴 방향을 포목점 쪽으로 고정시켰다.

"보, 보여……."

"곧장 저리로 가. 뒤도 돌아보지 말고. 곁눈질도 주지 말고."

다루 주인은 거친 손으로 화향호리의 등을 확 떠밀었다.

화향호리는 포목점 안으로 들어섰다.

다루 주인 말대로 곁눈질도 하지 않고 다루에서 나오자마자 곧장 포목점을 향해 걸어왔다.

태양혈이 불룩 솟은 무인들을 스쳐 지나왔다.

더러는 그녀에게 눈길을 주었지만 찰나 만에 변신한 그녀를 알아보는 사람은 없었다.

안으로 들어서자마자 포목점 주인이 고갯짓으로 계속 걸어

가라는 신호를 보내왔다.

화향호리는 걸음을 멈추지 않고 안으로 깊숙이 걸어 들어갔다.

이들이 누굴까? 어떤 조직일까? 안선이 아닌 것만은 분명하고…… 그럼 무총일까? 무총이 왜? 흔히 볼 수 없는 안선 거물이라서 사로잡으려는 계획인가?

십여 걸음 걸었을 뿐인데 머릿속에서는 오만가지 생각이 떠올랐다가 사라졌다.

이들이 무총이라면 잘못된 길로 걸어가고 있는 것이다.

안선이 비록 그녀를 죽이려고 하지만 그렇다고 무총에 투신하여 미주알고주알 주절댈 수는 없다. 죽더라도 안선 조직원으로 죽는 것이 마땅하다.

'확실히 무총이야. 무총밖에는 이럴 사람이 없어.'

그녀는 걸음을 멈췄다. 그때,

"뭐 하는 거야! 어서 오지 않고!"

앞쪽에서 채근하는 소리가 들려왔다.

다루 주인의 음성이다.

귀신이 곡할 노릇 아닌가. 그가 회계대에 앉는 것을 보고 다루를 나섰는데 어느새 앞질러 와 있다. 중간에 잠시 쉬기라도 했으면 말을 하지 않는다. 늑대에게 쫓기는 토끼처럼 부지런히 걸어왔는데도 뒤처지고 말았다.

화향호리는 귀신에 홀린 사람처럼 아무 생각 없이 음성이 들려온 곳으로 걸어갔다.

그곳은 장터 뒷골목이었다.

사람이 북적대는 장터가 아니라 담벼락이 다닥다닥 붙어 있는 답답한 골목이다.

화향호리는 골목길로 걸음을 떼어놓으려다 말고 멈칫 섰다.

"누구……?"

눈앞에 낯선 사람이 서 있었다.

다루 주인인 줄 알았는데, 음성은 틀림없이 다루 주인이었는데, 난생처음 보는 승려가 서 있다.

"아미타불! 왜 이리 걸음이 늦는 게요!"

음성도 달라졌다. 몇 걸음 전에 들었던 음성이 아니라 한 번도 들어보지 못한 낯선 자의 음성이다.

"누, 누구냐!"

"허어! 계집, 목소리하고는. 쫓기고 있다는 사실을 잊은 게냐? 도대체 그런 눈치로 어떻게 화향호리 소리를 들은 게야? 쯧쯧! 계집아, 잡아먹지 않을 테니 안심하고 따라오기나 해라."

이번에는 또 다루 주인의 음성이다.

천변만화(千變萬化), 신묘막측(神妙莫測).

당금 무림에 이토록 괴상하면서 자신에게 호의를 베풀어줄 만한 사람이라면…….

'만…… 만변천자!'

화향호리는 총총걸음으로 달려가 중년 승려의 얼굴을 쳐다봤다.

자신처럼 뭘 붙인 건 없나? 인피면구를 썼나? 피부색은 어떻게 된 거지?

"쯧! 어찌 그리 빈승의 얼굴을 뚫어져라 쳐다보는 것이오?"

"아는 사람과 닮았기 때문이죠."

"동병상련(同病相憐)은 지기(知己)를 쉽게 만들어주지. 좋은 말이라고 생각지 않소?"

화향호리는 말 한마디에 모든 사태를 꿰뚫었다.

만변천자, 십교사 중에 한 명인 만변천자까지도 소제의 대상이 되었다.

안선…… 정말 무서운 사람들이 있는 곳이다.

어떻게 십교사 중에 한 명인 만변천자까지 소제시킬 수 있단 말인가. 안선을 이끌어가는 중추인데 벌레 죽이듯 간단하게 밟아 죽이려 하다니.

그에 비하면 사곡을 멸절시키고 용도가 없어졌다는 이유만으로 자신을 죽이려는 것은 양반 측에 속한다.

한데 만변천자는 소제당할 생각이 없다.

그럼 뭐 하자는 것일까? 아무리 십교사 중 한 명이라지만 안선에 대항할 생각은 하지 못할 것이고…… 무총에 투신? 무조건 도주? 이것저것 모두 씁쓸한 인생이 될 것이란 건 불 보듯 뻔하니 그 길을 갈 리는 없고…….

화향호리는 생각을 정리하지 못한 채 주춤주춤 승려를 쫓았다.

일일일변(一日一變).

만변천자의 원칙이다.

만변천자는 원래 얼굴이 없는 무면의 사내로 널리 알려져 있다.

그의 얼굴이 어떤지, 음성은 어떤지, 하다못해 신장이 어느 정도인지까지 아는 사람이 없다.

그가 원래부터 일일일변을 원칙으로 삼아왔는지는 알 수 없지만 화향호리가 그의 뒤를 따른 후부터는 변함없는 원칙이 되었다.

아침이 되어 잠에서 깨어나면 하루 동안 눈에 익은 모습은 온데간데없고 낯선 사람이 불쑥 나타난다.

유생(儒生)에서부터 거지에, 대부호의 모습까지 그야말로 천변만화한 모습을 보여준다.

화향호리도 그에 따라 일일일변을 해야 했다.

그녀의 변신은 너무도 손쉬웠다.

옷을 갈아입고 얼굴과 목, 그리고 손에 색소를 바르고 머리 모양을 변형시키는 수준에 불과했다.

재료라고 특별한 것이 아니다.

옷은 잠을 청하는 곳에서 줍거나 훔친다. 그러니 시중에서 흔히 볼 수 있는 평범한 옷일 수밖에 없다.

색소는 산이나 들에서 풀을 뜯어와 즙을 낸 후, 특정한 약재와 혼합시킨다. 하면 참으로 기가 막힌 피부색이 탄생한다. 어떤 때는 햇볕에 그을린 구릿빛으로, 어떤 때는 햇볕 한 번 쐐보지 못한 듯한 새하얀 피부로.

변신하는 데 걸린 시간도 항상 짧다. 일다경이 채 안 걸린다.

여인이 아침에 일어나서 세면하고 화장하는 데 걸린 시간이 더 오래 걸릴 것이다.

그럼에도 불구하고 만변천자의 손길이 닿은 변신은 완벽하다. 스님이 되고자 하면 스님이 되고, 도인이 되고자 하면 도인이 된다.

'만변천자가 숨고자 하면 잡을 사람이 없을 것……'

화향호리는 그렇게 일일일변을 하며 목적도 영문도 모른 채 질질 끌려다녔다.

"후후후! 드디어 나타났군."

만변천자가 창문을 통해 바깥을 쳐다보며 말했다.

그들이 요기를 하고 있는 이층에서는 전각 밖의 광경이 일목요연(一目瞭然)하게 들어왔다.

화향호리가 눈을 빛냈다.

"저자는!"

"계집아, 넌 언제 철이 들래? 목소리 낮추지 못해?"

"……"

따끔하게 핀잔을 준 만변천자는 술잔을 들어 단숨에 들이켰다.

"카아! 좋구나. 술은 역시 이 맛이야."

날렵한 엽사(獵師)로 분한 만변천자가 독한 고량주를 격찬

했다.

화향호리도 술잔을 들어 반쯤 입에 털어 넣었다.

독주(毒酒)가 들이부어지자 뱃속에서 불이 확 붙는다. 그럼에도 화향호리는 창밖에 고정시킨 눈동자를 떼지 못했다.

그곳에 아는 사람이 걸어오고 있다.

그녀에게 패배라는 쓴맛을 가르쳐 준 계야부가 일남일녀를 대동한 채 걸어온다.

촐싹거리며 뒤따르는 자는 계야부를 상전처럼 모신다는 환수 오목이다.

여인은 누구인지 알아볼 수 없다.

면사로 얼굴을 가린 점으로 봐서 무림에 잘 알려진 여인인 것만은 틀림없어 보인다.

"사약란이다."

만변천자가 화향호리의 심중을 읽은 듯 여인의 정체를 말해주었다.

화향호리는 술잔을 들어 나머지 술을 마셨다.

순도 높은 술이 뱃속을 휘저어놓는다.

그녀는 계야부의 주변을 세밀하게 훑었다. 지나가는 사람, 뒤따르는 사람…… 골목, 지붕, 마차까지 눈에서 눈물이 흐를 정도로 날카롭게 살폈다.

계야부가 있다면 사사귀도 있다.

계야부가 있다면 사사귀가 실패한 것이다. 아니면 아직 시도하지 않은 것이다.

“사사귀는 죽었다.”

이번에도 만변천자가 말해주었다.

“뭐…… 라고요!”

“저놈 뒤에는…… 보이지 않지? 무서운 놈들이 뒤따르고 있다, 사명사귀라고. 무총 총주가 재질있는 놈들을 골라서 직접 무공을 수련시켰으니 직전제자(直傳弟子)라고 할 수 있지. 그런 놈들이 스물일곱 명이 있는데, 그들을 일컬어 무혼(武魂)이라고 한다.”

처음 듣는 말이다.

무총의 내외부 조직은 세상에 많이 드러난 편이다. 물론 밝혀진 것이 전부일 수는 없다. 무총같이 세상을 쥐락펴락하는 조직이라면 숨겨진 비밀이 얼마든지 있을 수 있다.

하지만 무총 총주가 직접 양성한 무인들이라면 비중이 상당할 터인데, 스물일곱 명이나 되는 자들이 전혀 드러나지 않았다니.

무총도 안선 못지않게 무섭고 치밀하다.

“그럼 무혼이……?”

“무혼 중에 네 명이 사약란 곁에 따라붙었어. 하니 사사귀에게 날고 기는 재주가 있어도 죽을 수밖에.”

“그들이 그렇게 강한가요?”

“못해도 구대문파 장로 수준은 될걸?”

“으음!”

“호호호! 겁먹기는…… 쉽게 볼 건 아니지?”

화향호리는 갈피를 잡을 수 없었다.

안선은 죽음을 말한다. 목숨을 노리고 사람을 보냈다. 만변천자도 자신과 같은 입장이다. 그가 일일일변을 하는 목적은 무총을 피한다기보다 안선의 눈을 피하기 위함이다.

엄밀히 말하면 이 시점에서는 계야부가 어떻든, 서인이 어떻든 상관할 바가 아니다.

한데 만변천자는 아직도 서인을 노리는 듯하다. 왜?

"내 할 일은 여기까지다. 나머지는 네가 알아서 해."

엽사 차림을 한 만변천자가 씩 웃으며 일어섰다. 무엇을 어떻게 하라는 것인지 말해주지도 않고.

화향호리는 밤늦도록 술을 마셨다.

독한 고량주가 뱃속을 가득 채우고, 목구멍까지 치밀어 올랐지만 취기를 느끼지 못했다. 아니, 독주를 마실수록 그녀의 정신은 더욱 또렷해졌다.

만변천자가 자신을 계야부 앞에 내던진 것은 그녀보고 서인을 취하라는 뜻이다.

사사귀가 이루지 못한 일을 마무리 짓는다?

그래 봤자 그녀에게 돌아오는 것은 죽음일 것이다.

안선에게 서인을 가져다줘도 그 무지막지한 사람들은 보안이니 어쩌니 하며 칼을 찔러댈 것이다.

"호호! 호호호!"

그녀는 작은 소리로 웃었다.

죽음을 감수할 수 있다. 그녀의 모든 것이 안선에게 무너졌지만 그 역시 그녀가 자초한 일이니 감수한다.

이 모든 일은 무총 때문에 일어났다.

무총만 아니었다면 그녀가 안선과 손잡는 일도 없었다. 아니, 안선이란 것이 있는 줄도 몰랐을 게다.

무총 무인들은 그녀의 부모를 처참하게 죽였다.

이유는 간단하다. '사마(邪魔)의 무리'라는 말이면 무슨 일이든 가능했다. 정말로 사마의 무리인지, 아니면 누명을 씌운 것인지 밝혀낼 생각도 하지 않았다.

무총 무인이 사마의 무리라며 검을 들이대면 꼼짝없이 죽어야 하는 시대가 있었다.

일가붙이가 모두 죽고 혈혈단신이 되어 오도 가도 못할 때, 다정하게 손을 내밀어준 곳이 안선이다.

무총은 양의 탈을 쓴 늑대다.

그 허울을 벗겨야 한다. 만천하 모든 사람에게 무총의 본색이 무엇인지 똑똑히 보여줘야 한다.

대업을 위한 제일보, 그것은 사일도의 죽음에서 시작될 것이다.

'서인을 빼앗아야 돼.'

만변천자가 소제의 고통을 감수하면서도 여전히 안선 편에 서서 일하는 것도 같은 이유이리라.

화향호리는 술병을 들어 남은 술을 탈탈 털었다.

채 반 잔이 나오지 않는다.

그녀는 그것마저 홀짝 들이켜고 몸을 일으켰다.

생각이 정리되어서인지 갑자기 취기가 몰려왔다.

2

어떤 사람과 싸워도 최소한 지지는 않는다. 사정이 나빠서 형편없이 밀릴 경우에도 동사(同死)는 할 것이고, 조금이라도 여유가 생긴다면 절대적으로 이긴다.

누군가에게 이런 말을 들었다면 무공에 자신을 가져도 좋으리라.

자자검이 그런 소리를 들었다. 그것도 현 무림의 최강자인 무총 총주에게서 직접 들었다.

자자검이 연배 높은 독심독의를 제치고 사명사귀의 대형 노릇을 하게 된 것은 그가 마지막 최후의 보루를 맡고 있기 때문이다.

물론 제일선은 일력광겸과 사사표풍이 맡는다.

제이선은 독심독의가 타당하다.

그들이 모두 무너졌을 때, 가장 마지막으로 자자검이 나서서 적을 제거한다.

일대일의 승부에도 지지 않을 사람이라는 소리를 듣는 판인데 일력광겸과 사사표풍, 그리고 독심독의까지 한 손을 거든다면 지고 싶어도 지지 못한다.

하지만 그에게도 약점이 있다. 그것도 아주 큰 약점이다. 그것만 아니었다면 사약란의 호위 노릇이나 하고 있지는 않을 것이다.

자자검은 한 뼘 정도의 단도를 들어 올렸다.

"집(集)!"

단도를 들고 있는 손이 부르르 떨렸다.

"파(破)!"

파파파팟!

순식간에 단도가 수십 조각으로 갈라지며 폭풍 같은 기세로 밀려 나갔다.

"안 돼."

자자검은 고개를 살래살래 흔들었다.

단도의 파편이 쏘아져 나간 거리는 불과 일 장 반밖에 안 된다. 비주화서처럼 신법에 빠른 자라면 충분히 피해낼 수 있다.

파괴력도 약해졌다. 손아귀에서는 폭풍 같은 기세로 밀려 나갔지만 반 장 거리를 통과할 즈음에는 어린아이가 던진 돌팔매 정도로 기세가 약해졌다.

단도에 응축된 진기의 양이 미약한 탓이다.

만약 손에 든 것이 단도가 아니라 삼 척 장검이었다면 이야기가 달라진다.

그때는 정말 무총 총주가 말한 절대무인이 된다.

최소한 동사할 것이며, 약간이라도 여유가 생기면 이긴다.

그가 지닌 무공의 비밀은 검의 폭발이었다.

그는 비주화서와의 싸움에서 단도를 사용할 생각이었다. 비주화서처럼 빠른 자를 단도로 잡을 수 있을지 궁금했다.

비주화서를 잡을 수 있다면 웬만한 자들과의 싸움에서는 삼 척 장검이 아니라 단도를 사용해도 되리라.

그렇다. 그의 약점은 절초를 한 번밖에 시전하지 못한다는 데 있다.

하고많은 약점 중에서도 이토록 지랄 맞은 약점은 없을 것이다.

검을 두세 개 가지고 다닌다면 상황이 조금 나아지겠지만, 그래 봤자 대여섯 명을 상대하는 수준에 머물고 만다.

단도가 충분한 힘으로 폭발할 수 있도록 진기를 적절히 조절하는 것은 매우 중요했다. 그것이 그가 절정무인이 되느냐 아니면 현재 수준을 답보하느냐 하는 갈림길이었다.

삼 척 장검의 경우에는 비급이 있고, 사부의 지도가 있어서 쉽게 습득했다. 하나 단도의 경우에는 순전히 자신의 노력만으로 창안해야 한다.

진기를 너무 많이 집약시키면 방향 조절이 안 되어 사방으로 튕겨 나가고, 조금이라도 미약하면 충분한 거리를 나아가지 못한다.

진기가 눈에 보인다면 양을 조절할 수 있으련만. 의념(意念)으로 기(氣)를 형상화하여 무게를 달아야 하기 때문에 좀처럼 진척되지 않는다.

그러나 해낸다. 해내고야 만다.

사부님도 폭검신공(爆劍神功)을 창안할 때는 수십 번, 수백 번, 아니, 수천 번에 걸친 시행착오를 겪으셨다고 했다. 하물며 무재(武才)가 사부님의 발끝에도 미치지 못하는 처지에 몇십 번 정도 실패했다 하여 손을 턴다면 폭검신공에 대한 모욕이 다.

장검에서 단도로, 단도에서 나뭇가지로, 나뭇가지에서 돌멩이로…… 그리하여 궁극에는 무형의 진기가 응축되어 폭발하는 무검의 경지까지 쉬지 않고 달려가야 한다.

자자검은 여섯 번째 단검을 들어 올렸다.

오늘 준비한 것은 모두 스무 자루다. 그의 일일 수련 양이기도 하다.

"집! 파!"

파파파팟!

이번에는 진기가 너무 많이 들어갔다.

단검이 손아귀에서 터지며 미처 방향을 조절할 틈도 주지 않고 비산해 버렸다. 급히 몸을 틀지 않았다면 자신이 조각낸 단검 파편에 자신이 당할 뻔했다.

'칠성은 약하고 팔성은 강하다.'

또다시 똑같은 결론에 이르렀다.

늘 그랬다. 진기의 조절점은 칠성과 팔성 사이에 있을 터인데, 그 점을 찾지 못하겠다. 조절점을 찾더라도 푼 단위를 넘어 리 단위까지 들어갈 터인데, 그와 같이 정밀한 힘의 조절을 늘 해낼 수 있을지도 의문이다.

단검 한 자루를 다시 집어 들었다. 그때,

짝! 짝! 짝!

그의 등 뒤에서 나지막하게 힘있는 박수 소리가 들려왔다.

'언제!'

자자검은 소스라치게 놀랐다.

그는 상대가 등 뒤에 나타날 때까지, 아니, 박수를 친 후에야 등 뒤에 사람이 있음을 알았다.

만약 그가 적이라면…… 기습을 가해왔다면 꼼짝없이 일격을 당했을 판이다.

아무리 폭검신공에 정신이 팔려 있었다고 해도 일어날 수 없는 일이 벌어졌다.

결론은 하나다. 그가 방심했거나 부주의해서가 아니라 상대의 무공이 턱도 없이 높다는 뜻이다.

"뉘십니까?"

자자검은 눈을 지그시 감으며 말했다.

일부러 등은 돌리지 않았다. 정면 승부가 불가할 정도의 고수라면 단 일 초만 사용할 수 있는 폭검신공을 써야 한다. 그러자면 현혹되기 쉬운 눈에 의지하기보다는 감각을 따르는 편이 낫다.

"지나가는 과객이오이다. 먼발치에서 보기에도 뛰어난 검공이라 이리 발길이 옮겨지지 뭐겠소. 혹, 그것이 소문으로만 전해지는 폭검신공 아니오?"

자자검은 등줄기에 전율이 쫘아 흘렀다.

당금 무림에서 폭검신공을 알아보는 사람은 흔치 않다. 사부님이 창안한 후, 사용한 적이 없기 때문이다. 뿐만이 아니다. 자신 역시 폭검신공을 수련만 했지 실전에 사용한 적은 없다.

한마디로 폭검신공은 이제 막 강호에 나온 초출내기 무공이다. 누가 알아본다는 게 이상하다.

한데 그게 전혀 불가능하지는 않다. 무총에 간자가 있다면, 무혼들의 수련을 지켜보는 위치에 있다면 충분히 알아보고도 남는다. 무혼들의 무공은 특히 유념해서 살펴봤을 터이니까.

결론적으로 등 뒤에 나타난 과객은 안선 무인이다.

안선 무인 누구이기에 이토록 자신을 능멸할 수 있을까. 도대체 어느 정도의 위치에 있는 자일까?

안선주(眼線紬)의 무공은 어느 정도 안다.

십교사에 의해 조정되는 자들인데 나름대로 한 수 재간을 지니고는 있지만 폭검신공의 적수가 되지는 못한다.

그렇다면 안선주보다 높은 위치에 있는 자다.

교사! 교사다!

"몇 교사야."

자자검의 음성은 침착하다 못해 얼음처럼 차가웠다.

"호오!"

상대는 감탄인지 비웃음인지 모를 소리를 터뜨렸다.

스릉!

자자검은 단도를 버리고 장검을 뽑았다.

상대가 교사라면 미완성의 단검으로는 상대하기 벅차다. 찰나의 실수가 생사의 갈림길임을 생각하면 처음부터 진공절초를, 그것도 사력을 다해 펼쳐야 한다.

교사의 위치는 이미 짐작하고 있다.

'뒤. 오 장.'

단검으로는 어림없지만 삼 척 장검을 사용하면 살상 거리가 충분히 나온다.

'이 장만 더.'

자자검은 자신의 안위를 포기하고 확실함을 택했다.

거리를 이 장 정도 줄이면 삼 장 거리가 된다. 상대가 교사임을 감안하면 반격하기에 충분한 거리이고, 자칫 치명적인 일격을 받을 수도 있다.

하나 그 거리는 자자검에게 훨씬 유리하다.

자신은 반격을 당할지 어떨지 모르지만 상대는 확실하게 죽기 때문이다.

바로 총주가 말한 자자검을 무적으로 만들어주는 거리인 것이다.

자자검은 그제야 눈을 뜨고 등을 돌려 상대를 쳐다봤다.

"……!"

그를 본 첫 느낌은 놀람이다. 두 번째 느낌은 망설임이다.

비루먹은 망아지처럼 바싹 마른 유생이지 않은가. 무공은커녕 검 한 자루 드는 것도 벅차 보이질 않는가.

눈에 광채도 없다. 얼굴에 핏기도 없다.

무엇보다 병기를 쓰는 자라면 상완(上腕)이 발달되게 마련이다. 이자는 퍼런 핏줄만 비실비실 기어간다.

공격을 해야 하나 말아야 하나.

자자검은 일순 그가 기척도 없이 등 뒤로 다가설 만큼 뛰어난 고수라는 점을 망각했다.

너무도 병약해 보이는 모습이 정상적인 사고를 막았다.

스르룽!

병약한 유생이 검을 뽑았다.

자자검은 그제야 상대가 누구인지 다시금 깨달았다.

'앗차!'

자자검의 등줄기에 식은땀이 흘러내렸다.

저질러서는 안 되는 실수가 또 튀어나왔다.

적을 앞에 두고 공격해야 할지 말아야 할지 망설인 것은 치명적인 실수다. 상대가 순순히 검을 뽑았기에 망정이지 암습이라도 가했다면 어쩔 뻔했나.

상대는 두 번이나 암습할 기회를 버렸다.

일부러 버렸다면 그만큼 무공에 자신이 있는 것이고, 기회를 알아차리지 못했다면 실전 경험이 부족한 것이다.

아무래도 첫 번째 같다.

자자검은 조금씩 조금씩 다가섰다.

'사 장……'

상대는 여전히 병약해 보인다.

검을 들고 있기는 하지만 무게를 이기기 힘든지 자꾸만 팔이 아래로 처진다.

한순간 정말 공격해도 좋을까 하는 의문이 들었다.

'이 무슨 요망한!'

자자검은 머리를 휘둘러 망상을 쫓아냈다.

사술이다. 요상한 기운을 뿜어낸다. 자신의 약함을 내세워 전의를 상실케 만드는 더러운 재주가 있다.

'삼 장!'

드디어 절대무적의 거리를 얻었다.

"죽기 전에 알려주는 건 어때? 몇 교사야?"

병약한 유생이 씩 웃으며 순순히 대답했다.

"육교사. 남들은 육교사라는 말보다는 만변천자라는 말을 더 많이 알더군."

'만변천자!'

자자검은 정말 만만치 않은 상대와 만났음을 깨달았다. 무적의 거리를 얻었음에도 전신에서 힘이 쭉 빠진다. 한편으로는 뜨거운 투지가 치솟기도 한다.

"검을 버리면 죽이지는 않겠다."

"뭐? 훗! 후후후! 무혼 정도가 나에게 그런 말을 할 자격이 되나? 그리고…… 난 자넬 죽이러 왔네. 자네가 날 죽이지 않아도 난 자넬 죽일 걸세. 순순히 죽어줄 텐가?"

문답무용(問答無用)!

'집!'

츠츠츠츠춧!

진기가 우수(右手)로 집약되었다.

끌어올릴 수 있는 진기를 모두 끌어냈다.

첫 번째 공격에서 검을 잃을 것이니 두 번째 공격이란 있을 수 없다. 후회나 미련이 남지 않도록 한 번에 모든 것을 아낌없이 쏟아내야 한다.

"십성의 폭검신공이군."

"파!"

파앙! 파파파파팟! 타타타타탁!

세상이 희뿌연 연기로 뒤덮였다.

검편은 땅을 휩쓸며 뿌연 흙먼지를 피워냈다. 돌과 부딪치며 불똥도 일으켰고, 잔가지는 싹뚝 잘라 버렸다.

십성의 폭검신공은 방원 삼 장을 초토화시켰다.

이윽고 희뿌연 흙먼지가 가라앉았을 때, 서 있는 사람은 한 사람뿐이었다.

"자자검. 폭검신공의 정수, 잘 봤네."

병약한 서생이 쓰러진 자자검의 옷을 벗기며 말했다.

"이…… 이…… 이게…… 뭐……."

자자검은 만변천자의 손길을 막지 못했다.

그가 손을 움직일 때마다 몸이 이리저리 비틀렸다. 그리고 그때마다 이마를 갈라 버린 작은 암기가 뭉클뭉클 피를 빨아냈다.

"이거? 소사월반(小死月盤)이라는 걸세."

"거…… 검을…… 쓸 줄…… 알았는…… 데……."

"검을 뽑았다고 꼭 검을 쓰라는 법이 있나? 아무거나 죽일 수 있는 것으로 죽이면 되지."

만변천자는 히죽 웃으며 자자검의 옷으로 갈아입었다.

"으…… 으……"

자자검은 차마 눈을 감지 못하겠는지 벌벌 떨리는 손을 들어 올려 만변천자를 가리켰다.

생기를 잃어가는 그의 눈에 점점 변해가는 만변천자의 얼굴이 들어왔다.

머리를 뒤로 넘긴 후, 여인처럼 머리끈으로 질끈 묶는다. 광대뼈가 약간 튀어나오고, 볼살은 쑥 들어간다.

그 모습은 영락없이 자자검이었다.

"으…… 으……"

그는 무슨 말인가를 하려고 했다. 하나 만변천자가 이마에 박힌 소사월반을 쑥 뽑아내자 그의 혼도 함께 빨려 나가고 말았다.

"컥!"

짧은 단말마만 텅 빈 허공을 뒤흔들었다.

"또 수련이야? 거 사람 기죽이는 짓 좀 그만 하라고. 밖에 나와서까지 허구한 날 무공질이면 나 같은 놈은 어찌 살라는 거야. 아, 술도 마시고 계집질도 좀 하고 그러면서 살자고."

일력광겸이 툭 튀어나온 배를 쓱쓱 문지르며 말했다.

자자검은 대꾸하지 않았다.

자자검은 말수가 적다. 농담은 사양하고 진담에만 응한다.

다른 사람으로 변신한다는 것은 겉모양만 바꾼다고 되는 게 아니다. 변신하고자 하는 사람의 면면을 꿰뚫고 있어야 한다. 무공이나 성격 같은 것은 기본이고 가능하면 과거사까지도 줄줄 말할 수 있어야 한다.

만변천자는 자자검의 과거를 알지 못한다. 그가 아는 것이라고는 며칠 동안 뒤따르며 보았던 일거수일투족뿐이다.

행동거지, 습성, 무공, 사람 됨됨이…….

그는 일정한 보폭으로 뚜벅뚜벅 걸어서 독심독의에게 갔다.

"알아본 건?"

자자검이 하루에 한 번은 꼭 묻는 말이다.

"없어."

자자검은 두말 않고 물러났다.

자자검이 항시 그랬다. 딱 한 번 물었고, 없다는 말을 들으면 뒤도 안 돌아보고 일어섰다.

그다음에 그가 하는 일은 무리에서 떨어져 나가 나무그늘이 잘 진 곳을 찾는 것이다. 그리고 팔베개를 하고 드러누워 푸른 하늘을 올려다본다.

계야부가 움직일 때는 같이 움직이고, 움직이지 않을 때는 항상 이런 식이다.

그는 자자검이 하던 행동을 그대로 답습했다. 하지만 머릿속은 당연히 다를 수밖에 없었다.

'그것참…….'

이해할 수 없는 일이 벌어졌다.

계야부는 분명히 안선이 준비한 독물에 당했다. 그것뿐인가. 독심독의가 한 수 더 가미하여 완벽한 천라지망(天羅地網)을 구축했다. 정녕 귀신도 빠져나올 수 없는 올가미다.

계야부는 서인을 토해냈어야 한다.

언뜻 그렇게 되는 것처럼 보였다.

미간에 있던 홍점이 사라졌다. 그건 분명히 봤다. 서인이 약초즙에 이끌려 하물(下物)로 끌려 내려갔다는 뜻이다.

이상한 일은 그다음에 일어났다.

적설충이 제 기능을 발휘하지 못했다.

그럴 리가 있나? 그럴 수도 있나?

그는 자신이 독에 중독되지 않는 몸이라고 했다. 독심독의가 시험까지 해봤으니 틀림없는 사실이다.

이제 강압적인 방법으로 서인을 빼앗는 것은 불가능하다는 게 확실해졌다.

바로 화향호리가 필요한 이유다.

비록 한 번 실패한 적은 있지만 화향호리의 여우 짓에는 넘어가지 않는 사내가 없다.

그녀라면 방법을 강구해 낼 게다.

춘약을 사용하는 거라면 그녀가 아니라도 여인은 얼마든지 있다. 지금 당장에라도 수십 명을 데려올 수 있다.

계야부는 독이 통하지 않는다.

춘약도 통하지 않을 것이다. 실제로 화향호리가 춘약을 사용했다가 실패한 경험이 있다.

이제 그녀가 가져올 방법은 춘약을 한 단계 넘어선 고차원
적인 유혹이 될 게다.

'화향호리…… 실망시켜서는 안 될 것이야.'

화향호리에게 주어진 마지막 기회다. 이번에도 실망시킨다
면 다른 사람이 손대기 전에 자신의 손으로 베어 넘기리라.

자자검은 눈을 감고 잠을 청했다.

3

사약란이 계야부를 찾아온 효과는 당장 나타났다.

"우리 마을에 들어서지 말아주십시오. 멀리 돌아가면 못 본
척하겠습니다."

지방 작은 무가(武家)의 가주인 듯한 중년인이 정중하게 말
했다.

사실 그들의 운명은 바람 앞의 등불이다.

계야부가 휩쓸고 지나가면 폭우에 나뭇잎 찢겨 나가듯 갈기
갈기 찢어질 수밖에 없다.

그래도 그들은 검을 들고 맞선다.

정도인으로서 독심환마를 보고도 못 본 척할 수는 없다.

상대에 비해 무공 차이가 확연히 나더라도 무가의 현판을
내걸었으니 죽기 살기로 싸워야 한다.

싸움이 안 된다고 물러서면 이 땅에 사마의 무리가 마음껏
활개를 치고 나다닐 것이다.

지나가더라도 시신을 밟고 지나가라.

그것이 도산검림에 발을 들여놓은 정도인들이 사마 무리에게 던지는 경종이다.

보통 같으면 계야부는 일전을 치러야 한다.

정도인 삼십여 명을 무참히 도륙한 살인마를 고이 보낼 수는 없다. 그랬다가는 두고두고 손가락질을 받는다. 심할 경우에는 무가의 현판을 내려야 할 경우도 생긴다.

계야부와 싸워 작은 죽음을 만들어놓는다.

그렇다. 시골 촌구석에 둥지를 튼 무가의 멸문 정도는 소문도 나지 않을 작은 일이다.

하나 그런 작은 일이 쌓이고 쌓이다 보면 큰일이 된다.

당연히 사마의 무리를 척결한 사람이 나타난다.

지금까지는 거의 대부분 무총이나 구파일방, 오대세가의 무인들이 뒷마무리를 해주었다.

사마 무리와 싸우다 죽어간 정도인들을 추앙해 주었고, 살아남은 후손이 있으면 보살펴 주었다.

죽어서 천세만세 이름을 남기는 길이며, 후손이나마 좀 더 높은 곳을 향해 날갯짓을 할 수 있는 좋은 기회이기도 하다.

계야부는 필히 싸워야 했을 것이다.

한데 지금은 상황이 조금 달라졌다.

계야부 곁에 사약란이 있다. 그녀가 서지단 군사 직을 버렸다고 해도 무총 총주의 손녀라는 신분에는 변함이 없다. 그녀가 무공을 모른다는 사실도 널리 알려진 바이다.

싸움을 벌이다가 혹여 그녀에게 해라도 끼치면 크나큰 골칫 거리가 된다.

사약란 때문에 계야부를 치지 못했다.

이것은 좋은 변명거리가 된다. 계야부를 흘려보냈어도 손가 락질을 받지 않게 된다.

약한 무가의 입장에서는 가세도 보존하고, 명분도 취할 수 있다.

그들은 계야부가 마을에 들어서지 않고 멀리 돌아가기를 진 심으로 바랄 것이다.

하나 이것도 작은 사건임에는 틀림없다.

작은 사건이 두 번, 세 번 겹치면 큰 사건이 된다.

사약란 때문에 독심환마를 치지 못한다는 소문이 나면 무총 입장에서 정리하지 않고는 배길 수 없다.

"알겠어요. 마을에 들어가지 않을게요."

사약란이 청량한 음성으로 말했다.

"반나절만 혼자 있고 싶어요."

사약란은 말을 하면서도 혹여 오해나 하지 않을까 싶어서 살포시 미소를 지어 보였다.

한데 계야부는 감각이 둔한지 아무렇지도 않게 받아들였다.

"반나절? 눈에만 안 띄면 되나?"

"네."

"근처에 있을게. 충분히 쉬어."

계야부는 사약란이 피곤해서 혼자 있고 싶은 줄 아는 것 같다.

그가 오목을 손짓으로 불러 어깨를 나란히 하고 휘적휘적 걸어 산굽이를 돌아갔다.

"반나절 동안 주위에 개미 한 마리 얼씬거리지 못하게 해."

사약란은 빈 허공에 말했다.

"존명!"

자자검이 짧지만 강한 어조로 대답했다.

휘이잉……!

부드러운 미풍이 불어온다.

조금 있으면 중추절이다. 들에는 곡식이 무르익고, 산에는 열매가 주렁주렁 매달리는 풍요의 계절이다.

사약란은 무인이 운공조식하듯 가부좌를 틀고 앉아 생각을 한곳으로 모았다.

정도인들이 부딪치기를 원하지 않고, 계야부 역시 안선 아니면 흥미가 없으니 서로 좋은 게 좋은 것, 마을로 들어서지 않고 먼 길을 돌아가고 있다.

인적 드문 산길만 걷는다는 것은 위험을 배가시키는 행위다. 꼭 위험을 따지지 않는다고 해도 상당히 불편한 것은 사실이다.

음식 조달이 어렵고, 술이나 차도 마실 수 없다.

일행은 벌써 칠 주야나 산짐승처럼 살고 있다.

산짐승, 들짐승을 잡아먹고 열매, 풀, 나뭇잎까지 먹을 만한 것은 모두 따먹고 있다.

그래도 이것이 애꿎은 사람들을 죽이는 것보다는 백번천번 낫다.

불편함은 얼마든지 감수한다. 하지만 다가올 위험만은 철저히 대비해야 한다.

위험…… 어떤 식으로 다가올 것인가.

상황을 분석하고 위험 요소를 추리해 내는 데 반나절이면 족하리라.

사약란은 생각에 몰두했다.

우선 가장 먼저 생각해야 할 것이 계야부의 존재 가치다.

그는 얼마만한 가치가 있나?

계야부 자체만으로는 아무런 가치도 없다. 안선에 대해서 조금 안다고 이것저것 캐내고 다니니 귀찮기 이를 데 없다.

그녀 같으면 삭초제근(削草除根), 뿌리까지 캐내 버린다.

잔인한가? 아니다. 계야부가 낭군인데 그리 말할 수 있나? 있다. 생각을 정리할 때는 모든 인간관계를 등지고 냉철하게 살펴야 한다. 사용할 수 있는 모든 술수 중에 최악의 것을 생각해 내야 한다.

그런 면에서 계야부뿐만이 아니라 그를 따르는 오목과 부사영까지 일시에 베어낸다.

그것이 가장 간단한 방법이다.

한데 계야부에게 서인이 쥐여졌다.

무총 총주의 손자를 아주 쉽게 죽일 수 있는 병기가 세상에 나와 돌아다닌다.

여기서 다시 한 번 깊게 생각할 것은 사일도를 죽여서 뭘 하느냐는 것이다.

사일도는 총주의 손자이기는 해도 무총과 일정한 거리를 유지하고 있다. 엄밀히 말하면 무총 사람이 아니다. 무총에 직위를 갖고 있는 것도 아니고 무총의 무공을 수련하지도 않았다.

그는 총주와 혈연관계만 있을 뿐, 무총과는 전혀 관계없다.

물론 그는 무총 안에 거주지를 두고 있다. 무총 한구석, 외따로이 떨어진 별원에서 시를 읊고 담론을 즐기며 한가로운 시간을 보내고 있다.

그러나 그것으로 그가 무총과 연관있다고 말하기는 어렵다.

사일도가 언제 비상할지 모르는 잠룡(潛龍)인 것은 확실하다. 하지만 그것뿐이다.

사일도가 죽는다고 해도 무총에 조그마한 영향조차 주지 못한다. 피해가 가는 면을 살피자면 차라리 무총 수문위사를 죽이는 편이 낫다. 천라지망 중 그물 한 코라도 떼어낼 수 있으니까.

사일도의 죽음은 그를 아는 사람들에게 슬픔을 안겨주는 역할밖에 하지 못한다.

그가 죽는다고 해도 무총은 팽팽하게 잘 돌아간다.

왜 사일도를 죽이려는 것일까?

자신의 납치에서 시작한 서인 다툼은 이제 계야부에 대한 공격으로 변질되었다.

안선은 왜 이토록 서인에 집착하는 거지?

그 이유를 알면 행동하기가 훨씬 편할 텐데, 아무리 생각을 굴려봐도 마땅한 대답이 나오지 않는다.

이해불가(理解不可).

그럼 일단 사일도의 죽음이 무총에 막대한 타격을 준다는 전제 조건하에 생각해 보기로 한다.

하면 계야부의 중요성이 급부상한다.

안선은 죽을힘을 다해 서인을 빼앗으려 할 것이고, 무총은 반대로 어떻게든 막아내려고 할 것이다.

이 시점에서는 어떠한 계략도 소용되지 않는다.

무총은 계야부를 미끼로 내세웠다. 그리고 안선이 그를 노리고 달려들기를 기다린다.

무총은 이번 일에 교사 정도의 인물이 나서주기를 바라고 있다.

교사가 계야부를 노릴 때, 교사를 되잡아서 안선에 대해 캐내겠다는 심산이다.

한데 이러한 계획은 먼저 가정한 전제 조건하에서는 말도 꺼내지 못하는 엉터리 계략이다.

만에 하나 서인을 빼앗기는 날에는 무총이 심각한 타격을 받게 된다. 서인을 빼앗기는 순간부터 사일도는 무총에서 한 걸음도 나오지 못한다. 아니, 오만 곳에 간자를 두고 있는 안선 이다 보니 무총 안에서 암살이 벌어질지도 모른다.

이런 연유로 절대적인 위험 요소는 미끼를 내세우지 않는

게 병가의 진리다.

결국 안선에서는 사일도의 죽음을 크게 보고 있으며, 무총에서는 별로 심각하게 보지 않는다는 결론에 이른다.

한 사람의 죽음에 각기 다른 판단이 나온다?

어느 한쪽이 잘못 판단했을 수 있다. 하나 무총이나 안선 같은 대조직들이 실수했을 리 없다.

'이 부분…… 오라버니에게 직접 물어보는 게 낫겠어.'

사약란을 생각을 이어갔다.

양쪽에서 각기 다른 판단을 내렸다고 치고…… 안선이 죽을 힘을 다해 서인을 빼앗는다는 가정하에…… 그럼 앞으로 어떤 일이 일어날까?

계야부가 외톨이가 되어 떠돌고 있으니 이제 안선은 하고 싶은 대로 할 것이다.

그전에…… 안선도 지금쯤은 사사귀의 죽음을 알았을 게다. 좀 더 확실한 소식통이 있다면 춘약 정도로는 계야부를 흔들 수 없다는 정보도 건네받았을 것이다.

무력으로 서인을 빼앗는 방법은 사라졌다.

계야부의 몸에서 서인을 빼내는 방법은 딱 한 가지, 여인과 교합하는 것뿐이다. 춘약 같은 약의 힘을 빌리지 않고 계야부가 원해서 스스로 관계 갖는 방법을 택해야 한다.

어떤 방법이 있을까?

그를 천하에 외톨이로 만들어놓고 취하려는 방법이 무얼까?

'두 번째 여자!'

그렇다! 계야부에게 두 번째 여자가 주어진다.

계야부는 오직 한 여자, 자신만을 사랑하겠노라고 말했다. 그의 미간에 찍힌 홍점을 영원히 지우지 않겠노라고 다짐했다.

두 번째 여자는 그런 맹세를 깰 수 있어야 한다.

안선은 여인을 준비하고 있다. 그것도 천하에 다시없는 우물(尤物)을 데려올 것이다. 그녀를 보는 순간 자신에게 했던 맹세 정도는 가볍게 잊을 만한 여인이라야 한다.

어떤 여인이 그만한 마력을 지녔을까?

반드시 예쁠 필요는 없다. 남자가 여자를 보는 눈은 균일하지 않다. 똑같을 수가 없다. 개성이 있거나, 쉽게 접촉할 수 있는 환경이 만들어지거나…… 계야부의 마음만 끌어당기면 된다.

'색공(色功) 쪽으로는…….'

춘약이 통하지 않는다고 해서 안심하기는 이르다.

계야부가 색공에 어떠한 반응을 보이는지 살펴볼 필요가 있다.

'나타날 사람이 여인이라면…… 당분간 편하게 지내도 되겠어.'

사약란은 가부좌를 풀고 일어섰다. 자리에 앉은 지 두 시진쯤 흐른 후였다.

"한 가지 시험해 볼 게 있는데 해도 돼요?"

"안 된다고 해도 어차피 할 거잖아?"

"맞아요."

"그러니까 지금 물은 건 묻는 형식을 빌려서 통보?"

"정말 괜찮죠?"

"도대체 뭘 시험하려고……."

"정력 시험요."

그녀의 말이 끝나기도 전에 옆에서 풀잎을 질겅질겅 씹고 있던 오목이 격한 기침을 토해냈다.

"컥! 컥컥!"

"지금 내가 뭘 잘못 들은 것 같은데……."

"옳게 들었어요. 정력 시험 좀 해봐야겠어요."

"험험! 험! 이, 이건 아무래도 내가 들을 소리는 아닌 것 같아서……."

오목이 민망한 듯 얼굴을 붉히며 슬그머니 일어섰다.

사명사귀도 마찬가지 심정일 게다. 은밀히 뒤따르는 두 사람, 지통과 미지의 또 한 사람도 무슨 일인가 싶을 것이다. 무림 여인이라기보다는 여염집 아낙에 더 가까운 사약란이 농도 짙은 농담을 스스럼없이 건네고 있으니.

설마 진심으로 하는 소리는 아니겠지?

진심이었다.

"자자검, 인근에 사색신녀(四色神女)가 있을 거예요. 초빙해 오세요. 초빙 과정은 묻지 않겠어요. 어떤 일이 있든 내일 이 시간 이 자리에는 그녀도 있어야 할 거예요."

수단 방법 가리지 말라는 말보다 더 심한 말이었다.

사색신녀는 전 중원에서 다섯 손가락 안에 꼽히는 색기(色妓)다.

하지만 그녀는 다른 지방에서 악명을 떨치는 색기들과는 다른 면이 있다.

색(色)이든 무(武)든 학문이든 천하에서 다섯 손가락 안에 들려면 남들과 대별되는 특출한 면이 있어야 한다.

색기의 경우에는 미색(美色)과 가무음곡(歌舞音曲)이 견줄 자 없을 만큼 뛰어나야 한다.

알려진 바에 의하면 사색신녀는 지극히 평범한 용모라고 한다. 막말로 그녀보다 미색이 못한 기녀는 없다. 허름한 옷을 입혀서 밭일을 시키면 촌부로 착각할 정도란다.

가무음곡도 뛰어나지 않다.

소리도 못하고, 춤도 못 추며, 능숙하게 다루는 악기도 없다.

기녀로서 그녀를 평가하면 하중하(下中下)다.

그런 그녀가 색기로 명성을 높였다.

뭐라고 말로 설명할 수 없는 절정의 방중술 때문이다. 어찌된 연유인지 그녀와 살을 섞기만 하면 찰싹 달라붙어서 떨어지려고 하지 않기 때문이다.

그녀가 풍기는 향기는 춘분(春粉)이다. 그녀의 향기를 맡는 순간 이성을 잃은 동물이 될지니 색정(色情)에 빠져 허우적거리지 않으려면 그녀와 만나서는 안 될 것이다.

그녀의 입에는 꿀이 발라져 있다. 맛을 몰랐을 때는 무덤덤하게 지나칠 수 있지만 입술의 감촉을 알게 되면 단것을 쫓는 아이마냥 치렁치렁 쫓아다니게 된다.

추잡한 모습을 보이지 않으려면 입술을 탐해서는 안 될 것이다.

그녀의 살은 깊은 수렁이다. 손이든, 손목이든, 뺨이든 그녀의 살을 만지는 순간 헤어날 수 없는 수렁에 빠졌다고 생각하면 된다. 거미줄에 걸린 파리 신세가 되기 싫다면 그녀를 만지는 일만은 기필코 피해야 할 것이다.

그녀의 방중술(房中術)은 지옥의 악귀가 인간에게 내려준 선물이다.

그녀와 관계를 갖게 되면 열에 다섯은 술주정뱅이가 되고, 열에 셋은 광자(狂者)가 되어 세상을 떠돌며, 열에 둘은 자살로 인생을 마감한다.

패가망신(敗家亡身)하기 싫은 자, 그녀와 잠자리를 하지 말지어다.

그녀는 네 가지 색을 지녔다. 사내를 끊임없이 유혹하여 나락으로 떨어뜨리는 죽음의 색이다.

사색신녀는 천하의 요물이다.

그녀가 사약란과 마주섰다.

"말로는 초빙이라고 하더군요."

그녀가 꽁꽁 묶인 몸을 흔들어 보이며 말했다.

"풀어줘."

말이 끝나기 무섭게 허공에서 푸른 섬광이 번쩍였다.

자자검은 모습을 보이지 않았다. 어느 틈엔가 검을 휘둘러 밧줄을 끊어내고는 다시 사라졌다.

"묶여온 것을 보니 초빙에 응하지 않은 모양이군요."

"내가 누구를 찾아 나선다는 건 적성에 맞지 않아서."

그녀가 밧줄 자국이 선명한 손목을 주물럭거리며 말했다.

그녀는 소문처럼 평범했다.

그녀에 비하면 서지단에서 시중을 들던 시녀가 인물로는 한결 돋보였다.

이상한 노릇이다.

그녀는 평범한 얼굴인데…… 둘 이상만 서 있으면 다른 여자가 더 나아 보인다. 자신을 못나게 보이는 특별한 재주라도 지니지 않았나 싶다.

사약란은 그 이유를 안다.

무공 중에 유마심안(幽魔心眼)이라는 게 있다. 뇌를 제압하여 환상을 불러일으키는 섭혼공(攝魂功)의 일종이다.

유마심공은 섭혼 효능을 지녔을 뿐만 아니라 자신을 보통 이하로 떨궈 기억에서 지워 버리는 효과도 있다.

어떤 기녀를 만나서 환상적인 하룻밤을 보냈는데, 날이 밝은 후에 얼굴을 기억해 보려고 하면 어떻게 생겼는지 기억나지 않는다는 종류의 기억망실을 불러온다.

“색기치고는 당당하군요.”

“아무리 기녀라고 여자에게까지 꼬리칠까.”

사약란은 고개를 끄덕였다.

“사색신녀, 유마심안을 너무 믿지 마세요.”

순간, 사색신녀의 얼굴에서 핏기가 싹 가셨다.

“왜요? 유마심안을 알아보는 게 이상해요?”

“어, 어떻게!”

무총은 중원에서 벌어지는 일을 유심히 살핀다. 큰일부터 작은 일까지 놓치는 게 없다.

사색신녀도 오래전부터 주시해 왔다.

그녀로 인해 자살하는 사내가 한 명, 두 명 늘어나니 주시하지 않을 수 없었다.

다만 그녀의 악행이 너무 미미하기에 손대지 않고 있을 뿐이다.

그녀는 유마심안을 이용하여 사내의 정혈을 흡취한다. 여인의 몸으로는 익히기 힘들다는 삼양절맥지(三陽絶脈指)를 수련하고 있기 때문이다.

그녀는 매우 조심스럽다.

유마심안을 사용하고 있으며, 마도 패악지공이라는 삼양절맥지를 수련하고 있다는 사실이 알려지면 목숨이 열 개라도 부족하다는 사실을 안다.

그래서 색기로 나섰다.

사내들과 몸을 섞어도 이상하게 볼 사람이 없다. 정사를 벌이면서 소문나지 않을 만큼 아주 조금씩만 정혈을 취한다.

간혹 흥분을 이기지 못해서 약간 도가 지나친 경우는 있다.

그럴 경우, 사내는 극락을 경험한다. 끝없는 절정 속에서 몸부림친다. 하룻밤에 예닐곱 번씩 사정하는 게 오로지 자신의 정력이 절륜하기 때문이라고 생각한다.

하지만 그 후유증은 크다.

가장 머리를 아프게 하는 골칫거리는 그녀와 정사를 나누기 위해 발악을 한다는 것이다.

그것만큼 지겨운 것은 없다.

그렇게 조심조심 돌다리도 두드리며 지내왔다.

한데 웬 놈이 불쑥 나타나 포박을 하지 않나, 면사로 얼굴을 가린 계집이 드러나서는 안 되는 비밀을 아무렇지도 않게 말하지 않나…….

"내게 사람이 몇 있는데, 유마심안이나 삼양절맥지 정도는 가볍게 파해할 사람들이죠. 시험해 볼래요?"

"……."

사색신녀는 말을 못하고 꿀 먹은 벙어리가 되었다.

웬 놈이 불쑥 나타나 밧줄을 꺼낼 때, 본능적으로 삼양절맥지를 쓸 뻔했다.

그걸 억눌러 참은 것은 사내의 눈매 때문이다.

죽음을 아는 눈길, 전문적으로 살인을 일삼는 살인마의 눈.

그녀는 저항을 포기했다.

미완성의 삼양절맥지로는 일초반식조차 감당할 수 없는 진짜 고수다. 색기로 지내는 동안 무인도 심심찮게 만나봤지만 이 사람처럼 진실로 살기를 풍기는 살인마는 없었다.

그녀는 기도에서 눌렸고, 포박을 받았다.

면사여인의 말은 거짓이 아니다.

자신을 끌고 온 자, 결코 감당하지 못한다. 그런 자가 또 있다면 저항 자체가 무의미하다.

“너무 겁먹지 마요, 죽이려고 데려온 것은 아니니까.”

“……”

사색신녀는 처음처럼 당당하지 못했다.

이제는 면사여인이 무섭다.

단숨에 쓰러뜨릴 수 있을 것 같다. 감기를 달고 사는 전형적인 약골이다. 그런데도 사람을 위압한다. 많은 사람을 거느려 본 듯 말과 행동에 거침이 없다.

이 여자는 누구인가?

“유마심안을 빌리고 싶군요. 가능해요?”

“유, 유마심안을……?”

“저 사람을 홀려줘요.”

사약란이 한쪽에서 멋쩍게 서 있는 계야부 가리켰다.

“정말로 유마심안을…….”

“최선을 다해줘요. 극성으로 펼쳐 달란 말이에요. 저 사람…… 정력이 굳세다고 자부하는데, 어디 한번 공략해 봐요. 반드시 침상으로 끌어들이도록 해요.”

“조건이 있어요.”

“……”

“제 퇴로를 준비해 줘요. 언제든 도주할 수 있는 곳에서……
그러면 할게요.”

“호호호! 좋아요. 아! 하나 더. 저 사람이 유마심안에 홀리면
정혈을 뿌리째 흡취해요. 알았죠?”

그녀는 계야부에게 한쪽 눈을 찡긋거리며 말했다.

第二十七章

물밑에서

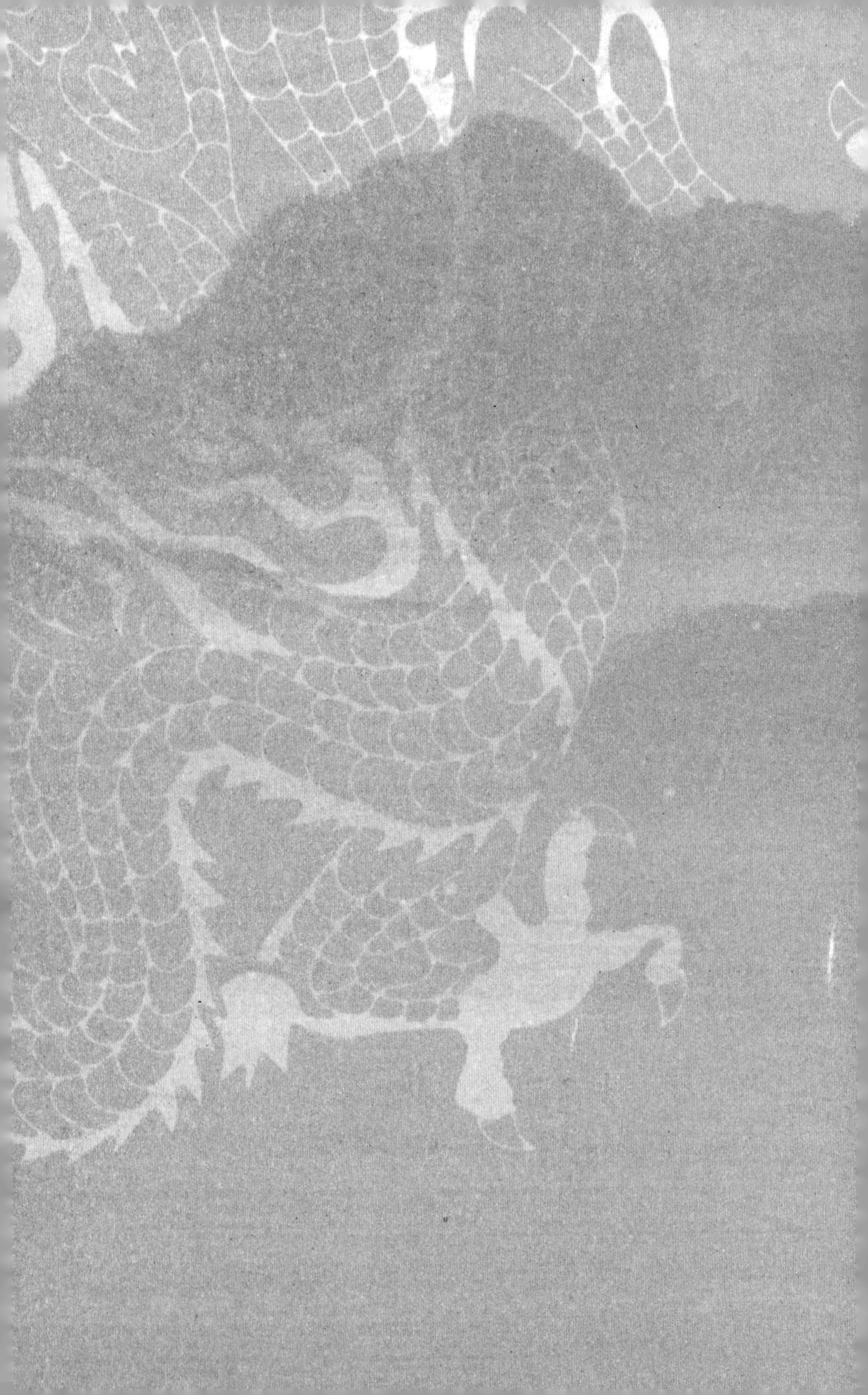

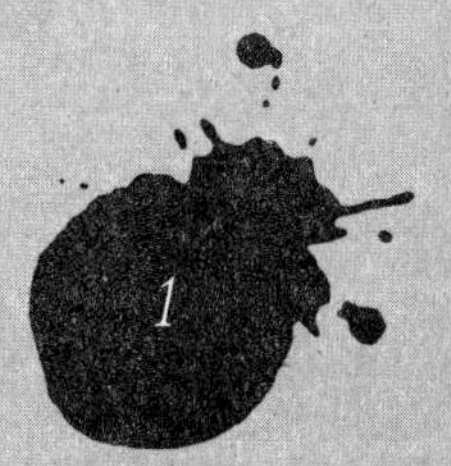

사약란의 시험은 한 남자의 아내로서는 견디기 힘든 부분이 있다. 팔난봉 낭군이라도 진심으로 사랑하는 여인은 자신이라고 믿고 싶은 게 아내의 마음이다.

자신이 보는 앞에서 다른 여자와 희희덕거리는 모습을 보고 싶어하는 여자는 없다.

하지만 그게 아무리 싫다고 목숨을 잃는 것에 비할까.

사약란은 바짝 긴장했다.

"모두 맡은 위치로."

"정말 죽입니까?"

"일말의 망설임도 있어서는 안 돼. 벨 때는 유마심안을 익힌 여자, 삼양절맥지로 무림을 혼란 속에 빠뜨리려는 여자. 이것만 생각해. 그럼 쉽게 벨 수 있을 거야.”

“그럼!”

사명사귀는 사색신녀를 죽이라는 명령에 별다른 이의를 달지 않고 순순히 받아들였다.

그들은 자신들이 다짐했던 대로 무뇌인간이 된 듯싶다.

‘용서를……’

사약란은 푸른 하늘을 올려다보며 긴 한숨을 내쉬었다.

그녀의 마음은 계야부가 사색신녀의 유혹을 물리칠 것이라는 믿음으로 가득했다. 하지만 유혹에 넘어가 정사를 가져주었으면 하는 바람이 있는 것도 부인할 수 없다.

계야부가 서인을 가지고 있어야 가치가 있다. 서인없는 계야부는 난폭한 싸움꾼에 지나지 않는다.

무총을 생각하면 안선이 바짝 다가서도록 서인을 간직하고 있어야 한다.

같은 이유에서 유혹에 넘어가 주었으면 하는 바람도 생긴다.

무총에게는 안됐지만 이 시점에서 서인을 제거해 버린다면 계야부의 일신은 평온하지 않겠나. 실익없는 곳에 모습을 드러내지 않는 안선이 아무것도 없는 계야부를 공격할 리는 없지 않은가.

그냥 훌훌 다 털어버리고 조용한 곳에 가서 논밭이나 일구며 살았으면.

이미 유혹이 시작되었으니 어느 쪽이든 결정이 날 것이다.

유혹에 넘어가도 좋고 넘어가지 않아도 좋다. 넘어가지 않으면 계속 전진하는 일만 남은 것이고, 넘어가서 정사를 나눈다면 서인을 넘겨받은 사색신녀를 처리하고 조용히 은거하면 된다.

이 시험은 결코 보기 좋은 일은 아니지만 꼭 필요하다.

안선이 모종의 행동을 취해왔을 때는 늦는다. 그때 서인을 빼앗기면 아무 대책도 없이 발만 동동 굴려야 할지 모른다.

지금은 다르다. 지금은 대비책이 있다.

'그래도 넘어가지 않았으면 좋겠어.'

사약란은 괜히 이런 일을 만들었다고 후회했다.

군사로서는 반드시 짚고 넘어가야 할 일이지만 여인으로서는 하고 싶지 않은 일이다.

사색신녀는 남자를 안다.

돈이 있는 남자, 허우대만 멀쩡한 남자, 제 잘난 맛에 사는 남자, 평생 여자 손목도 못 잡아볼 남자…….

그녀가 바라보고 있는 남자는 전형적인 떠돌이다.

이런 남자는 여자를 행복하게 해주지 못한다. 허구한 날 무공이니 강자니 도의니 의협이니 어쩌구저쩌구 하면서 바깥일에만 미쳐 있을 인간이다.

이런 자에게 가정이나 아내는 귀찮은 짐짝에 불과하다.

잠시 사랑이라는 감정을 가져서 혼인도 하고 아이도 낳겠지만 바깥으로만 나도는 떠돌이 근성은 버리지 못한다.

한데 이런 남자가 하룻밤 풋사랑을 나누기에는 더없이 좋다.

다시 만날 생각을 하지 않고 오로지 오늘밤밖에 없다는 생각이 숨어 있는 열정까지 모두 끌어내게 만든다.

사내와 치르는 정사는 만족스러울 것이다.

그러나 그녀는 사내 못지않게 여인도 안다.

그녀가 본 여인은 소름끼칠 정도로 냉정하다.

그 여인과 이 사내는 연인이거나 부부일 것이다. 첫눈에 딱 감이 온다.

사이가 나쁜 것도 아니다. 주고받는 눈길 속에 촉촉한 정감이 묻어 있다. 내기를 해도 좋다. 당장에라도 이부자리를 펴주면 난리굿을 벌이고도 남을 관계다.

서로의 육체에 갓 눈을 뜬 풋내기들이다.

남녀 사이는 이때가 가장 끈끈하다. 이즈음에는 눈에 콩깍지가 씌어서 방귀를 껴도 좋고 술 처먹고 토악질을 해도 좋게 본다. 뭐든지 좋다.

이런 관계는 껴안아도 무덤덤하고 한 이불을 덮고 자도 흥분이 일어나지 않을 때까지, 서로의 육체에 대해서 알 만큼 알 때까지 지속된다.

두 남녀는 이런 관계다.

숱한 사내를 겪어본 입장에서 내린 판단이다.

이 시기에는 농담으로라도 자기 남자를 다른 여자에게 양보하지 않는다.

그렇다면 본심은 그렇지 않은데 억지로 등을 떠밀었다는 이야기가 된다.

기분 더럽다.

본부인이 두 눈 퀭하니 뜨고 지켜보는 데서 그녀의 낭군이라는 작자를 유혹하는 것과 다를 바 없다.

그것뿐이면 사내가 괜찮으니 두 눈 찔끔 감고 하겠는데, 산전수전 다 겪은 그녀의 본능이 정신 똑바로 차리라고 경고를 쏟아낸다.

이번 정사는 평범한 정사가 아니다.

사내는 독사과다. 베어 물면 죽는다. 베어 물지 않으면 어떻게든 버틸 수 있지만 입에 넣고 꽉 씹으면 죽음을 피하지 못한다.

그래서 원한 것이 강심에 띄워놓은 배 한 척이다.

배라고 안전이 보장되지는 않지만 그래도 사방을 경계할 수 있으니 육지보다는 나을 것이다.

"서인을 아나?"

묵묵히 강심으로 노를 젓던 사내가 불쑥 반말로 말해왔다.

그녀는 아무렇지도 않게 받아들였다.

그녀를 대하는 사내치고 존대를 쓰는 사람은 보지 못했다. 기껏해야 온말이고 거의 대부분 반말이다.

이제는 으레 그러려니 한다.

"서인요? 알죠. 여인의 수궁사를…… 아!"

사색신녀는 그제야 사내의 미간에 인장처럼 찍혀 있는 선홍색 홍점을 봤다.

"서인을 수궁사로 삼는 사람은 별로 없는데…… 그건 사내에게 낙인을 찍는 것과 같아서……."

서인은 도태되어 쓰이지 않는다.

여인의 입장에서는 사내를 감시할 수 있어서 한때 들불처럼 퍼져 나간 적도 있다. 하지만 미간에 홍점이 찍힌 사내는 외도란 얼씬도 못하기 때문에 반가울 리 없다.

서인은 많은 부작용을 낳았다.

이마에 홍점이 찍히면 재수가 없다는 속설이 생겼다. 사내들은 서인을 얻자마자 다른 여인에게 주어버리는 풍습을 만들어냈다. 사이가 안 좋아지면 여인을 버리는 빌미로도 작용했다.

이래저래 현재는 서인을 쓰는 여인이 없다.

"내 이마에 찍힌 서인은 선홍색이야."

"그래 보이네요."

"몇 가지 들은 게 있는데, 원래 서인은 갈색에 가까운 짙은 적색을 띤다고 하더군."

"맞아요. 아! 정말 이상하네요? 왜 선홍색일까?"

"서인에 다른 것이 가미되었기 때문에 그래. 그리고 이 서인은 이름난 무인 한 명을 죽일 수 있지."

"……."

사색신녀는 마른침을 꿀꺽 삼켰다.

처음에는 사내가 쑥스러움을 해소하고자 말을 걸어오는 줄 알았다. 서로 안면을 트는 대화치고는 참 유치하다는 생각까지 했다. 그러나 대화를 나눌수록 심상치 않은 예감이 어깨를 짓눌러 왔다.

그것은 독사과의 진실이다.

사내와 살을 섞으면 안 되는 이유다.

'이름난 무인을 죽일 수 있어? 서인이? 이런 말은…… 금시초문인데. 어떻게 서인이 사람을 죽이지? 독도 아닌데…….'

사내가 말했다.

"그런 연유로 나를 노리는 사람이 많아. 엄밀히 말하면 이미간에 찍힌 서인을 노리는 것이지만."

"여자와 관계를 가지면 큰일 나겠네요."

"그래서 당신을 초빙한 거야. 나름 방책이 있긴 한데…… 유마심안 같은 색공에도 통하는지 확인해 볼 필요가 있었거든."

'잘못 걸렸어!'

사색신녀는 주위를 둘러봤다.

보이는 것이라고는 푸른 강물뿐이다.

사람은 보이지 않는다. 여인도 안 보이고 몇 사람이 더 있었는데 그들도 안 보인다.

주위에 아무도 없다. 혹은 모두 있으리라.

"아!"

사색신녀가 불쑥 탄성을 토해냈다.

"무총! 무총주의 손녀가 수궁사를 서인으로 했다는 말을…… 그럼 그 여자가!"

"맞아. 무총 총주의 손녀야."

"맙소사!"

사색신녀는 전신에서 힘이 쭉 빠지는 걸 느꼈다.

손가락 하나면 죽일 수 있을 것 같던 나약한 여자가, 그 여자가 바로 천신의 지혜를 지녔다는 사약란이었다. 당금 무림에서 누구도 건드릴 수 없는 거성(巨星), 무총 총주의 손녀였다.

그녀가 자신을 알고 있다.

유마심안을 수련했다는 사실도, 사내들의 양기를 흡취하여 삼양절맥지를 수련하고 있다는 사실도 안다.

그녀만 아는 건 아닐 것이다. 무총에서 알 만한 사람들은 모두 알고 있다고 봐야 한다.

그토록 조심했건만.

'빠져나갈 수 없어.'

그렇다. 옳은 판단이다.

중원은 넓다. 하지만 무총의 눈길을 피할 수 있는 곳은 없다. 새외로 나가면 목숨은 부지할 수 있을지 모르겠는데, 무총을 속이고 중원 땅을 가로질러 간다는 건 상상도 못한다.

사약란의 말을 들어야 한다. 그래야 일말이라도 목숨을 부지할 길이 생긴다.

'이 남자…… 독사과…… 하지만 먹어야 해.'

츠츠츠츠츳!

그녀는 진기를 끌어올렸다.

손과 발에 감각이 사라진다. 내 것이 아닌 듯, 잘려 나가 없는 듯…… 아무 느낌도 없다.

머릿속도 텅 비어지기 시작했다. 방금 전까지 그녀를 곤혹스럽게 만들었던 근심, 걱정이 말끔히 잊혀졌다. 행복이라던가 기쁨 같은 긍정적인 감정도 마찬가지다. 아무 생각도 나지 않는다.

파파파파팟!

진기가 빠른 속도로 휘돌았다.

마침내 몸 전체가 사라졌다.

입이 없으니 말을 할 수 없다. 코가 없으니 숨을 쉴 수도, 냄새를 맡을 수도 없다.

그녀는 육신도, 영혼도 잃었다.

유독 한 군데, 두 눈만 살아서 번뜩인다. 눈동자가 죽은 사람처럼 위로 쳐들려 흰자위밖에 보이지 않는다. 하얀 눈동자에 투명 막이 씌워지니 구슬처럼 반짝반짝 윤기가 흐른다.

사색신녀는 유마심안을 발산했다.

몸과 정신의 감각은 소멸되었지만 시력은 더욱 밝아져서 얼굴에 뚫린 모공까지 들여다볼 정도다.

사내의 눈동자가 심하게 흔들렸다.

'성공.'

새삼스러울 것도 없다. 유마심안을 펼쳐서 넘어오지 않는 사내를 보지 못했다. 도력이 높다던 도인도, 부처님의 말씀을 제대로 깨달았다는 불승도 혼백을 제압하는 심안은 이겨내지 못했다. 사내라면 누구라도 옷을 활활 벗어 던지고 발정 난 수 캐가 되어 달려들었다.

이제 곧 사내와 관계를 가질 것이고, 사내의 미간에 찍힌 홍 점은 자신의 미간으로 넘겨질 것이다.

이름난 무인 한 명을 죽일 수 있는 병기가 억지로 자신에게 떠맡겨지는 것이다.

그다음은 어떤 일이 벌어질까?

이마에 홍점이 찍히는 순간부터 자유는 없다. 절정무인을 죽일 수 있는 살인 병기로 전락한다. 사약란이라는 여자의 수 중에서 영원히 벗어날 수 없는 처지가 된다.

도망은 무의미하다.

어디로 도망을 가든 무총이 나선다면 하루도 견디지 못하고 잡혀갈 것이다.

결국 사약란의 처분만 기다리는 수밖에 없다.

그녀가 관대하게 포용해 줄까? 정도인이 능멸하는 사마의 씨앗인데 죽이지 않고 살려줄까?

'휴우! 정말 모르겠어.'

사색신녀는 정신을 가다듬고 유마심안에 집중했다.

촤촤촤촤촤……!

두 눈에서 진기가 줄기줄기 뻗어나가 사내의 머리를 휘감았 다.

사내의 눈이 위로 돌아가 자신처럼 흰자위만 남게 되고, 옷 을 벗고 뜨거운 육체의 향연을……

‘응?’

사색신녀는 뭔가 일이 잘못되었음을 직감했다.

사내의 눈이 평온하다. 위로 돌아가지 않을 뿐 아니라 흔들리지도 않는다.

청정(淸淨).

사색신녀는 이토록 맑은 눈동자를 본 적이 없었다.

깨끗하다는 느낌과는 다르다. 때묻지 않은 순백함이라고 말할 수도 없다. 손대지 못할 만큼 하얀 것이 아니라 마음껏 기분 좋게 만질 수 있는 깨끗함이라는 표현이 얼추 맞는 것 같다.

‘뭐, 뭐 이런 게……’

그녀는 진기를 풀어야 한다.

유마심안은 진기 소모가 극심해서 장시간 펼칠 수 없다. 또 지금까지는 그럴 필요도 없었다. 지금쯤이면 벌써 단내나는 신음 소리를 듣고 있을 터였다.

사내가 말을 건네왔다.

“진기가 탁해지는군. 그만 하지.”

‘윽!’

그녀는 또 한 번 경악했다.

유마심안은 펼친 흔적을 남기지 않는다.

조금이라도 흔적을 남긴다면 지금까지 살아 있지도 못했다. 그녀를 거쳐간 사내 중에는 무인도 상당수다. 무공이 강할수록 빼낼 수 있는 진기의 양도 많아지기 때문에 요즘 들어 부쩍 무인들을 탐하던 참이다.

정신을 차렸을 때 색공에 당한 사실을 알게 되면 그들이 가만히 있었겠는가.

유마심안의 최대 강점은 당한 사람이 당한 사실조차도 모른다는 데 있다.

'불가능…… 불가능…… 이건 불가능해!'

그녀는 더 지탱하지 못했다. 진기가 확 풀리며 급속도록 기력이 탈진되어 갔다.

어지럽다. 머리가 빙빙 돈다. 유마심안만 펼쳤다면 괜찮았을 것을…… 사내가 달려들 것이라 예상하고 삼양절맥지의 흡취결까지 운공한 것이 잘못이다. 양기를…… 양기를 받아들이지 않으면 그동안 쌓은 적공(積功)이 일시에 소멸된다.

사내가 다가와 흔들리는 그녀의 상체를 붙잡았다.

"내가 서인에 대해서 말해준 것은…… 밑바닥 인생은 밑바닥 인생을 알아보기 때문이야. 널 죽게 하지 않는다. 믿어라."

"공자님, 제발 저를……."

사색신녀는 혹여 놓칠세라 사내의 옷깃을 꽉 부여잡고 간절히 애원의 눈길을 보냈다. 그것뿐이다. 그녀는 곧이어 몰려드는 혼곤함을 이기지 못하고 고개를 푹 떨궜다.

노를 잡고 젓기 시작하면서부터 강심에 도달하기까지 걸린 시간은 약 일다경이다.

말똥구리들에게 강을 건너는 데 걸린 시간을 측정하는 것은 생존이 걸린 중대한 일이다. 그래서 필요하든 필요하지 않든 간에 무조건 강을 건널 때는 도강 시간을 측정하곤 한다.

계야부는 진기를 돋워 두 손에 운집한 후, 힘껏 노를 저었다.

쓰윽! 쓰으윽……!

한 번 노를 저을 때마다 조그마한 어선이 쏜살같이 쏘아졌다.

사색신녀는 기혈 역류 현상을 일으키고 있다. 조금만 시간이 더 지체되면 목숨은 구할지 모르지만 영구히 사지를 쓰지 못하는 현상이 벌어질 가능성이 높다.

다른 사람도 아닌 독심독의가 한 말이니 믿어도 좋을 것이다.

그는 도강 시간을 면밀히 계산했다.

돌아올 때의 시간을 고려하여 강심에 이르지도 않았는데 말을 걸어 주의를 분산시켰다.

배를 자주 타지 않는 사람이 배를 타게 되면 이상하리만치 거리 측정을 못한다.

사색신녀가 그랬다.

이쪽과 저쪽 강안이 상당한 차이가 있는데도 강심에 이르렀다고 생각했다.

그녀는 살기 위해서 강심을 택했지만 정작 강심에서 일을 벌였다면 평생 불구의 몸으로 살았을 것이다. 그녀의 조그만 착각이 그녀 자신의 목숨을 살리게 될 줄은 꿈에도 몰랐으리라.

쓰으윽! 싸아악!

배가 강변에 도착했다.

계야부는 신법을 펼쳐 뛰어내렸다. 그와 동시에 미리 대기하고 있던 오목이 역시 날렵한 신법을 펼쳐 뛰어올랐다.

"정말 괜찮겠어?"

"헤헤! 괜찮다니까요. 기방에 안 다녀본 것도 아니고…… 이 여자, 방중술 하나는 끝내준다잖아요. 앞으로 날마다 천국일 텐데 괜찮고말고요."

오목의 손은 그야말로 환수라는 말이 무색치 않게 번개처럼 사색신녀의 옷을 벗겨 나갔다.

"거참 예쁘다."

오목이 불쑥 말했다.

유마심안을 쓰지 않은 그녀의 본색은 미중미(美中美)라고 할 만큼 아름다웠다.

"오목, 그녀는 독화(毒花)다. 가시에 찔리는 날이 많을 거야."

"거참! 자꾸 옆에서 말을 거니 시작을 못하겠네. 언제까지 말을 걸 거요?"

"허!"

계야부는 머쓱해져서 물러났다.

계야부는 자신이 시험에 통과했을 때의 경우와 통과하지 못하고 사색신녀의 유혹에 넘어갔을 때의 경우를 심사숙고했다.

어느 경우에나 사색신녀는 죽는다.

사색신녀를 살릴 수 있는 방법은 없을까?

유마심안에 넘어갈 경우에는 방도가 없다. 자신은 이성을 잃고 천둥벌거숭이처럼 날뛰고 있을 터이니 방도 같은 게 실행될 리 없다. 또한 사색신녀 정도 요리하지 못할 사명사귀도 아니다.

유마심안이 성공하면 사색신녀를 죽여라!

계야부는 사약란이 사명사귀에게 어떤 명령을 내렸는지 알지 못한다. 들을 생각도 하지 않았고, 듣지도 못했다. 하지만 어떤 명령인지 익히 짐작하고도 남는다.

그녀가 살 길은 자신이 유마심안을 견뎌냈을 때뿐이다.

그때도 그녀는 죽는다. 계야부에 대한 비밀이 조금이라도 새어나가는 것을 원치 않는 사람들이 많으니 죽음을 피하긴 어렵다.

그때, 그의 눈길에 오목이 비쳤다.

환수와 유마심안.

아주 좋은 그림이 될 것 같다는 생각이 퍼뜩 스쳐 갔다.

그들은 밑바닥 사람들의 아픔을 안다. 자신들이 그렇게 살아왔기 때문에 알고 자시고 할 것도 없다. 또한 환수와 기녀는 서로의 과거를 들추지 않는다.

그들은 그렇게 살아왔다.

하오문(下午門)이라는 울타리를 쳐놓고 세상으로부터 멸시

받는 사람들이 서로를 위안하며 지내왔다.

사색신녀가 오목의 부인이 된다면 살 수 있다.

그들 또한 자신들의 앞날을 예측하지 못하기는 마찬가지이지만 당장 죽는 위험은 벗어난다.

"어떻게 저런 생각을 했어요?"

사약란이 웃음을 담뿍 담고 다가왔다.

"시험은 어땠어?"

"……!"

사약란은 흠칫했다.

계야부의 말속에 뼈가 들어 있다. 아주 아픈, 아주 독한, 아주 강한 뼈가 그녀를 찔러온다.

책사로서 해야 할 일을 했다.

그의 아내로서 차마 하지 못할 일을 했다.

계야부가 유마심안에 넘어가지 않았으니 모든 일은 원점으로 돌아왔다.

하나 실패했다면…… 사색신녀와 몸을 섞었다면…….

사약란은 어쩔 수 없는 시험이라고 생각했다. 자신이 인정한 외도이니 어쩔 수 없다고 여겼다.

계야부는 달랐다. 사색신녀와 몸을 섞는 불상사가 일어나면 사약란과도 만나지 않을 생각이었다.

그는 그런 각오로 시험에 응한 것이다.

사약란은 툭 던지는 말 한마디에서 그의 심사를 읽었다.

"다시는…… 이런 일 안 할게요."

"어쩔 수 없는 선택이었다는 건 아는데…… 앞으로는 내 여자만 되어주었으면 좋겠어."

"그럴게요."

"사색신녀, 살려줘."

"당연하죠. 이젠 우리 식구잖아요."

계야부는 그제야 활짝 웃으며 사약란을 껴안았다.

2

열흘이 눈 깜짝할 사이에 지나갔다.

안선은 어떠한 행동도 취하지 않았다. 마치 이 세상에서 사라져 버린 것처럼, 아니, 처음부터 존재하지 않았던 것처럼 완벽하게 모습을 감췄다.

덕분에 계야부는 많은 시간을 가졌다.

자신에 대해서 돌아봤다. 부족함이 너무 많아서 채울 수 있는 부분은 채우려고 노력했다.

적진에서 귀환한 말똥구리는 편히 쉰다.

아무것도 하지 않고 하루종일 잠만 잔다. 주색잡기에 푹 파묻히기도 한다.

어떠한 행동을 취하든 몸과 마음에 휴식을 준다는 데는 다를 바가 없다.

계야부에게는 지난 열흘이 휴식이었다.

머리에 쥐가 나도록 무공을 참오하고 손발이 짓물러지도록 검을 휘둘렀지만, 그것은 수련이 아니라 휴식이었다.

무공에 진전이 있었다.

귀영십삼식이 획기적으로 발전한 것이 아니라 무공에 대한 확신을 얻었다.

자신의 무공이 무림에서도 통한다는 사실을 알았다.

군에서는 무공을 가르치지 않는다. 오직 싸움만 가르친다. 사람을 죽이는 기술만 전문적으로 습득시킨다.

살수가 지닌 은밀한 살인 기술은 일부만 배운다.

일대일, 혹은 일 대 다수로 부딪쳤을 때 정면으로 부딪쳐 깨부수는 살인 기술을 익힌다.

하나 이런 난폭한 살인 기술은 정교한 초식을 만나면 형편없이 무너진다.

군에서는 명성을 날리던 자가 무림에 발을 디딘 직후 시체로 발견되는 것도 초식의 위험을 간과했기 때문이다.

계야부는 자신도 그럴 줄 알았다. 또 사실이 그랬다. 형편없는 자들은 군에서처럼 마음껏 두들겨댔지만 일정 수위에 오른 자들과 만나면 삽시간에 좋은 먹잇감으로 전락해 버렸다.

무림에서 횡행한 지난 몇 달은 참으로 운이 좋았다.

이 갑자 내공이 없었다면 그렇게 멀리까지 달려가지도 못했다. 몇 발짝 내딛지도 못하고 절명했을 것이다.

이 갑자 내공이 사라졌을 때 겉으로는 태연한 척했지만 사실 걱정을 많이 했다. 이 갑자 내공을 가졌을 때도 상대하기 벅찬 위인들인데 그마저도 없으니 어떻게 싸우나 싶었다.

이제는 자신있다.

귀영십삼식…… 금강반야선공과 사전투광신보가 전부였던 그에게 새로운 비밀 병기 귀영십삼식이 쥐여졌다.

진파가 밖으로 쏘아져 나가 살갗 표면에 눈처럼 곱게 쌓이는 현상을 기여백설(肌如白雪)이라고 한다.

귀영십삼식 중 제육식이다.

기여백설은 아주 훌륭한 방패다.

피부를 강철처럼 단단하게 만들어주는 것은 기본 기능이고, 독이나 진기 같은 유무형의 모든 침입을 물리쳐 준다.

기여백설의 효능은 사색신녀와의 겨룸에서 증명되었다.

사색신녀의 유마심안을 맞받는 순간 등줄기에 소름이 쫙 끼쳤다.

순간적이지만 영혼이 육신을 떠나 하늘로 붕 떠오르는 듯한 느낌을 받았다.

다행히 진파가 각 혈(穴)을 제때에 격타하여 이지를 붙잡아 주었기에 망정이지 하마터면 큰 실수를 할 뻔했다.

덕분에 귀영십삼식의 묘용을 다시금 깨달았다.

귀영십삼식…… 공격은 장담하지 못하지만 방어에서는 천하 최강이 아닐까 싶다.

무공은 참으로 묘하다.

다 안다, 끝에 이르렀다 싶었는데 그게 아니다.

귀영십삼식뿐만 아니라 금강부동심법과 사전투광신보도 모르는 부분이 많다. 아니, 양파처럼 껍질을 까면 깔수록 모르는 부분이 더 많이 나온다.

'무공은 평생을 수련하는 것…… 서둘지 말자.'

안선도 조용하고, 무총도 조용하고, 무림인들도 조용하다.

사약란은 가타부타 말도 없이 일행을 이끌었고, 계야부는 사약란이 가자는 대로 따라갔다.

그녀는 그가 믿을 수 있는 유일한 여인이다. 그녀를 위해서 기꺼이 죽을 수 있다. 그녀 또한 한낱 낭인을 위해 서지단 군사 직까지 던져 버렸다.

그녀와 함께라면 어디든 간다. 그녀가 가자는 곳이면 지옥도 따라간다.

사약란은 다 쓰러져 가는 폐가 앞에서 걸음을 멈췄다.

"오늘은 여기서 쉬어요."

"헤헤! 잘됐네요. 그러잖아도 다리가 아픈 판이었는데. 어찌 귀신 나올 것 같은 분위기이긴 한데…… 비는 피할 수 있겠네요."

오목이 불쑥 나서며 폐가를 돌아보았다.

오목은 수족 노릇을 착실히 했다.

필요한 것이 있으면 무슨 짓을 해서든 가져왔다. 잠자리도 챙겼고, 먹을거리도 준비했다.

곁에 있으면 편하다는 정도의 잔심부름이지만 옆에 없으면 당장 티가 나는 생활의 모든 면을 도맡아 했다. 누가 시킨 게 아니다. 본인 스스로 이것저것 찾아서 하는 것뿐이다.

오목이 거미줄을 치우고 먼지를 털어냈다.

그동안 사색신녀는 모닥불을 피우고 산마를 올려놨다.

그날, 오목과 사색신녀는 한 몸이 되었지만 언제 무슨 일이 있었냐는 듯이 서로 데면데면하게 대했다.

환수와 기녀.

하룻밤의 정사쯤은 대수롭지 않게 넘겨 버릴 수 있다.

오목은 나름대로 정성을 쏟는다고 애를 쓰는데 사색신녀는 관심이 없는지 시큰둥했다.

"난 이제 필요없잖아요. 안 보내주는 이유가 도대체 뭐래요?"

그녀가 신경질적으로 산마를 들쑤시며 중얼거렸다.

물론 그녀의 말에 대꾸하는 사람은 없었다.

오목은 보내기 싫으니 입을 열지 않았고, 계야부는 사약란의 의도를 모르니 함구했고, 사약란은 자신의 생각을 말해줄 생각이 없어 보였다.

어쨌든 그녀는 떠나지 못했다.

사약란의 입에서 가도 좋다는 말이 나오기 전에 자기 길을 가면 채 열 발짝도 떼어놓기 전에 목이 날아갈 터이다.

사약란은 무공을 모르니 신경 쓰지 않는다. 계야부라는 사내를 면밀히 살폈지만 여인에게 검을 휘두를 위인으로는 보이지 않는다. 오목은 더더욱 만만하다.

행보를 같이하는 사람 중에 그녀를 위협할 사람은 없다.

하나 그녀를 짐짝처럼 끌고 왔던 자, 그리고 그들 무리가 암암리에 뒤따르고 있는 한 그녀가 할 수 있는 최선의 행동이란 밥이나 짓고 차나 끓이는 것이다.

"개방(丐幇)에 대해서 더 궁금한 것 없어요?"

사약란이 계야부와 나란히 앉으며 말했다.

"말해준 것은 다 기억하고 있어."

계야부는 자신의 머리를 검지로 툭툭 치며 말했다.

"한 번 말해준 걸 다 기억해요? 천재는 따로 있었군요."

"쑥스럽게…… 얼굴에 금칠할 거야?"

"맞는 말이잖아요."

사약란이 방긋 웃으며 말했다.

"정말이에요. 그걸 어떻게 다 기억한데요? 형님이 괴물이란 건 알았지만…… 형수님도 그렇고 형님도 그렇고…… 내 눈에는 전부 사람으로 안 보여. 정말 할 말이 없다, 없어."

청소를 끝낸 오목이 밖으로 나와 옷을 툭툭 털었다.

사약란은 하루 온종일 개방에 대해서 중얼중얼 읊조렸다.

개방의 역사에서부터 역대의 영웅호한들, 조직력, 당대의 기린아들을 줄줄이 꿰었다.

반나절 동안 그녀가 거론한 개방도의 숫자는 무려 이천 명을 넘어선다.

용두방주(龍頭幇主)를 비롯하여 개방을 이끌어가는 주요 인물들은 모두 거론되었다. 주마간산 격으로 별호만 말하고 지나간 것도 아니다. 출생부터 현재까지의 모든 것이 설명되었다.

사약란은 용두방주보다도 개방을 더 환히 꿰고 있었다.

그녀가 거론한 이천여 명은 십만 개방도를 이끌어가는 머리다.

그녀는 단언했다.

개방은 문도만 십만이다. 비럭질을 하며 살아온 탓에 생존 능력도 단연 탁월하다. 무공도 뛰어나다. 소림사나 무당파와도 어깨를 나란히 하는 절학을 지니고 있다.

누군가가 개방을 멸문시키겠다고 하면 대번에 미친놈 소리를 들을 게다.

그 점은 안선이나 무총도 마찬가지다.

이 시대를 주무르는 거대한 세력도 개방만큼은 손댈 엄두를 내지 못한다.

하지만…… 정말 개방을 멸문시키는 게 불가능할까?

아니다. 가능하다. 가능성이 충분하다. 앞서 거론한 이천 명만 일시에 죽인다면, 십만 개방은 오합지졸이 된다. 머리를 잃은 거지들은 우왕좌왕할 것이고…… 나머지는 너무 쉽다. 말벌 몇 마리가 꿀벌 수천 마리를 몰살시키는 것과 같은 광경이 펼쳐질 것이다.

농담처럼 가볍게 한 말이지만, 그 말을 한 사람이 무총 서지단 군사라는 점에서 흘려보낼 수 없는 말이었다. 무총이 개방을 멸문시키려고 작심하면 개방은 무너질 수밖에 없다는 말이기 때문이다.

그녀는 개방 핵심 인물을 모두 거론했다.

계야부는 들어본 적도 없는 사람들의 별호요, 인생이지만 길에서 만나더라도 누군지 알아볼 정도로 단단히 뇌리에 새겨 놓았다.

말하는 사람이나 기억하는 사람이나 사람처럼 보이지 않는다.

한데 정작 중요한 것은 이런 공부는 개방이 처음이 아니라는 것이다. 소림사를 거쳤고, 무당파의 면면이 드러났고, 화산파, 청성파…… 구파일방 중 맨 마지막으로 개방을 말했다.

"이제 오대세가를 알아야 해요. 현 무림에서 구파일방, 오대세가를 모르면 무림인이 아니에요."

"아는 것도 정도지…… 그게 아는 겁니까? 속속들이 캐내는 거지. 하! 무섭다, 무서워."

오목이 입술을 삐죽 내밀며 말했다.

사실 오목이 다른 곳에 가지 않고 옆에 있으면서 한마디라도 끼어드는 것은 마음이 사색신녀에게 가 있기 때문이다.

그는 어떻게든 사색신녀 곁에 있고 싶어했다. 그래서 같이 한담을 나누는 척하며, 산마를 굽고 있는 사색신녀 곁에 있는 것이다.

사약란은 빙긋 웃으며 말했다.

"오늘 술 좀 할래요?"

"술요? 아 거참, 형수님하고는! 술이 있으면 진작 주실 일이지, 그걸 이때까지 꿍쳐 놨다는 겁니까!"

"아뇨. 가진 건 없고요…… 마을에 가서 술 좀 구해다 주세요. 사색신녀, 같이 가서 술 좀 골라줘요. 저도 마실 수 있는 걸로요."

오목은 술을 구해달라는 말에 얼굴을 일그러뜨리다가 사색신녀와 함께 다녀오라는 말에 입이 귀에 걸리도록 활짝 웃었다.

"그런 거라면 또 이 오목이…… 형수님, 걱정 마십시오. 맛있는 술로다가 구해다 드립죠. 갑시다, 가요!"

오목이 기회다 싶었는지 사색신녀의 손목을 낚아챘다.

사약란은 틈이 나는 대로 계야부에게 무림사를 말해주었다.

현재 계야부에게 가장 부족한 것은 무림에 대한 경험, 경륜이다.

그는 싸울 줄만 알았지 무림에 대해서 전혀 모른다. 무림에 어떤 인물들이 활약하는지도 모른다. 하니 무림 판도가 어떻게 짜여 있는지도 알 리가 없다.

불은 뜨겁고 물은 차갑다.

모두가 아는 기본적인 상식을 계야부는 모르는 것이다. 그런 면에서는 계야부보다 오목이 차라리 더 나았다.

계야부는 그야말로 최악이다.

평생을 변방에서 적국의 군인들과 싸우며 살아왔다.

생존 능력은 탁월할지 모르지만 세상을 보는 눈은 아주 단순하다. 흑, 아니면 백이다. 자신에게 잘해주면 백이고 못해주면 흑이다.

안선이 그를 강압적으로 밀어붙이지 않고 잘 회유했다
면…… 그의 적은 무총이 되었으리라. 지금 그가 안선을 지옥
끝까지라도 쫓아가서 멸절시키려고 하는 것과 같은 일이 무총
을 대상으로 행해졌을 것이다.

안선은 왜 그를 회유하지 않고 무력으로 밀어붙였을까?

그가 일회용 소모품이었기 때문이다.

그는 사약란을 납치하는 데 필요한 도구였다. 사약란을 납
치한 후, 제거되었어야 한다. 하니 회유같이 시간과 정성이 소
모되는 작업은 생각조차 할 리 없다.

'안선은 큰 실수를 했어. 이 사람…… 보물이야.'

겉에 묻은 흙을 털어낼수록 안에 숨겨진 보옥이 휘황찬란한
빛을 뿜어낸다.

계야부가 그런 사람이다.

무공 수련과 무림사 경청, 그리고 사랑.

계야부는 꿈과 같은 나날을 보냈다.

이런 시간이 조금이라도 더 연장되었으면 싶다. 아무런 근
심도 걱정도 하지 않는 시간이, 누구와 싸우지 않아도 되는 시
간이 영겁처럼 이어지기를 소망한다.

물론 어림도 없는 바람이다.

'무림에서 살아남으려면…….'

요즘 그의 주된 고민거리다.

혼자 안선을 쫓을 때와 지금은 사정이 크게 달라졌다.

한 사람, 사약란이 곁에 있다는 사실이 하늘과 땅을 거꾸로 뒤집어 버렸다.

모든 것을 원점에서 다시 생각해야 한다.

무림에 명예를 떨치고 싶은 마음도 있었다. 무총 서지단 군사의 남편감으로 손색없는 위인이 되고 싶기도 했다. 안선이 사약란을, 사랑하는 여자를 죽이려고 하니 그들만큼은 용서하지 않겠다는 독심도 품었다.

한데 사약란이 자신 곁에 있다는 사실 하나만으로 모든 것을 바꿔야 한다.

가장 크게 생각할 고민거리는 사약란을 어떻게 보호하느냐다.

그녀는 제 몸 하나 지키지 못한다. 누구라도 죽일 마음만 있으면 손쉽게 죽일 수 있다. 사명사귀의 보호막이 강력하지만 그래도 마음이 놓이지 않는다.

그는 무림에 나와서 살수 두 명을 알게 되었다.

얼마 전에 죽은 사망흑사가 한 명이며, 사일도의 측근인 살수왕 류청지가 다른 한 명이다.

그들이라면 사명사귀의 감시망을 찢고 들어설 수 있다.

무공으로 비교하면 안 된다. 그들은 무공으로는 논할 수 없는 살인 기법을 안다.

어떻게 확신하느냐고? 간단하다. 자신이 살수가 되었을 경우를 생각하면 된다. 사명사귀의 감시망을 뚫고 들어가서 사약란을 죽이라는 청부를 받는다면?

자신이 살수라면…… 한다.

'안전…… 어떻게 해야……'

그녀를 지켜줄 가장 마지막 사람은 자신이다. 자신마저 뚫리면 끝이다.

이런 걸 생각하면 무림보다는 말똥구리가 훨씬 좋다.

말똥구리들은 결국 자신의 목숨은 자신이 책임져야 한다는 사실을 안다. 같은 조가 되어 움직여도 낙오되는 순간 단번에 혼자가 된다는 사실도 안다.

누굴 염려할 필요가 없었다.

그들에게 사랑이 없었던 것은 아니다. 낙오가 되어도 어떻게든 끌고 오려고 노력한다. 그러다가…… 그러다가 정 안 될 때만 눈물을 머금고 놓는다.

같이 웃고 떠들고 밥을 먹지만 언제 누가 죽을지 모른다. 또 그런 사실을 담담히 받아들인다.

사약란에게는 그런 식으로 담담할 수 없다.

어느새 그녀는 계야부의 목숨이 되어 있었다. 그녀가 없는 사랑은 생각할 수 없게끔 되어버렸다.

계야부는 고민을 거듭했다.

그 시간, 사약란은 지통과 만났다.

"안선의 동태는 어때?"

"아무 소식 없습니다. 쥐 죽은 듯이 조용해요."

"항상 그랬으니까."

"어떻게 그럴 수 있는지 모르겠단 말입니다. 수십, 수백 명이나 되는 자들이 땅속에서 불쑥 솟구쳤다가 깨끗이 증발해 버려요. 좌우지간 안선을 만든 위인이 누군지는 몰라도 조직 하나는 기가 막히게 만들었어요."

"연락망은 언제까지 유지될 것 같아?"

"당분간은 괜찮을 것 같습니다."

지통이 멀리 떨어진 수풀 속을 힐끔 쳐다보며 말했다.

지통은 무총에서 무림 동향을 전해 듣고 있었다.

공식적인 연락망을 통한 것은 아니고 사사로이 아는 인맥을 통해 전해 듣는 정도다.

하나 빈손이나 다름없는 사약란에게는 그만한 정보라도 얻어들을 수 있다는 게 천만다행이었다.

엄밀히 말해서 그녀는 서지단 군사 직을 놓는 즉시 무총과는 인연을 끊었어야 한다.

그녀는 그랬다. 무총에 혈육이 있지만 서신 한 통 보내지 않았다.

지통은 다르다. 그는 이 세상에 존재하지 않는 사람이다. 공식적으로는 사약란이나 무총과도 연관이 없다. 길 가다가 누구에게 맞아죽어도 묘 하나 써줄 사람이 없는 외톨이다.

그것이 간자 중에서도 최하(最下), 평생 어둠 속에 숨어 뒤를 쫓는 것으로 일생을 마치는 암흑간자(暗黑間者)의 운명이다.

암흑간자에도 주인은 있다.

지통의 경우에는 사약란을 주인으로 모신다.

하나 누구도 암흑간자의 주인이 누구인지 캐묻지 않는다. 알고 싶어도 대답을 듣진 못한다. 그만큼 암흑간자의 입은 무겁다.

그가 누구와 어떤 연락을 취한들 상관할 사람이 없다.

계야부 일행은 지통 외에도 암흑간자가 한 명 더 따라붙고 있다.

오라버니 사일도가 붙여놓은 것으로 추측되는 자가 은밀히 뒤따르고 있다.

그는 벌써 지통이 무총으로부터 정보를 전해 받고 있다는 사실을 파악해 냈을 것이다. 그리고 보고도 끝냈으리라.

무총은 정보가 누수되고 있다는 사실을 알고 있다. 알면서 모른 척한다.

사약란이 알아서 무총을 이용하는 것은 눈감아주겠다는 뜻으로 해석해도 무방할 것 같다.

"안선이 곧 움직일 거야. 바짝 신경 써줘."

"알겠습니다. 그럼 전……."

지통이 스르륵 모습을 감췄다.

"휴우!"

사약란은 긴 한숨을 내쉬었다.

안선도 염려되지만 무총도 걱정거리다. 무총이 계야부를 어느 선까지 이용하는지 짐작할 수 없으니 답답하다. 이용하려는 한계가 서인에서 그치기를 바라는데……

"휴우!"
한숨이 또 새어 나온다.
왜 이토록 마음이 무거운 것인지.

3

독심독의는 사명사귀 중 쥐도 새도 모르게 사람을 죽이는
방면에서 가장 탁월하다.
그는 오목과 사색신녀의 뒤를 쫓아갔다.
그들은 용처(用處)가 끝난 사람을 질질 끌고 다니지 않는다.
그런 점에서 사약란이 사색신녀를 데리고 다니는 건 이해할
수도, 납득되지도 않는다.
하지만 그들은 무뇌인간들이다. 사약란이 지시한 대로 따르
겠다고 약속했으니 무럭무럭 치미는 궁금증조차 물어보지 못
한 채 호위에 전념한다.
일력광겸은 늘어지게 초저녁잠을 즐기고 있다.
입을 쩍 벌리고 거친 숨을 쏟아낸다. 가끔씩은 목구멍이 막
힌 듯 숨을 쉬지 않기도 한다.
아주 혼곤히 깊은 잠에 빠져 있다.
"정말 잠 하나는 기가 막히게 자죠?"
"……."
"쥐가 머리에 올라타도 꼼짝하지 않아요. 앞으로 반 시진 동
안은 옆에서 천둥번개가 쳐도 꼼짝하지 않을걸요?"

사사표풍이 그녀답지 않게 많은 말을 했다.

"쉬기나 해."

자자검이 쏘아붙이듯 말했다.

일력광겸이 세상모르게 잠을 자는 것은 수면 중에 취하는 공부(功夫), 수정환공(睡晶幻功)을 수련했기 때문이다.

그는 잠을 자고 있으나 잠을 자지 않는다.

몸은 잠의 상태에 빠져 있지만 정신은 완전히 각성(覺醒)되어 있다.

육체와 정신이 분리되어, 몸은 휴식을 취하되 정신은 하고 싶은 것을 한다.

일력광겸의 경우에는 내공 수련에 집중한다.

진기를 끌어올리고, 경맥을 흐르게 하며, 원하는 곳으로 이끈다.

수정환공의 장점이라면 집중도가 무척 높다는 것이다.

평상시에도 폐관수련(閉關修練)을 한 것과 똑같은 효과를 보는 셈이다.

그는 자고 있지만 한편으로는 운공조식을 하고 있으며, 또 한편으로는 주위에서 일어나는 모든 변화를 감지하고 있다.

"자자검, 폭검신공은 어때? 잘돼가?"

사사표풍이 자리를 뜨려는 자자검의 등에다 대고 물었다.

"……"

자자검은 대꾸하지 않았다.

그는 쌀쌀맞다. 어느 누구에게나…… 한솥밥을 먹는 사명사귀에게도 찬바람처럼 냉랭하다.

자자검이 멀어져 갔다.

“언제까지 잠만 잘 거야?”

사사표풍이 검게 물들어가는 하늘을 쳐다보며 말했다.

검은 면사가 바람도 없는데 펄럭인다. 영롱한 두 눈에 작은 물방울이 촉촉이 배어 있다.

“너도 잠이나 자둬.”

잠에서 깬 일력광겸이 심드렁하게 말했다.

“그래야 할까? 나도 잠이나 자둬야 해?”

“그래. 잠이나 자.”

일력광겸이 돌아누웠다.

그런데 그의 두 눈에서도 굵은 눈물 두 줄기가 주르륵 흘러내리는 게 아닌가.

“잠이나 자. 자둬. 자둬야 해.”

일력광겸은 자신에게 말하듯 연거푸 같은 말을 쏟아냈다.

‘뭔가 있어!’

만변천자는 직감적으로 위험을 깨달았다.

역용술(易容術)만 뛰어나다고 해서 누구나 만변천자가 될 수 있는 것은 아니다. 완벽하게 다른 사람으로 변신하려면 겉보다는 속을 읽을 줄 알아야 한다.

자신의 기운과 변신하려는 자의 기운이 동조(同調)되지 않는 한 겉모양만 바뀌는 것은 아무런 의미도 없다.

적어도 만변천자는 그렇게 생각한다.

그가 자자검을 죽이고 그로 변신했다. 그와 똑같이 일상을 영위할 수 있다고 자부했기 때문이다.

그리고 그러한 자부심은 꾸준한 관찰에서 나온다는 것은 두말할 필요도 없다.

그가 관찰한 바에 의하면 사사표풍은 벙어리가 아닌가 싶을 정도로 말을 아낀다.

사명사귀를 관찰하면서 사사표풍이 말하는 것을 본 건 딱 한 번밖에 없다.

저녁을 먹으라는 말이었나? 그랬을 것이다. 다른 때 같으면 고개를 내젓는 것으로 그쳤으련만 그날은 '안 먹는다' 는 말을 했다.

그때 그녀의 음성을 처음 들었다.

그런 그녀가 오늘은 수다쟁이처럼 주절거린다.

그녀의 일상이 깨어진 것이다.

일상이 깨어지기는 일력광겸도 마찬가지다. 그는 잠을 평상시보다 반 시진이나 더 자고 있다.

무엇이 사사표풍과 일력광겸의 일상을 흔들었을까?

사명사귀에게 특별한 변화는 없었다. 다른 날과 마찬가지로 길을 걸었고, 날이 저물어가자 쉴 만한 곳을 골라 쉬고 있다.

일상을 흔들 만한 게 아무것도 없다.

하지만 분명히 변화가 일고 있다. 폭풍을 동반한 큰 비는 항상 이렇게 자그마한 변화에서부터 시작한다.

'뭐야? 뭐가 잘못된 거야?'

현재 그는 자자검이라는 신분을 버릴 수 없다.

그는 안선으로 돌아가야 한다. 그리고 그럴 수 있는 방법은 오직 하나, 계야부의 몸에서 서인을 빼내는 것뿐이다.

계야부를 제압하는 방법이 있으면 좋으련만 독심독의까지 진심으로 포기한 듯하니 달리 방법이 있을 리 없다.

계야부 그놈…… 어떻게 저런 괴물이 되었을까?

만변천자 자신도 사색신녀의 유마심안에는 자신이 없다. 그것은 무공과 다른 정력에 관한 공부이기 때문에 직접 부딪쳐 본 후가 아니면 장담을 하지 못한다.

계야부는 이겨냈다.

놈은 사내가 아니란 말인가. 실패를 모르던 유마심안에 패배를 안겨준 놈의 정력은 도대체 얼마나 굳센 것인가.

하기는 이런 상황은 화향호리가 실패할 때부터 예측된 거였다.

사사귀가 죽으리라고는 생각도 못했다. 타사웅묘나 비주화서, 사망흑사가 희귀한 음양기물(陰陽奇物)을 들고 직접 나서야 될 줄은 꿈에도 몰랐다.

한데 그것도 실패했다.

춘약이 무용지물, 색공이 무휴.

이런 현상은 양물이 뗴인 내시도 불가능하다.

놈은 내시도 아니다. 사약란과는 깊은 밤을 잘도 보낸다. 어떤 때는 은은히 들려오는 비음 소리에 신경이 울컥 곤두설 때도 있다.

그는 많은 세월을 살아왔다.

그의 나이쯤 되면 대부분의 사내들은 골방에 쭈그리고 앉아 죽을 날만 손꼽는다.

한데도 그의 마음에 춘심(春心)이 싹트는 것은 오로지 사약란의 미모 때문이다.

처음에는 아름답다는 정도로만 느꼈다.

하루 이틀이 지나자 가까이에서 숨결을 들이켜고 싶다는 욕구가 치밀었다.

그 자신도 깜짝 놀랄 심경의 변화다.

사흘, 나흘이 지나자 그녀를 안고 자는 계야부가 때려죽이도록 미워졌다.

두말할 필요도 없이 질투다.

사약란이 강한 자극으로 틀어박혀 있어서 춘약의 춘기를 이겨낸 것일까?

그리고 보면 사약란을 납치할 때가 편했다.

성오존자, 그의 존재만 없었다면 자신이 직접 나설 수도 있었을 텐데⋯⋯. 좌우지간 아쉽다.

'화향호리⋯⋯ 뭘 하고 있는 거냐.'

그녀의 출현은 그의 예상보다 늦어지고 있다.

벌써 모습을 드러내서 어떤 수를 썼어야 하는데, 기척조차 비치지 않는다.

이런 마당에 사사표풍과 일력광겸이 이상 징후를 내보인 것이다.

　'뭐 때문인지 모르겠는데…… 준비는 해둬야겠지.'

　사사표풍과 자자검에게는 아무도 모르는 비밀이 있다.

　두 사람은 오누이이다.

　부모를 잃고 천하를 떠돌던 두 아이는 총주의 눈에 띄게 된다.

　총주는 단번에 두 아이의 근골을 알아봤다. 사내는 검을 쓰기 적합한 근골이고, 여아는 유연성이 뛰어나고 벼락이 떨어지는 순간에도 눈동자를 깜빡이지 않는 침착함을 지녀서 채찍같이 극도의 정확성을 요구하는 병기에 적합했다.

　하지만 총주는 사내만 거뒀다.

　당시 총주가 구상한 무혼에 여자는 포함되지 않아서였다.

　문제는 두 오누이가 서로 떨어지지 않으려고 발버둥친다는 거였다.

　무혼이 되면 팔자가 달라진다. 굶는 걱정은 하지 않아도 된다. 더 이상 떠돌아다니지 않아도 된다.

　아이들에게 달콤한 먹이를 잔뜩 내놔도 두 아이는 서로 떨어지기보다는 차라리 굶으며 떠도는 편을 택했다.

　두 아이의 이런 마음은 장성한 후에도 계속되었다.

　그들이 친오누이인지, 아니면 의(義)로 맺어진 오누이인지는 알 수 없다. 하지만 두 사람 모두 이성에 대한 관심이 매몰차다 할 만큼 없는 것을 보면 혈육 이상의 감정이 있는 것으로 보인다.

두 사람의 이러한 사정은 무혼이라면 누구나 알고 있다.

일력광겸도 알고 있고, 독심독의도 안다.

사사표풍…… 그녀는 자자검과 항시 붙어 다녔다. 그림자처럼 따라다녔다.

그녀는 말을 하지 않았다. 입을 열 필요가 없었다.

이심전심(以心傳心).

그녀가 생각한 것은 입을 열어 말하기 전에 이미 실현되어 눈앞에 놓여졌다.

그녀는 눈빛만 봐도 자자검이 무엇을 원하는지 안다. 어떤 마음인지, 무슨 생각을 하는지 읽어낸다.

자자검도 마찬가지다. 아니, 그런 면에서는 사사표풍보다 훨씬 뛰어나다. 그는 정말로 사사표풍의 머릿속에 자리를 잡고 앉아 있는 사람처럼 모든 생각을 환히 꿰뚫어 본다.

어느 날, 자자검이 딴사람이 되었다.

그에게서는 더 이상 생각이 느껴지지 않는다. 자신의 생각도 전달되지 않는 모양이다.

냄새도 다르다. 자자검은 향냄새를 풍기는데, 새로운 자자검은 약간 쉰내가 나는 듯하다.

음성은 영락없이 자자검이다.

음성에 담긴 감정은 난생처음 보는 낯선 사람이다.

자자검이 변을 당했다.

사사표풍도 알고, 일력광겸도 알며, 독심독의도 눈치챘다.

그런데도 그들은 일력광겸의 말처럼 잠이나 잔다.

자자검을 죽이고 그로 변장할 사람이 누굴까? 생각해 보나 마나 안선이다.

안선이 계야부에게 접근하고 있는 것이다.

이거야말로 무충이 바라는 일이지 않나. 이것 때문에 총주의 하나밖에 없는 손녀까지 군사 직을 던져 버리고 야인(野人)이 되어 떠도는 게 아닌가.

자자검이 본색을 드러낼 때까지 사명사귀는 맡은 임무에만 충실한다. 아니다. 자자검이 본색을 드러낸 후에도 사약란의 명령이 떨어지지 않는 한, 사명사귀는 그에게 병기를 들이대지 못한다.

이것이 무뇌인간의 비애다.

사사표풍은 그럴 수 없었다.

'네가 누구든 내게 죽어. 넌 내게 죽어!'

사사표풍은 독심독의가 돌아올 때를 기다렸다.

"끌끌! 오늘은 별일없을 테니, 우리도 술이나 한잔씩 하지. 이리 모여봐. 간단하게 목이나 축이자고."

독심독의가 술독을 풀었다.

달콤하면서 입맛을 돋우는 냄새가 진하게 번져 나왔다.

"캬아! 이게 뭐야? 이거 오량액(五粮液) 냄새 아냐? 이게 가볍게 목이나 축이는 거야?"

"싫음 말고."

"누가 싫댔나. <u>흐흐흐</u>!"

일력광겸이 한달음에 달려가 한 사발을 퍼 들이켰다.

"캬아! 죽인다!"

"죽이지? <u>흐흐흐</u>! 야! 너흰 뭐 해! 너희도 와서 한잔해!"

독심독의가 자자검과 사사표풍을 불렀다.

자자검은 들은 척도 하지 않았다. 그는 조그만 소도를 꺼내 들고 정신을 집중했다.

"집! 파!"

짧은 단말마가 터지는가 싶더니 소도가 산산조각나서 사방으로 비산했다.

너무 많이 봐서 놀랍지도 않다.

사사표풍은 가까이 다가와 앉았다. 그리고 연거푸 다섯 사발이나 퍼 마셨다.

"야! 야! 천천히 마셔! 무슨 술을 들이붓고 있어!"

일력광겸이 손목을 낚아챘다.

"놔. 오늘 좀 취해야겠어."

"헐헐! 그래, 그것도 좋지. 놔줘. 하루쯤 흠뻑 취하고 싶은 날도 있는 법이여."

독심독의가 실실 웃으며 말했다.

그의 웃음에서는 보기와는 다르게 아픔이 묻어났다.

나이가 많으나 적으나 무혼은 무혼에게 피붙이 이상의 정을 느낀다. 같은 사형제라서가 아니다. 총주의 특별 지도를 받았기 때문도 아니다. 그들은 서로를 이해하기 때문이다.

“나도 광겸처럼 잠이나 자?”

사사표풍이 한 잔 더 들이켜며 말했다.

“수정환공이 좋긴 하지. 배울 수 있으면 배워둬.”

“영감은 뭘 할 건데?”

“나? 난 할 것 많지.”

“한 가지만 말해봐.”

“타사웅묘라는 놈이 일거리를 놓고 갔잖아.”

“……?”

“묵린검 말이야. 그거 천하제일의 독검이거든. 너무 독해서 주인까지 죽여 버리는 마물인데…… 독기를 약간 없애면 주인을 알아보는 검이 될 거야.”

“그래도 천하제일의 독검인가? 독기를 없애도?”

“누가 완전히 없앤댔어? 주인을 알아보는 정도라고 했잖아. 이놈은 피독주(避毒珠)라거나 그런 걸 무력화시키기로 유명한 놈이니 특성은 살려야지.”

“그거 나 줄 수 있어?”

“헐헐! 계집애하고는. 네 무공은 검법이 아니잖아.”

“줄 거야, 말 거야?”

“준다, 줘. 이게 술 몇 잔 마시고 벌써 취했나. 검이라면 거들떠보지도 않던 계집이 웬 검타령이야?”

“줘. 나 줘.”

사사표풍은 그 말을 끝으로 벌렁 드러누웠다.

그녀의 얼굴은 취기로 벌겋게 상기된 상태였다.

'저것들!'

만변천자는 돌아가는 상황을 확실히 알았다.

사사표풍, 일력광겸, 독심독의…… 모두 눈치챘다.

참으로 창피한 노릇이다. 만변천자가 변장을 들켰다는 건 무공깨나 한다는 무인이 파락호 따위에게 뺨 맞고 어디 가서 하소연도 못하는 꼴과 똑같다.

변장이 들키는 건 전례에 없다.

불행 중 다행인 것은 사명사귀가 자신의 변장을 덮어주기로 결정했다는 것이다.

사사표풍이 묵린검을 달라고 한 것은 그것으로 직접 자자검의 복수를 하겠다는 뜻인 것 같은데…… 참으로 한심한 계집이지 않은가. 사명사귀의 우두머리인 자자검이 당했다. 하면 뒤로 한발 물러서서 경계부터 하는 게 당연한데 뭐? 복수?

그래도 자자검의 신분을 유지할 수 있으니 됐다.

물론 경계는 철저히 할 것이다. 앞으로 일거수일투족이 삼엄한 감시망에 노출될 것이다.

상관없다. 사명사귀보다는 자신이 한발 앞설 테니까. 사명사귀가 실책을 깨달았을 때, 그들은 염라전에서 저승사자와 사투를 벌이고 있을 테니까.

'고맙다, 사명사귀. 후후후!'

암흑간자는 암흑간자를 안다.

어둠 속에 숨어사는 사람은 그런 사람들의 비애를 절감한
다.

지통에게 사명사귀는 자신과 다를 바 없는 암흑간자다. 오
직 명령에만 따르는 무뇌인간이나 은밀히 뒤를 쫓는 암흑간자
나 다를 바가 무엇인가.

기껏해야 한쪽은 언제든 싸울 준비가 갖춰져 있어야 하고
또 실제로 싸우지만 다른 쪽은 무슨 일이 있든 지켜보기만 한
다는 점이 다를 뿐이다.

그런 그에게 사명사귀의 술판은 이해되지 않았다.

술과 암흑간자는 상극이다.

숨어서 은밀히 뒤쫓는다는 자가 몸이나 입에서 술냄새를 푹
푹 풍긴다면 말이 되나.

꼭 술냄새뿐이 아니다. 술은 이성을 마비시킨다. 술주정을
부리지 않는다고 해도 무슨 실수를 할지 모른다. 술을 제어할
수 있다고 해도 불의의 사태에 최선을 다할 수 없는 것은 당연
하다.

이런저런 연유로 암흑간자는 술을 마시지 않는다.

'저들…… 슬프다.'

슬픔이 느껴지지 않는 사람은 한 사람뿐이다.

다른 세 명은 주거니 받거니 술잔치를 벌이고 있는데, 오직
한 사람만은 무공 수련에 진땀을 흘린다.

그것이 자자검의 특성인 점은 맞다.

자자검은 비가 오나 눈이 오나 무공 수련을 거르는 날이 없

었다. 그렇다고 동료들의 슬픔을 모르 척하지도 않았다.

'저들에게 무슨 일이 있어!'

사약란에게 당장 보고해야 할 긴급 사안이다.

다른 사람들도 아니고 그녀의 호위를 담당한 자들에게 사단이 벌어졌다면, 그것은 곧 사약란의 안위에 직결된다.

<u>스스스슷!</u>

지통은 은밀히 움직였다.

사약란은 대수롭지 않은 듯 가볍게 받았다.

"술을 마실 때도 있지. 호위도 쉴 때는 쉬어야 하니까. 모른 척해. 나도 모른 척할 테니까."

第二十八章
안선의 뼈

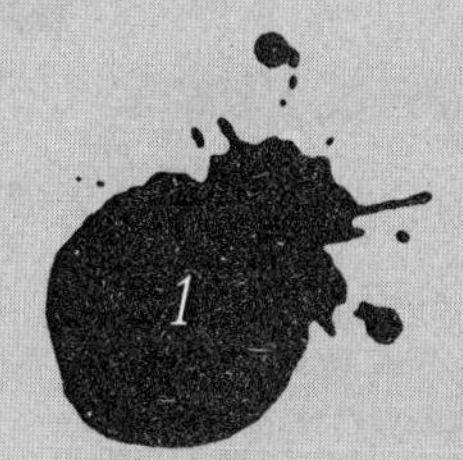

사약란은 일행을 이끌고 숭양(崇陽)을 거쳐 악주부(岳州府)까지 일로 서진(西進)했다.

그들은 안선을 찾아 나설 길이 없다.

무총조차 꼬리를 잡아내지 못한 안선인데 그들이 무슨 수로 찾아 나서겠는가. 안선이 무언가 모종의 조치를 취해올 때까지 기다리는 것 외에 다른 방도가 없었다.

한데 사약란의 모습을 보면 마치 목적지를 정해놓고 움직이는 것 같다는 생각을 불러온다.

우선 가는 방향이 명확하다.

그녀는 다른 길로 가지 않고 오직 서쪽으로만 방향을 잡았다. 그것도 정확하게 악주부로 노선을 잡았다.

둘째로 그녀는 한눈을 팔지 않았다.

하는 일도 없고, 서둘 것도 없다. 하니 경치 좋은 명승지가 나오면 바람도 쐬고 숨도 고르는 게 당연하다. 몸에 조금이라도 무리가 있다 싶으면 푹 쉬면서 몸 상태를 최상으로 이끌어놓는 게 해야 할 일의 전부다.

사약란은 그러지 않았다.

서둘지도 않았지만 느슨하게 풀어놓지도 않았다. 무리하지 않는 선에서 일정한 거리를 걸었고, 그곳에는 어김없이 폐가나 산신묘같이 편히 쉴 만한 공간이 나왔다.

"가는 곳이라도 있어?"

계야부가 두세 번쯤 물어봤다. 오목도 서너 번은 물었다.

사약란은 웃기만 했다.

한데 일행이 악주부에 들어선 날, 처음으로 목적지를 밝혔다.

"군산(君山)에만 들어서면 승산이 있어요."

"승산? 누구와 싸워서? 안선하고?"

"아뇨. 무림과 싸워서요."

"무림과… 싸우다니?"

"우린 무림과 싸워야 해요. 다시 말해서 우리 외에 모든 사람과 싸워야 해요."

"그 말…… 확실해? 무림과 싸워야 한다는 것?"

사약란의 어깨를 부드럽게 감싸 쥐며 물었다.

말똥구리도 이런 경우가 있다.

아군에게 배신당할 경우다. 갑자기 아군이 적으로 돌변할 때다. 하면 아군과 싸워야 하고, 적과는 예전부터 싸워왔고…… 이쪽저쪽 어느 쪽으로도 가지 못하고 좌충우돌하다가 결국은 죽고 만다.

말똥구리들은 원래 개죽음당하는 것으로 유명하지만 개죽음 중에서도 그만한 개죽음이 없다.

"확실해요. 안선도 무총도 어느 쪽도 믿어선 안 돼요. 무림에 대해서 말해준 것, 다 기억하시죠?"

"기억해."

"꼭 기억해 두세요. 요긴하게 쓰일 거예요. 너무 비관적으로 생각하진 마세요. 아까 말했죠? 군산까지만 가면 승산있어요."

군산에 무엇이 있는지 모른다. 하지만 공격은 군산을 코앞에 둔 곳, 악주부에서 벗어나자마자 시작되었다.

컹컹! 컹컹컹! 컹컹……!

산과 들에 개들이 가득했다.

들개는 아니고 사냥을 위해 전문적으로 길러진 사냥개들이다.

사냥개들은 훈련된 사람처럼 조직적으로 움직였다.

컹! 컹! 컹……!

뒤에서 슬금슬금 움직이며 열심히 짖어내는 놈이 있는가 하면 날카로운 이빨을 드러낸 채 쏜살같이 달려오는 놈도 있다.

"사람 질리게 만드네. 족히 천 마리는 넘겠는데?"

오목이 황급히 검을 뽑으며 말했다.

사명사귀도 더 이상 숨어서 따르지 않았다. 그들이 일제히 모습을 드러내며 동서남북 네 방위를 차단했다.

"가가, 누구죠?"

사약란이 물었다.

몰라서 묻는 게 아니다. 중원에는 맹견을 근 삼천여 마리나 기르는 무인이 있다. 사약란은 십여 일 전에 그에 대해서 소상이 말해준 바 있다.

"한독도인(寒禿道人)!"

"맞았어요!"

사약란은 손뼉까지 치며 좋아했다.

그의 별호는 원래 한독(寒禿)아니라 한독(寒獨)이었다. 그의 성품이 차고 홀로 있기 좋아한다고 붙여진 뜻이다. 그러던 것이 그의 머리가 눈에 확 띄게 반질반질거리는 대머리인지라 대머리 독(禿)으로 불리게 되었다.

잘 알려진 바와 같이 그가 기르는 개는 삼천 마리가 넘는다. 훈련을 잘 시켜놔서 하나같이 사납고 영리하다. 더군다나 그는 개들에게 조직적인 공격법까지 가르쳤다.

야생의 공격성에 조직력까지 더했으니 잘 훈련된 군인 삼천 명을 데리고 있는 것과 마찬가지다.

그는 무인이다. 하나 중원 무인들은 그의 무공을 본 적이 없다. 그가 싸우는 모습도 보지 못했다. 그와 싸우기 위해서는 삼천 마리나 되는 개떼들을 건너뛰어야 한다.

　개들과 같이 있다는 것만으로도 그는 위협적인 존재다.

　한독도인은 무총에 속해 있지 않다.

　본인 스스로 정파인이라고 불리기를 원하지 않는다. 그렇다
고 사파나 마도인으로 낙인찍히는 것도 참지 못한다.

　그는 그저 혼자 있게 내버려 두기만을 바란다.

　"한독도인이 안선이었군."

　"그런 감상을 말할 틈이 없어요. 단단히 준비됐죠?"

　"준비야 언제든 됐지."

　"그럼 이 싸움의 본질을 말해줄게요. 이 싸움은 한독도인이
죽거나 우리가 죽거나 어느 한쪽이 죽어야 끝나요. 그러니 싸
움이 시작되면 가차없이 살수를 쓰세요."

　그녀는 계야부에게 말했다. 하나 그녀의 말은 모두에게 똑
똑히 전달되었다.

　"한독도인 같은 사람은 워낙 특이하기 때문에 모습을 드러
내면 다시 숨을 수 없어요. 그런 사람이 나섰다는 건, 우리 모
두를 죽일 심산인 거예요."

　"허! 허어! 곤란하게 됐군."

　갑자기 독심독의가 탄식을 토해내며 말했다.

　"저 개들을 보면 거의 대부분 잡종인데…… 군데군데 철혈
견(鐵血犬)이 보여. 저기 검은 놈 있지? 저게 철혈견이야. 귀가
쫑긋 세워져 있지 않고 축 늘어져 있는 놈."

　모두들 그의 손가락을 따라 철혈견이라고 불리는 개를 주시

했다.

“저놈은 아주 영악해. 무공 수련하는 모습을 보고 스스로 무공을 깨우친다는 놈이야. 더군다나 저놈 털은…… 철혈모(鐵血毛)라고 해서 금원(金猿)의 털과 섞으면 창도 뚫지 못해. 저놈을 상대하는 방법은 오직 하나, 입 안으로 검을 쑤셔 넣는 것뿐이야.”

“철혈견이라는 저거…… 꼭 개들 우두머리 같은데요?”

오목이 빠른 눈썰미로 개들의 움직임을 살피며 말했다.

“맞아. 저거 한 마리당 잡견이 삼사십 마리 정도 딸렸을 거야. 저놈들이 소두목인 셈이지. 물론 대두목은 한독도인이란 놈이고.”

“기가 막히군.”

계야부도 감탄했다.

개들의 질서정연한 움직임은 감탄을 하지 않을 수 없게 만든다.

컹컹! 컹컹컹……!

철혈견이 짖어대면 잡견이 따라 짖는다. 철혈견 한 마리가 우측으로 움직이면 스물에서 서른 마리 정도 되는 잡견이 행군이라도 하듯이 정연하게 움직인다.

어떤 놈들은 움직이지 않고 짖어대기만 하고, 천여 마리 정도는 돌격대라도 되는 듯 맹렬하게 치달려온다.

“사람과 싸우기도 부족한 판에 개떼하고 싸우다니.”

오목이 신경질적으로 말하며 사색신녀 앞을 가로막아 섰다.

“비켜요.”

“이럴 때라도 가만히 좀 있으면 어디 덧나나?”

“비켜요. 내 앞가림은⋯⋯.”

그녀는 말을 하다 말았다.

그녀의 옷소매를 잡아끄는 손길이 있다. 사약란이다.

“떠나지 못하게 해서 미안해요. 떠나는 건 언제든 할 수 있어요. 지금이라도 가겠다면 보내줄 수 있어요. 하지만 우릴 떠나면 목숨을 장담하지 못해요.”

“그게⋯⋯ 무슨 소립니까?”

물음은 오목이 던졌다. 하나 사색신녀도 무슨 소리냐는 듯 눈을 동그랗게 뜨고 사약란을 쳐다봤다.

“안선을 피하지 못한다는 말이에요. 유마심안이 어느 정도 효과가 있는지 알아보기 위해 신녀를 데려갈 거예요. 유마심안의 효과를 알아본 후에는⋯⋯ 안선은 자신들을 아는 자, 살려둔 적 없어요.”

“안⋯⋯ 선⋯⋯.”

사색신녀는 놀라서 큰 눈을 더욱 크게 떴다.

그녀는 안선이라는 조직이 있다는 것조차 몰랐다.

이곳에 끌려와서 비로소 알았다. 무총을 건드릴 만큼 막강한 조직이라는 것도 알았다. 그만한 세력을 지녔으면서 아직 소문도 나지 않을 만큼 은밀하고 잔인한 집단이라는 말도 들었다.

그곳이 자신을 노린다면⋯⋯.

"한두 번 싸워야 할 게 아네요. 그러니 웬만한 싸움은 사내들에게 맡겨요."

사색신녀는 그제야 한발 물러섰다.

쒜엑! 쒜에엑! 컹! 컹컹컹!

수십, 수백 마리의 개가 일시에 달려들었다.

사명사귀의 무공은 놀라웠다.

일력광겸이 낫을 휘두를 때마다 개들의 머리가 퍽퍽 소리를 내며 찍혔다.

철혈견은 털 자체가 갑옷이라고 했다.

일력광겸에게는 소용없었다. 그의 무지막지한 낫질은 철혈견과 잡견을 가리지 않고 찍어 넘겼다.

사사표풍의 채찍에는 한기가 서렸다.

쒜에엑! 우두둑!

허공을 가른 채찍이 서너 마리를 한꺼번에 말아 올렸다. 개들은 허공에 둥실 떠오르는 동안 가슴뼈가 산산조각 났고, 다시 개떼에 던져져 다른 개들의 뼈마디를 부쉈다.

채찍은 때리는 용도만 있는 게 아니다.

자자검 앞에는 개들의 시체가 수북이 쌓였다.

"집! 파!"

소도에 축약된 진기가 폭발을 일으켰다.

파파파파파파팟!

작은 소도는 수백 개의 도편으로 갈라져 비산했다.

완벽한 폭검신공이다.

그는 장검뿐만 아니라 소도 역시 성공했는가!

소도가 수백 개의 도편으로 갈라지고, 도편들이 일제히 한 방향으로 날아가는 것으로 봐서 성공한 듯싶다.

하나 사명사귀 중 가장 무서운 사람은 역시 독심독의였다.

"허허! 이놈들아, 이쪽으로 오지 마. 이쪽은 사지야."

그는 다른 사람들처럼 열심히 수족을 놀리지 않았다. 여유 있게 웃으면서 손가락만 살짝살짝 튕겨냈다.

한데 그의 앞에는 죽어 나자빠진 개들이 수북이 쌓여 있다. 아직 숨이 끊어지지 않아 바르르 떠는 개들이 상당수라서 처참함은 한결 더했다.

오목은 잔뜩 별렀지만 그가 검을 쓸 일은 없었다.

계야부도 마찬가지다. 검을 뽑아 들고 서 있기는 하지만 쓸 일은 거의 없었다. 간간이 사명사귀의 방어막을 찢고 들어서는 놈이 있기는 하지만 그 수는 몇 마리 되지 않았고, 들어서기 무섭게 베어졌다.

계야부는 그것으로 만족했다.

전의를 불사른다면 사명사귀와 어깨를 나란히 하고 싸울 수도 있지만, 그는 지켜보는 쪽을 택했다.

사약란을 지킨다.

그의 모든 행보는 사약란에게 집중되었다.

그렇다고 긴장하지 않은 것은 아니다. 그는 진기를 한껏 돋

웠으며, 언제라도 출수할 수 있게끔 만반의 태세를 갖췄다.

츠츠츠츠츳!

진파가 거미줄처럼 흘러나가 전신을 휘감았다.

살갗에 백설이 쌓이는 기여백설이나 희끄무레한 연기로 감싸는 연무공몽(煙霧空濛)의 현상은 보이지 않지만 전신을 철갑처럼 단단히 에워싸기는 했다.

여기서 탕! 하고 진파 한 번만 튕겨내면 기여백설이든 연무공몽이든, 본신진기보다 두 배는 강한 힘을 끌어내어 유령처럼 움직인다는 마의반와(螞蟻盤窩)든 무엇이든 가능했다.

그는 최강의 적과 싸울 준비를 끝낸 후였다. 한데,

츠츠츠츠츳!

그의 진파에 맹렬한 살기가 감지되었다.

어디서 누가 흘러내는지 파악이 되진 않는데, 착각이나 환상도 아닌 실제의 살기…….

'기분 안 좋아.'

계야부는 몸을 낮게 숙이며 사방을 살폈다.

그는 자신의 예감을 무시한 적이 없다. 언짢은 기분이 들면 반드시 원인을 찾아내곤 했다.

그의 눈에 혀를 길게 빼물고 거칠게 달려드는 철혈견이 보였다.

'저거! 저거야!'

그는 달려드는 철혈견이 다른 철혈견과 다르다는 점을 깨달았다.

몸에 붕대를 칭칭 감고 있다. 검은색 물을 들인 붕대라서 얼핏 보면 잘 보이지 않는다.

지금처럼 수백 마리와 싸우고 있는 시점에서는 개 한 마리, 한 마리를 유심히 살펴볼 수 없다. 계야부처럼 한 걸음 뒤로 빠져서 약간의 여유를 가지고 보아야만 보인다.

'저기도!'

계야부는 붕대를 감은 철혈견을 또 발견했다.

사냥이라도 하는 놈처럼 몸을 낮게 숙이고 조금씩 조심스럽게 기어오는 놈이 있다.

그의 눈길이 사사표풍에게 꽂혔다.

붕대를 감은 철혈견 두 마리가 노리는 방향을 쫓다 보니 그 끝에 사사표풍이 걸렸다.

철혈견은 사사표풍을 노리고 있는 것이다.

계야부 일행을 노리는 것이 아니다. 안선의 전면적인 공격이 아니다. 오직 한 사람, 사사표풍만 노린다.

계야부는 수백 마리의 개 중 철혈견만 살펴 나갔다.

'붕대를 감은 개……'

또 있다. 그리고 노리는 방향은 역시 사사표풍이다.

"독의! 사사표풍과 자리 바꿔!"

계야부는 버럭 고함을 내질렀다.

사사표풍의 초식이 무엇인가! 권기내잉(卷起來扔), 말아서 던지고 있다.

붕대를 감은 철혈견은 말아 던져서는 안 될 놈들이다. 그런 초식을 쓰면 반드시 화가 미친다.

그는 고함을 지름과 동시에 앞으로 달려나갔다.

"사사표풍! 물러섯!"

그의 일갈은 단호했다.

사납기 이를 데 없는 말똥구리들도 일사불란하게 움직였던 고함 소리다.

사사표풍은 맡은 자리에서 절대 물러서지 말라는 무혼의 철칙도 잊어버리고 주춤 물러섰다.

쒜에엑! 파파파파팟!

사사표풍을 제치고 앞으로 나간 계야부가 수십 가닥의 검광을 뿌려냈다.

붕대를 감은 철혈견의 머리가 싹둑 잘려 나갔다.

그의 검에는 천력이 깃들었다. 창검도 뚫지 못한다는 철혈견을 뎅겅 잘라냈다.

진파가 검을 통해서 쏟아져 나간 결과다.

그사이, 사사표풍은 독심독의의 자리로 갔고, 독심독의는 사사표풍의 자리를 맡았다.

계야부는 다시 안으로 들어서서 붕대 감은 철혈견을 찾았다.

철혈견이 움직인다. 독심독의가 있는 곳을 피해, 사사표풍이 지키는 곳으로……

'확실해! 사사표풍을 노리고 있어!'

계야부의 행동, 그리고 눈빛과 눈빛의 교환이 이루어졌다.

계야부는 눈빛으로 하고 싶은 말을 했고, 사약란은 말뜻을 알아들었다.

상황이 어떻게 돌아가는지 즉각 깨달아졌다.

"전음. 살기를 주시해 줘요."

그녀가 사색신녀를 보며 농담을 건네는 것처럼 가볍게 말했다.

사색신녀라고 눈치가 없지는 않다.

그녀는 즉각 계야부에게 사약란의 말을 전음으로 전했다.

"전음, 사사표풍 뒤로 빠져."

사색신녀의 눈빛이 잠깐 흔들렸다.

그녀가 빠지면 그녀가 맡은 곳을 통해 수백 마리의 개떼가 달려들 것이다. 하면 지금처럼 포위망 바깥에서 처단하지 못한다. 인간과 개의 난전이 벌어지는 것이다.

"어서!"

사색신녀는 재촉을 받은 후에야 전음을 보냈다.

전음을 받은 사사표풍도 잠시 멈칫거렸다.

당장 맹렬하게 달려드는 개떼가 보이는데 어떻게 물러설 수 있단 말인가.

"전음. 물러섯!"

사약란이 다소 강경한 어투로 말했다.

사색신녀도 이번에는 망설이지 않았다. 사약란의 단호한 어투에서 확신을 얻었다. 사약란은 결코 무모하지 않다. 지략의 천재다. 그녀가 하는 일에는 다 뜻이 있다.

사색신녀는 아주 단호한 어투로 전음을 보냈다.

사사표풍은 그제야 물러섰다.

그녀의 물러섬.

그것은 싸움의 종결을 의미했다. 그녀가 물러서자 정녕 이해하기 힘든 일이 벌어졌다. 그렇게 악을 쓰며 달려들던 개떼가 썰물 빠지듯 물러서기 시작했다.

개들도 난전은 원하지 않는 듯했다.

지금보다 훨씬 유리한 상황이 되었는데, 이대로 밀어붙이면 큰 타격을 줄 수 있는데 공격을 멈췄다.

희한하지 않은가.

"뭐야? 한참 재미 보고 있는데 왜 꼬리를 마는 거지?"

일력광겸의 하나밖에 없는 팔은 온통 피투성이였다. 낫도 혈겸으로 변했다. 눈동자까지 벌겋게 충혈되어서 피에 미친 혈귀처럼 보이게 만들었다.

그가 낫에 묻은 피를 땅에 뿌려댔다.

가장 멀쩡한 사람은 독심독의다.

그는 개를 만진 적도 없거니와 병장기로 내려친 적도 없다. 그저 멀리서 손가락만 까닥거렸을 뿐이다.

사색신녀는 사사표풍에게 전음을 보내자마자 또 다른 전음을 보내야만 했다.

"전음, 싸움 포기. 무방비."

사약란의 눈길은 계야부를 향했다.

일다경 전만 해도 이런 말을 들었으면 몇 번이고 망설였으리라.

그녀는 즉각 전음을 보냈다.

사약란의 말을 절대적으로 신봉하기는 계야부도 마찬가지였다.

그는 전음을 받자마자 검을 내려놓았다. 개떼가 달려들어 살점을 물어뜯도록 내버려 두었다.

그러자 거짓말처럼 개떼의 공격이 멈췄다. 그리고 돌아서서 뒤도 안 돌아보고 달려갔다.

"철혈견은 영악해요. 언제든 통제가 가능하죠. 하지만 잡견은 통제할 수 없어요. 한독도인은 가가의 귀영십삼식을 몰랐던 모양이네요. 한낱 개의 이빨 정도는 얼마든지 막아낼 수 있는데."

사약란이 계야부의 팔을 어루만지며 말했다.

"그래서 공격하지 말라고 한 건 아니지?"

사약란은 방긋 웃으며 그의 팔을 잡아끌었다.

개들의 시체가 산처럼 쌓였다. 개들이 흘린 피가 내를 이뤄 흘렀다. 시산혈해(屍山血海), 딱 그대로다.

사약란은 피로 만들어진 냇물을 철퍽철퍽 밟으며 걸었다.

계야부가 머리를 잘라낸 철혈견이 아직도 뜨거운 피를 쏟아내며 죽어 있다.

사약란은 쭈그리고 앉아 붕대를 풀었다.

"이건……!"

둘둘 만 붕대를 풀자 쇠털보다 가는 우모침(牛毛針)이 우수
수 쏟아졌다.

생각 외로 대수롭지 않다.

계야부는 폭약이나 그것보다 위력이 강한 암기 정도를 생각
했다. 한데 우모침이라니. 그 정도로는 사사표풍을 죽이지 못
한다. 괜한 걱정을 한 것인가.

그러나 사약란의 생각과 말은 달랐다.

"흑모정(黑毛釘)! 흠… 사곡(死谷)은 사망혹사의 죽음을 끝
으로 멸문했는데 사곡의 암기는 아직도 세상에 나돌아다니는
군요. 이건 먼지처럼 가벼워요. 허공에서 흩어지면 사방으로
비산하는데, 좀처럼 가라앉지 않죠. 살에 닿으면 갈고리 모양
의 머리가 단단히 틀어박히게 되고…… 독사의 독니처럼 안에
든 독액을 투입시켜요. 아주 치명적인 암기예요."

"흠!"

계야부는 장난감 같은 암기를 기가 막힌 표정으로 쳐다봤
다.

무림의 암기는 참으로 다양하다. 어린아이도 가지고 놀지
않을 것 같은 암기가 그토록 치명적이라니.

"살기는 찾아냈어요? 찾아냈으면 한쪽 눈만 찡긋거려요."

갑자기 사약란이 속삭였다.

계야부는 왼쪽 눈을 찡긋거렸다.

검을 내려놓고 진파를 풀어 살기를 쫓았다.

자자검, 자자검의 살기가 사사표풍을 따라붙었다.

"내색하지 말아요."

"그러지."

"잘 들어요. 그가 바로 만변천자예요. 이번 기회를 놓치면 안선을 추적하는 일은 참으로 요원해져요. 그러니 움직일 때는 벼락같이. 알았죠? 꼼짝달싹할 수 없는 사지에서."

계야부는 마른침만 꿀꺽 삼켰다.

자신을 불에 태워 죽일 뻔한 만변천자가 코앞에 있는 것도 몰랐다.

정말 무림이란…… 눈 뜨고 있어도 코 베어가는 세상 아닌가.

2

그는 지필묵을 꺼내 일필휘지(一筆揮之)로 글을 써 내려갔다.

이번이 몇 번째 보고일까? 열 번? 스무 번? 아무런 변동 사항이 없어도 하루에 한 번씩은 전서를 날렸으니 최소한 지나온 날짜 정도는 보고를 한 것 같다.

오늘 보고는 중요하다.

드디어 안선의 꼬리를 잡았다. 그것도 굵직굵직한 자들로 두름을 엮었다.

하나 이 정도로 흥분해서는 안 된다.

　이건 이제 시작일 뿐이다. 앞으로는 더 큰일들이 감나무에 감 열리듯 주렁주렁 열리리라.

＊　　　＊　　　＊

　사일도는 후원 정자에 앉아 금(琴)을 탔다.
　둥기둥, 둥둥, 퉁, 두둥, 퉁……!
　손가락과 현의 어울림이 아름다운 소리를 이끌어냈다.
　"주공, 갈수록 음률의 경지가 깊어지십니다. 이러다가 예가(藝家)를 일으키시는 건 아닌지."
　사일도는 동나를 흘끔 쳐다보았을 뿐 금을 멈추지 않았다.
　둥둥, 둥기둥, 두둥……!
　꽃이 활짝 피어나고 새가 와서 노래한다. 바람은 살랑살랑 불고 술 취한 취객은 몽롱히 세상을 바라본다.
　사일도의 음률에는 마음을 편하게 해주는 힘이 담겨 있었다.
　"보고가 들어왔는데…… 만변천자가 곁에 달라붙었답니다."
　"허어! 이 사람하고는. 도대체가 한가한 시간을 안 주는구먼."
　사일도가 금을 치웠다.
　"한독도인이라고 들어보셨습니까?"
　"개 키우는 사람 아닌가."
　"그 개장수가 제일 먼저 나섰지 뭡니까. 한데 이건 안선의 움직임이라기보다는…… 아마도 만변천자 단독 움직임이 아닐지."

"그리 보나?"

"제 소견을 말씀드렸을 뿐입니다."

"언제나 피해 가."

"네? 무슨 말씀이신지?"

"자네…… 책임있는 말은 안 한다는 뜻이야. 요리 빠지고 저리 물러서고. 밀어붙이는 말은 하지 않아."

"종종 합니다만……."

"그랬나? 좋아. 만변천자고 한독도인이고 일절 건드리지 마. 그 정도는 약란이가 알아서 할 거야."

"한독도인은 염려할 게 없지만 만변천자는 조심 또 조심해야 할 자입니다. 당금 무림에서 만변천자를 우습게보는 사람은 주공밖에 없지요."

"다른 말은 없나?"

"기다리는 소식이라도 있습니까?"

"둘이 한 이불 덮은 지 꽤 됐잖아. 그만하면 조카 놈 소식이 들어올 법한데 말이야."

"조카를 기다리시기보다 직접 낳으시는 건 어떠실지."

"실없는 말 하지 마."

"그게…… 실은 실이 없지만은 않지요."

"뭐야! 뜸들이지 말고 빨리 말해!"

"제갈세가(諸葛世家)에서 의사 타진을 해왔습니다."

시큰둥한 표정으로 차를 마시던 사일도의 표정이 확 굳어졌다. 하지만 그의 표정은 촌각 만에 무표정함으로 돌아섰다.

"그 사람들, 정신없는 사람들이군."

"그게…… 정신없지만은 않지요."

"뭐야!"

"제갈세가에서는 첫째 소저의 혼인을 타진해 왔습니다."

"제갈(諸葛)…… 붕령(鵬玲)?"

동나는 고개를 끄덕였다. 반면에 사일도의 표정은 숨길 수 없을 정도로 딱딱하게 굳어졌다.

"농담해?"

"이런 일로 어찌 농담을……."

"음……!"

사일도는 침음을 토해냈다. 안면 근육까지 부들부들 떨렸다. 하나 찻잔을 들어 한입에 털어 넣은 후에는 다시 침착함을 유지했다.

"붕령이 이 시점에 청혼을……."

"답을 어찌해 줄까요?"

"혼인은 인륜지대사(人倫之大事). 조부님께 여쭤봐야 한다고 말해."

"아!"

동나가 깜짝 놀라는 척했다.

"뭐야, 그 표정은?"

"아! 전 주공께서 그런 속이 빤히 들여다보이는 말씀을 하실 줄은 생각지 못해서. 아니, 그것보다 제갈 대소저께서 다시 환속을 하셨다는데 이유를 묻지 않으신 점에 감탄을."

동나가 머리를 숙여 보였다.

"후후후! 붕령이 불가에 귀의한 것은 제갈세가의 멸문을 피하기 위해서이고, 다시 환속한 것도 제갈세가를 위함이겠지. 그 여자…… 어쩔 수 없는 여자란 말이야."

"참 안타까운 사연입니다. 사랑하는 여인이 불가에 귀의하는 것을 지켜보는 공자님이나 정인을 놔두고 비구니가 되는 대소저나…… 차라리 그렇게 끝났으면 좋으련만 왜 다시 환속까지 하시어 주공 마음에 불씨를 지피시나."

"동나!"

"아! 실수를. 전 그저 대소저에게 기대 사는 제갈세가 위인들이 너무 좀스럽게 생각되어서 드린 말이지요."

"쉬고 싶다."

"쉬시는 건 나중에. 죽어 염라대왕 만나면 쭈욱 쉬시게 될 테니 그때나 쉬시고…… 아무래도 주공 답변은 너무 궁색해서요. 그냥 받아들이시죠."

"제갈세가는 안선의 뿌리다. 그런 걸 알면서 받아들이라?"

"솔직히 이번 기회가 아니면 주공님도 혼인하기가 그른지라…… 제가 하나만 장담하지요. 대소저 눈에 눈물이 흐르는 일은 없도록 하겠다고."

"허언(虛言)을 하는군."

"허언으로 들리셨습니까?"

"제갈세가의 멸문은 하늘도 어쩌지 못해."

“하하! 주공. 이놈을 거두셔서 어디 쓰려고 하신 겁니까. 설마 전서구 뒤치다꺼리나 시키시려는 건 아니실 테고. 믿을 때는 믿으십시오. 솔직히 주공, 지금 주공은 절 믿고 싶은 마음이 간절하잖습니까. 요즘은 붕령, 붕령 하고 잠꼬대를 안 하시니 잊으신 겐가?”

“후후! 넌 재미있는 놈이야.”

“재미있는 놈이 다시 한 번. 대소저 눈에 눈물이 맺히지 않도록 해드리겠다. 이제 그만 믿으시죠?”

“……”

“그럼 청혼은 승낙한다고 기별을…… 하! 언제 국수 먹나 했더니 살다 보니 이런 날도 오네요.”

동나가 짓궂게 씨익 웃으며 물러갔다.

사일도는 웃지 못했다.

제갈붕령, 그녀가 환속했다. 불가의 귀의하여 부처님 품에 안겼던 그녀가 안선의 명에 따라 환속했으며, 다시 자신의 품으로 돌아오려 한다.

아니다. 정확히 말하면 제갈가주…… 못난 그녀의 아비가 되지도 않을 야망을 지닌 탓이다.

그녀도 측은한 마음으로 아비를 쳐다보고 있을 것이다.

한 몸을 진흙탕에 던진다. 그래서 아비가 마음껏 가고 싶은 길을 가도록 해준다.

눈물로, 슬픔으로 끝날 것을 빤히 아는데……

사일도는 제갈붕령의 답답함이 자신의 가슴으로 스며든 듯 마음이 무거워졌다.

'붕령…….'

3

지통에게서 사명사귀에게 무슨 일이 벌어졌다는 보고를 받았을 때, 그녀는 안선의 잠입을 예측했다.

누군가가 끼어들었다.

사명사귀 중 한 명을 끌어내고 그 자리에 앉아 있다.

곁에 적이 있다고 생각하면 소름이 오싹 돋는다. 하지만 그가 누군지 알고 있다면 약간의 재미도 붙여진다.

총주가 직접 양성한 무혼을 제거할 정도라면 무공은 초일류, 감쪽같이 그의 자리를 대신했으니 변장의 명수…… 머릿속에 퍼뜩 스쳐 지나가는 사람은 당연히 만변천자다.

설마 그가? 직접? 육교사라면 안선의 뼈대인데, 뼈대가 겨우 서인을 취하려고 모습을 드러내?

아무래도 이해가 되지 않지만 당금 무림에서 만변천자를 제외하고는 이 두 가지 요건을 모두 충족시키는 사람이 없었다.

그다음으로 생각할 것은 누가 불행한 일을 당했는가였다.

일력광겸으로 변신하기에는 무리가 많이 따른다.

사지 중 세 개를 절단해야 할 뿐 아니라 황소도 때려잡는 천력을 지녀야 한다.

독심독의로 변장하기도 쉽지 않다.

　그의 겉모양을 흉내내기는 쉬워도 천하제일이라 칭송되는
독술만큼은 흉내낼 수 있는 게 아니다.

　사약란은 사사표풍과 자자검, 둘 중에 한 명일 것이라고 생
각했다. 그리고 그중에서 굳이 한 명을 택하라면 사사표풍이
아닐까 했다.

　물론 사사표풍은 여자다. 하나 만변천자 정도 되면 여인으
로 분장하는 것도 어렵지 않다.

　자자검은 사명사귀를 이끄는 우두머리이니 항상 세 사람 앞
에 서야 한다는 부담도 있다. 반면에 사사표풍은 한구석에 조
용히 앉아 있어도 누가 뭐라고 할 사람이 없다.

　그녀는 줄곧 사사표풍을 주시해 왔다.

　한데 이번에 철혈견이 그녀만 노리는 것을 보고 생각을 달
리하게 되었다.

　변을 당한 사람은 자자검이다.

　사사표풍이 눈치를 챈 듯하니 선수를 쳐서 먼저 제거하려고
한 것이다. 싸움의 와중에 죽는 것이야 무인이라면 누구나 겪
을 수 있는 것, 그녀가 죽는다고 해도 의심할 사람은 없다.

　한독도인은 안선이기도 하지만 만변천자의 수족이기도 하
다.

　점의 조직으로 불리는 안선에서 만변천자의 명을 직접 받을
정도라면 한독도인 또한 상당히 비중있는 인물이리라.

　사약란은 한독도인이라는 만일의 수를 남겨놓기로 했다.

　그녀는 당장 지통을 불러 하명했다.

"지금부터 한독도인을 쫓아. 깊이 깊이 숨을 텐데…… 어디로 숨든 반드시 쫓아가야 해."

"개똥 냄새는 실컷 맡겠네요. 이휴!"

지통이 손을 들어 코를 감싸 쥐며 사라졌다.

'이것으로…… 만일은 보장되었고…….'

사사표풍의 제거가 우습게 돌아갔을 때, 그는 웃었다.

계야부란 놈은 무인이 지니지 못한 감각을 지녔다. 불길함을 읽어내는 감각만큼은 칭찬해 주고 싶을 정도다.

그가 아니었다면 사사표풍은 벌써 죽었다. 잘하면 일력광겸까지 제거할 수 있는 좋은 기회였는데, 아쉽게 되었다.

그는 이제 그만 옷을 벗기로 했다.

자자검의 행색이 탄로난 이상 변신을 계속하고 있을 이유가 없어졌다.

계야부를 제압한다. 그리고 그에게서 서인을 빼낼 방책은 나중에 따로 구한다.

'어린놈들이 눈치는 빨라가지고.'

그는 뚜벅뚜벅 걸었다.

싸움이란 쉽게 쉽게 풀어가야 한다. 손가락 하나면 이길 수 있는 상대를 가지고 전력을 다해 끙끙거린다는 것은 심력, 체력 낭비다.

그런 뜻에서…… 그는 사약란에게 다가가 말했다.

"같이 가줘야겠다."

"뭐? 자자검, 방금 뭐라고……."

"내가 자자검이 아닌 건 이미 알고 있을 것이고."

만변천자는 말을 하면서 인피면구(人皮面具)를 쪽 찢어버렸다.

팔순이나 구순쯤 되어 보이는 노인이 인피면구 안에 숨어 있었다.

"만변천자?"

"쯧! 젊은 게 예의없이 존장 별호를 함부로 내뱉고……."

"하나 물어볼 게 있어요."

"나중에. 궁금한 점은 다 대답해 주마. 노부를 믿거라."

쉬익!

그의 다섯 손가락이 매의 발톱처럼 날카롭게 변해 견정혈(肩井穴)을 찍어갔다. 그때,

츄욱! 따아앙!

멀리 십 장 밖에서 기묘한 울림이 터져 나왔다. 아니다. 소리가 울린 건 분명 십 장 밖인데 어느새 살갗에 싸늘한 울림을 토해낸다.

'위험!'

만변천자는 다급히 허리를 숙여 미지의 암기를 피해냈다.

'독심독의, 이놈!'

그는 노기 어린 눈으로 소리가 들린 곳을 쳐다봤다.

'웅?'

그곳에는 뜻밖의 인물이 서 있었다. 계야부다.

"방금 뭐냐?"

그는 독심독의가 암기를 쏘아낸 줄 알았다. 이곳에 있는 자들 중에서 십여 장 거리에서 자신을 물러서게 만들 인물은 오직 독심독의밖에 없었다.

그의 눈에 띈 사람이 계야부라고 해도 그의 믿음에는 변함없었다.

독심독의가 무슨 암기를 줬으리라. 그게 뭐든 간에 십여 장 거리를 단숨에 좁혀 버리는 가공할 암기인 것만은 틀림없다.

"저료마사(著了魔似)."

"뭐?"

만변천자는 되물었다.

그는 저료마사가 어떤 암기 이름인 줄 알았다. 계야부가 귀영십삼식 중 십일식을 말하고 있다는 건 까마득히 몰랐다.

저료마사는 귀신이 되는 단계를 말한다.

귀신을 본 사람은 어떤 반응을 보일까?

종종 귀신을 봤다는 사람이 나타나곤 하는데, 그들의 말은 한결같이 꼼짝할 수 없었다고 한다.

귀신이 물 흘러가듯 스르륵 움직이는데, 혈도라도 찍힌 것처럼 꼼짝하지 못하고 쳐다보기만 했다고 한다.

저료마사가 그런 상태를 만든다.

전신이 뿌연 연무로 감싸인다. 연무가 부르르 떨리며 진동을 일으킨다. 손이 두 개, 세 개로 보인다. 바로 보고 있음에도 환각 속에 있는 듯한 느낌이 든다.

계야부는 검에 돌멩이를 얹었다. 그리고 저료마사를 시전하여 검음을 튕겨냈다. 검음은 돌멩이를 쏘아냈고…… 만변천자가 물러섰다.

그는 사약란 곁에서 떨어지고 싶지 않았다. 항상 그녀 곁에서 지켜주고 싶었다.

하지만 사약란이 강력 반대했다.

"가장 자신있는 절초로 만변천자를 공격해 봐요. 그게 통하면 무공으로 가고, 통하지 않으면 대화로 가야죠. 어차피 만변천자는 우릴 죽이지 못해요. 우리가 만변천자 손에 있으나 만변천자가 우리 손에 있으니 곤궁함은 다를지언정 상황은 똑같아요."

계야부는 이번에도 사약란의 고집을 꺾지 못했다.

그녀가 말한 대로 가장 자신있는 무공, 가장 위력이 강한 무공인 저료마사를 펼쳤다.

결과는 성공이다. 이제 무공으로 간다.

"전에 빚진 게 있지?"

"참 질긴 목숨이야."

"이번에 갚지."

계야부가 검을 겨눴다.

만변천자는 느긋하게 뒷짐을 졌다.

그와 계야부가 몇 마디를 나누는 사이, 주위에 많은 사람들이 모여들었다.

사명사귀가 모두 모였다. 오목도 사색신녀도 있다.

거의 손아귀에 쥘 뻔한 사약란은 멀찌감치 도망갔다.

다른 때 같으면 도약 한 번이면 잡을 수 있으련만 그 사이에 독심독의가 끼어 있으니 어려울 것 같다.

결국 쉽게 끝낼 수 있는 방법은 없다. 이제부터는 어렵게…… 무력으로 제압한다.

"넌 참 이상한 놈이야. 잡았다 싶으면 멀어져 있고, 됐다 싶으면 글러 있어. 세상에는 운이 안 맞는 인간들도 있다던데, 너와 내가 그런가 보구나."

계야부는 말을 하지 않았다. 그는 연신 진파를 튕겨내고 있었다.

탕탕탕탕탕탕……!

몸속에서 화약 터지는 소리가 울렸다.

다른 사람들도 싸움에 가세했다.

사사표풍이 채찍 대신에 검을 들고 나섰다. 타사응묘의 묵린검이다. 주위에 있는 생물이란 생물은 모조리 중독시킨다는 저주의 독물이다.

"묵린검…… 허허허! 묵린검을 꺼내고도 모두 멀쩡한 걸 보면 미리 해약을 복용했군. 만반의 준비를 갖췄다는 건가? 독심독의, 첫수는 자네가 펼치겠지?"

그가 독심독의를 쳐다볼 때,

피유웅!

검을 겨누고 있던 계야부의 신형이 벼락같이 내리꽂혔다.

“헛!”

만변천자가 깜짝 놀라 헛바람을 내지르며 물러섰다.

확실히 계야부의 신법은 예상을 훨씬 뛰어넘었다. 전보다 배는 빨라졌다고 보면 딱 맞으리라.

귀영십삼식 중 제십식 마의반와 덕분이다.

진파의 힘이 증폭되어 지닌 내력보다 배는 강한 힘을 발휘한다.

그의 내력은 만변천자가 억지로 세공단을 복용시켰을 때와 거의 같은 수준이었다.

“어림없…….”

만변천자는 급히 소사월반을 튕겨냈다.

쒜에엑!

작은 원반이 빛의 속도로 날아가 계야부의 몸통을 가격했다.

“쯧!”

만변천자가 안타까운지 혀를 끌끌 찼다. 그 순간,

“집! 파!”

그의 바로 곁에서 귀에 익은 소리가 들려왔다.

‘앗차!’

계야부에 너무 집중했다. 그의 무공이 너무도 급작스럽게 발전한 탓이다. 예상보다 훨씬 빠른 신법에 잠시 정신이 팔렸다. 그런 그를 소사월반으로 쳐죽인 후이기 때문에 잠시 마음이 흔들렸다.

그가 죽으면 서인도 없다.

안선으로 돌아갈 일이 막힌 것이며, 하면 무인으로 살아온 인생 전부가 무의미해진다.

이 모든 생각이 아주 짧은 순간, 찰나간에 스쳐 지나갔고, 사사표풍을 잊게 만들었다.

사실 그녀는 적수가 되지 못했다.

사명사귀 전부가 합공을 해야 겨우 재미있는 국면이 되지, 그녀 혼자서는 아무것도 하지 못한다.

그녀는 무시해도 좋았다.

한데 그녀가 자자검이 익힌 폭검신공을 수련했을 줄이야!

팡! 파파파파팟!

묵린검이 산산조각 나 그의 전신을 뒤덮었다.

"오늘은 놀라는 날이군."

만변천자는 그가 펼칠 수 있는 최대한의 속도로 검편 우박 속에서 빠져나왔다.

치직! 치지직……!

완벽하게 피하지는 못했다. 검편 몇 개는 살 속에 틀어박혔다.

그래도 지척에서 터진 폭검신공을 이렇게나마 막아낸 것은 오로지 그의 무공이 신화경에 이르렀기 때문이다.

"요망한!"

그는 사사표풍을 향해 돌아섰다. 그리고 그 순간, 그는 자신이 저지른 끔찍한 실수를 자각했다.

'미친!'

 그렇다. 자신이 생각해도 미쳤다. 계야부를 등 뒤에 두고 돌아서다니. 그를 등 뒤에 놓다니. 그의 목숨이 완전히 끊어진 것을 확인하지 못했는데.

 실수를 만회하는 방법은 급히 움직이는 것뿐이다.

 하나 계야부도 찰나의 실수를 놓치지 않았다.

 푸욱!

 진파 실린 검이 만변천자의 등을 뚫고 들어갔다.

 만변천자는 즉사를 면했다.

 계야부는 전력을 다했다. 검을 휘두르면서 사정을 남길 여력이 없었다. 그러기에는 만변천자가 너무 강했다. 한순간의 실수를 기회로 삼지 않으면 상당히 피곤한 싸움이 예상되었다.

 저료마사라면 만변천자를 상대할 줄 알았는데, 몇 수 상대해 본 결과는 예상과 달랐다. 내공이나 초식에서는 동수(同手)라고 할 수 있으나 웅용의 묘에서 많은 차이가 났다.

 그럼에도 만변천자가 목숨을 부지한 것은 검이 등을 꿰뚫는 순간에 몸을 비틀어 요혈을 피했기 때문이다.

 하나 그것은 그에게 고통만 안겨줄 뿐이었다.

 "짓이겨줘."

 사사표풍이 말했다.

 "흘흘! 걱정 마라. 날마다 자자검이 생각나게 만들어줄 테니까."

독심독의가 청옥병을 들고 다가섰다.

"산…… 공독(散功毒)!"

만변천자가 힘들게 중얼거렸다.

이들은 참으로 많은 준비를 했다. 자신이 피라미들에게 당한 것도 사전에 내공이 몇 수 깎였기 때문이다.

독심독의…… 이 인간!

만변천자는 이를 부드득 갈았다.

『패군』 5권에 계속…

閻王眞武

염왕진무

김석진 新무협 판타지 소설

"그, 그럼 어디서 오셨습니까?"
무심하게 고개를 돌리며 진무가 속삭이듯 말했다.

……지옥에서.

인간이라면 절대 익힐 수 없다는 강호삼대불가득!
그것에 얽힌 비사를 풀기 위해 그가 강호로 나섰다!
피처럼 붉은 무적의 강기, 혼돈혈애를 전신에 두르고
수라격체술과 염왕보로 천하를 질타하는 쾌남아, 진무!
염왕의 진실한 무학을 발현하여 무림삼패세와 고금십대천병을
이겨내고 속세의 악업을 심판하는 진정한 염왕이 되어라!

이제 강호는 진무의
일거수일투족에 열광한다!

유행이 아닌 자유추구 ~
WWW. chungeoram.com
Book Publishing CHUNGEORAM

마도대종사의 죽음.
마침내 끝이 난 이십 년간의 정마대전.
하지만 전 무림이 까맣게 모르는 것이 있었으니…

대종사가 마지막까지 숨겨두었던
마도백가(魔道百家)의 비밀 병기.
패잔병으로 북방을 떠돌던 어느 날
신비로운 사내 비파랑을 만나는데…

"항주의 금룡관(金龍館)에… 이걸 전해주십시오."
"눈치챘겠지만 난 마인이오."
"어쩐지 당신이라면… 약속을 지켜줄 것 같아서……"

한 번의 짧은 만남이 만든 운명 같은 행보.
그의 위대한 강호행이 시작된다.

워메이지

김재한 퓨전 판타지 소설

사람들이 인식하는 상식의 세계 이면,
짙은 어둠이 드리워진 그곳에 사는 괴물들이 있다.

문명이 드리운 그림자 속에서, 전투기계들과
인간의 사념으로부터 태어난 마물들이 격돌한다.
마법과 주술이 난무하는 초현실적인 전장,
소년은 그곳에 서는 대가로 인생을 잃었다.
운명의 노예가 되어 가족과 인성을 잃어버린 소년, 진유현.

총염(銃炎)과 검광(劍光)이 뒤얽히는
어둠의 거리에서, 운명의 족쇄를 끊고 나온
소년의 눈이 살의를 발한다.

유행이 아닌 자유추구 -
WWW. chungeoram.com
Book Publishing CHUNGEORAM

참마도 新무협 판타지 소설
귀궁사
鬼弓士

귀궁사
鬼弓士
참마도 新무협 판타지 소설
FANTASTIC ORIENTAL HEROES
1
귀궁사
鬼弓士
참마도 新무협 판타지 소설
1
청어람